Das Findelkind

BEAT WILD

Bibliografische Information der
Deutschen Nationalbibliothek
Die Deutsche Nationalbibliothek verzeichnet diese
Publikation in der Deutschen Nationalbibliografie;
detaillierte bibliografische Daten sind im Internet über
www.dnb.de abrufbar.

Originalausgabe

Copyright © 2020 by Beat Wild, Zug
Gestaltung und Satz: nice — Visuelle Gestalterei, Zug
Bild Umschlag: Engin Korkmaz, 123rf.com
Illustration Umschlag: valenty, 123rf.com
Lektorat: Alexandra Heidenreich
Druck: Kalt Medien AG, Zug
Ausrüsten: Buchbinderei Grollimund AG, Reinach BL
Herstellung und Verlag: BoD – Books on Demand,
Norderstedt
ISBN: 9783756860852

Das Findelkind

BEAT WILD

ROMAN

«Nein! Das dürfen wir nicht.
Nein! Das dürfen nur Frau und Mann.
Davon hast du in deinen Briefen nichts gesagt;
du hast nur von der reinen Liebe gesprochen,
von der Liebe des Herzens.
Nein! Das darfst du nicht.
Nein!»

Das Findelkind

Zwei Männer steigen vorsichtig die gepflasterte Kirchenstrasse hinauf, vorbei am Pfarrhof, wo gerade der Fensterladen zur Kammer der Magd aufgestossen wird: Wohl um frische Luft und das Licht des nahenden Tages hereinzulassen. Das schrille Quietschen der Angeln zerreisst die Morgenstille. Auf das Wasser des Schäflibrunnens nebenan hat sich eine zerbrechlich dünne Haut aus Eis gelegt. Die Kirche St. Oswald schräg gegenüber behauptet sich dunkel und mächtig im Dämmerlicht des Morgens. Die Heiligen in Stein gehauen, welche die rauen Mauern zieren, mahnen mit Schwert und gefalteten Händen zu Gehorsam, Demut und Tugend.

Die zwei Männer verlassen den Ort. Sie schreiten durch das Stadttor, mühen sich, Kamera und Stativ auf den Schultern, den Fuss des Zugerbergs hinauf; vorbei an den kunstvoll geschmiedeten Kreuzen auf dem Friedhof beim Eingang zur St.-Michael-Kirche; vorbei am Beinhaus, wo die Toten hinter schmiedeeisernen Gittern obszön ihre bleichen Knochen zeigen, und weiter den Berg hinauf – hinterlassen Spuren in der Unschuld des noch jungen Tages.

Fotograf Moos und sein Assistent Werner sind auf dem Weg, um in der Morgendämmerung Winterlandschaften zu fotografieren, als plötzlich ein Vogel vom Boden auf-flattert, dabei ihre Aufmerksamkeit weckt. Werner entdeckt es als Erster. Im Tschuepis, dort, wo der Wald anfängt, liegt etwas im Schnee. Es hat die Form eines menschlichen Wesens.

«Ein Mann», sagt Werner. «Ein Vagabund, der kein warmes Plätzchen mehr gefunden hat», meint er.

Fotograf Moos stapft zu der Gestalt hin, geht in die Knie und wischt Schnee vom Kopf des Leblosen. Er erschrickt, als er das Gesicht des Toten sieht, das gefrorene Rinnsal Blut in seinem Mundwinkel, sagt: «Es gibt einige, die ihm nicht wohlgesinnt sind, die ihm einen unschönen Tod gewünscht haben.»

«Du kennst ihn?», fragt Werner.

«Das ist der Findling Hermann oder Moses oder Oswald, je nachdem», sagt Fotograf Moos nachdenklich. «Er wurde nicht weit von hier im Pfarrhof abgegeben, vor etwas mehr als zwanzig Jahren. Wir müssen zurück, wir müssen den Toten melden.»

«Woher kennst du ihn?», fragt Werner. «Was weisst du über ihn?»

«Ich kenne ihn nicht wirklich», sagt Fotograf Moos, «und weiss nicht viel über ihn. Ich habe nach ihm gesucht, weil ich ihm ein Foto geben wollte, das ich am Stierenmarkt von der Knechtschaft gemacht habe. Ich ging dafür aufs Amt, weiss daher seinen Namen und dass er im Pfarrhof abgegeben worden war, dann ins Waisenhaus kam und später seine Aufbringung bei Bauern in der Umgebung abverdienen musste.»

«Und was weisst du sonst noch über ihn?», fragt Werner.

«Das ist alles, was ich weiss.»

«Du hast gesagt, dass es einige gibt, die ihm böse sind, ihm ein gewaltsames Ende gewünscht haben.»

«Das ist mir so herausgerutscht, ist nur eine Vermutung, die nicht an die Öffentlichkeit gehört. Hörst du? Wie alles andere auch, das ich über ihn gesagt habe.»

«Weshalb nicht?», fragt Werner.

«Das ist besser so. Lass uns jetzt gehen.»

Als Fotograf Moos und sein Assistent Werner auf dem Weg zurück in die Stadt am Pfarrhof vorbeikommen, ist die Magd des Pfarrers gerade dabei, den Weg vom Pfarrhof zur Kirche vom Schnee zu befreien.

«Guten Morgen», grüsst Fotograf Moos.

«Guten Morgen», grüsst Werner. «Wir kommen grad vom Tschuepis, haben dort am Waldrand einen Toten gefunden. Er soll vor mehr als zwanzig Jahren hier im Pfarrhof abgegeben worden sein. Kennst du ihn vielleicht?»

Fotograf Moos packt Werner unsanft am Arm und zieht ihn weg. «Ich habe dir doch grad gesagt, dass du es für dich behalten sollst. Da hast du ja etwas angerichtet.»

«Warum?», fragt Werner.

«Das geht dich nichts an, du kannst deinen Mund ja sowieso nicht halten.»

Annemarie lässt den Besen fallen und eilt den Berg hinauf ins Tschuepis, fällt vor Hermann auf die Knie. Sie schaut ihn mit schmerzverzerrtem Gesicht an, wischt Reste von Schnee von seinem Gesicht, von seiner Kleidung und legt sich dann auf ihn, den Kopf auf seine Brust. Sie bleibt so mit ihm liegen für einige Zeit, bis sie glaubt, nur noch Kälte zu spüren. Dann richtet sie sich auf, sagt: «Jetzt bist du gegangen, ohne dass wir uns haben verabschieden können. Ich hätte dir so gern noch gesagt, wie lieb ich dich habe, auch wenn wir kein Liebespaar sein durften; hab mir sogar eine Zukunft mit dir ausgemalt, selbst in Afrika oder Indien, wo du so geschwärmt hast davon. Jetzt bleibt mir nur noch das Kloster, das Warten darauf, mit dir einst im Himmel vereint zu sein. Grüss die Mutter von mir. Sag, ich hätte mein Bestes versucht, Ersatz zu sein für sie. Sag, dass es mir leid tut, dass es mir nicht gelungen ist. Es hat einfach nicht sein dürfen. Jetzt hast du sie wieder und sie dich. Mach dir um mich keine Sorgen.»

Sie küsst ihn auf die Wange, zögert, küsst ihn dann auf den Mund – es war ihr versagt, als er noch lebte. Dann steht sie auf, schaut wehmütig auf den Toten, sieht zwei Briefe aus seiner Jackentasche schauen. Sie nimmt sie an sich. Der eine Brief ist an ihn adressiert. Sie kennt ihn. Er hatte ihm erklären sollen, weshalb die Liebe zwischen ihnen nicht hatte sein dürfen. Lydia hatte ihn für sie geschrieben. Jetzt ist die Lydia alles, was ich noch habe auf dieser Welt, denkt sie. Jetzt bekommt halt sie meine Liebe. Auf dem zweiten Briefumschlag steht ihr Name. Annemarie ist dabei, ihn zu öffnen, als sie eine Gruppe Männer den Berg heraufkommen sieht. Sie steckt die beiden Briefe ein und macht sich auf den Weg zurück zum Pfarrhof. Als sie an der Gruppe vorbeikommt, sieht sie den Mann, der ihr die schlechte Nachricht von Hermanns Tod überbracht hat, unter ihnen und den Pfarrer.

«Ja, ich kenne ihn», sagt sie zu dem Mann. «Ich habe ihn damals entgegengenommen. Ich hätte ihn so gern behalten, ihm ein anständiges Leben ermöglicht», sagt sie, nun an den Pfarrer gerichtet. «Es hat nicht sein dürfen, da habt ihr das Resultat.»

Sie geht weiter, geht zurück zum Pfarrhof, setzt sich in ihrer Kammer auf die Kante ihres Bettes und liest Hermanns Brief an sie.

Liebe Annemarie,

ich bin dir ganz nahe, wenn ich dir diesen Brief schreibe, verweile in der Schönegg. Bin durch den dunklen Wald gelaufen, scheue die Mühe des steilen Wegs zurück nicht, um dir nahe zu sein und der Bäuerin fern. Sie lässt mir viele Freiheiten, ist sehr generös zu mir. Sie würde es mir jedoch sicher nicht erlauben, hier zu sein, wenn sie wüsste, was ich hier mache; würde mir ihre Zuneigung entziehen, sich wieder dem Knecht zuwenden. Mir wärs recht. Ich fürchte mich aber vor ihr. Fürchte, dass sie mir etwas antun könnte oder ihren Knecht dazu anstiften. Seine Blicke machen mir jedes Mal Angst, wenn er in die Küche kommt, wo ich oft mit der Bäuerin zusammen bin. Ich fürchte, dass er es einmal mitbekommt, wie sie ihre Hände auf meine Schultern legt, mir durchs Haar fährt, mich ihren Liebsten nennt. Sie hat ihn lieb gehabt, bevor ich auf den Hof gekommen bin. Ich fühle mich nicht gut, wenn sie so mit mir umgeht, fühle mich schlecht, das Glück des Knechtes mit meiner Anwesenheit zerstört zu haben, wo ich das doch gar nicht gewollt habe, die Bäue-

rin doch gar nicht mag, aber jemand anderen. Sie darf es nicht wissen. *Ich weiss, es ist nicht recht, und doch wünschte ich mir, der Knecht wäre nicht so rasch wieder gesund geworden, sodass ich weiter seine Arbeit machen müsste, anstatt meine Zeit mit der Bäuerin zu verbringen.*

Sie lässt mich am Küchentisch schreiben, setzt sich neben mich, will, dass ich ihr vorlese, was ich geschrieben habe – kann selber nicht lesen –, findet es grossartig. *Man hätte ihr nicht sagen sollen, dass ich schreiben kann. Ich schreibe nur Banales in ihrer Gegenwart, nichts, was uns verraten könnte. Mich reut die Tinte, die ich dabei verschwende. Ich kann die Bäuerin nicht mehr ertragen und ihren Knecht, sehne mich nach dir, möchte dir nahe sein, nur dir und niemand anderem, möchte dich zur Frau.*

So! Jetzt ist es raus, jetzt ists gesagt, was so lang in mir geschlummert hat, mich quälte, was ich dir habe sagen wollen; schon damals, als wir getrennt wurden und ich zu den Bauern musste, um meine Aufbringung abzuverdienen.

Ich weiss nicht, ob ich dich noch verdiene nach all dem, was vorgefallen ist in den vergangenen Jahren, als ich dich entbehren musste. Doch ich kenne niemand anderen, dem ich mich so nahe fühle; glaube immer noch fest daran, dass wir zusammengehören. Kannst du mir verzeihen?

Nun ist mir leichter, wo ich es dir gesagt habe. Jetzt kann ich vorwärtsschauen, den Mut aufbringen, mich zu wehren, für unser Glück zu kämpfen; jetzt kann ich dir zurückgeben, was du für mich getan hast, als ich noch hilflos war und ohne Mut; die Bildung nutzen, um für dich zu sorgen. Nun wird alles gut.

Ich mag nicht warten, bis der Postbote kommt. Ich werde dir die frohe Botschaft selber überbringen, schon morgen; werde nicht warten, bis noch ein Unglück geschieht.

Ankündigung

Heiterheller Himmel, unbewegt

Der See, graublaues Wasser, ebenso

Sanfte Hügel, lang gezogen, Grün in Grün

Silhouetten von Bäumen auf den Kopf gestellt, spiegeln

So, weissweiche Wolken im Graublau des Sees

Auf dem Wasser ein heller Streifen. Eine Verletzung?

In der Entfernung der Himmel, verhangen

Dunkel und Hell, ringen bedrohlich; werfen Schatten

Ein Glockenschlag, ein Warnruf, erinnert

An den lieben Menschen nah dem Turm, so fern

Der Himmel, der See schweigen

Vorboten von Unglück?

Annemarie faltet den Brief zusammen. Sie nimmt den kleinen Koffer unter dem Bett hervor, mit dem sie damals hier angekommen war, legt die beiden Briefe auf dessen Boden und das Wenige, das sie besitzt, obendrauf und verlässt den Pfarrhof Richtung Waisenhaus.

***

Das Mädchen sitzt auf der Bettkante. Es tunkt einen Zipfel seines Unterhemdes in einen Becher mit Milch. Dann drückt es den Zipfel über seiner Brust aus. Die Milch rinnt ihm den Bauch hinunter in den Schoss. Nur ein Tropfen bleibt an seiner Brustwarze hängen. Der Säugling im Arm des Mädchens saugt, saugt verzweifelt, wenn nichts kommt, fängt an zu wimmern.

«Schschsch», sagt das Mädchen und wiegt das Kind in seinen Armen. Es tunkt den Zipfel seines Unterhemdes erneut in die Milch und führt ihn dann zum Mund des Kindes.

Der Pfarrer steht vor der Tür zur Kammer seiner Magd, wie jeden Abend, und lauscht den Vorgängen darin. Wie sich die Magd für das Zubettgehen zurechtmacht. Er wünscht ihr im Stillen eine gute Nacht, fühlt sein Herz zum Hals schlagen; hört aus der Kammer ein leises

Wimmern. Er wundert sich, öffnet die Türe und tritt ein. Das Mädchen schaut erschrocken auf, schaut den Pfarrer an, der wie versteinert dasteht und sie anstarrt: ihre nackte Brust, das Kind in ihrem Arm.

«Sie wollten es nicht», sagt das Mädchen nach einer Pause, «es sei sowieso nicht lebensfähig, haben sie gesagt, wollten es sterben lassen. Da habe ich es genommen.»

«Wir können es nicht behalten», sagt der Pfarrer ruhig. «Ich werde es ins Waisenhaus bringen. Wir werden sagen, es sei im Pfarrhof abgegeben worden, ein Findelkind.»

«Sie werden es nicht nehmen wollen», sagt das Mädchen, «das Waisenhaus ist voll. Zu viele Mütter sind gestorben, wegen der schweren Grippe. Wir müssen es behalten.»

«Das geht nicht», sagt der Pfarrer. «Versteh! Konntest du sie nicht überzeugen, es zu behalten? Um Gottes Willen. Es ist auch ihr Blut.»

«Ich habe es versucht», sagt das Mädchen, «aber sie wollen es nicht, haben sie gesagt. Sie wollen nicht noch ein Kind grossziehen ...», das Mädchen stockt, «... von so einem. Wir müssen es behalten. Ich kann es grossziehen», sagt es. «Ich kann die Verantwortung für es übernehmen. Es ist auch mein Blut.»

«Das geht nicht», sagt der Pfarrer. «Du bist selbst noch ein Kind. Du kannst nicht für es sorgen; bist kein Ersatz für eine Mutter, bist noch nicht erwachsen, noch keine Frau mit deinen zwölf Jahren. Du hast nicht die Erfahrung, die es braucht, um ein Kind grosszuziehen.»

«Ich koche, ich putze, ich bügle, ich bin Ihre Haushälterin», sagt das Mädchen.

«Das ist etwas anderes», sagt der Pfarrer. «Du weisst, warum.»

«Sie wollten mich nicht mehr haben», sagt das Mädchen, «das Blut von so einem. Ein Malheur.»

«Sag so was nicht, Kind», sagt der Pfarrer. Er geht auf das Mädchen zu, nimmt ihr das Kind aus dem Arm, schaut auf ihre entblösste Brust; schluckt leer, dreht sich um und will gehen.

«Ich kann nichts dafür», sagt das Mädchen leise, aber eindringlich. «Er kann nichts dafür.»

«Er wird es gut haben», sagt der Pfarrer und verlässt die Kammer. Das Mädchen nimmt ihren Wollschal von der Stuhllehne und geht dem Pfarrer in den Flur nach. Sie wickelt den Schal um das Kind, nimmt es dem Pfarrer ab, sodass er seinen Mantel anziehen kann. Sie drückt den Buben an sich, flüstert ihm ins Ohr: «Ich schau nach dir. Ich lass dich nicht allein. Wir gehören doch zusammen.» Sie küsst ihn auf die Wange; erschrickt, wie heiss er ist, sagt: «Er hat Fieber.»

Der Pfarrer tritt, den Säugling an seine Brust gedrückt, in die kalte Nacht hinaus. Er schaut um sich, überlegt und macht sich dann auf den Weg. Er will mit dem Kind ins Waisenhaus, zu den Behörden, zum Doktor – irgendwohin.

Der Pfarrer klopft an die Türe des Waisenhauses. Die Schwester Pförtnerin öffnet sie, sieht den Pfarrer draussen stehen mit einem Bündel im Arm.

«Was bringt Sie hierher, so spät am Abend?», bittet sie ihn herein.

«Ich habe ein Kind, das Pflege braucht», sagt der Pfarrer. «Es wurde im Pfarrhof abgegeben. Die Magd hat es entgegengenommen, anstatt die Leute, die es gefunden haben, mit ihm aufs Amt zu schicken.»

«Setzen Sie sich doch bitte hin», sagt die Schwester Pförtnerin. «Ich werde die Mutter Oberin rufen. Sie wird keine Freude haben», sagt sie leiser.

«Die Oberin kommt gleich herunter. Sie war schon im Bett», sagt die Schwester Pförtnerin, als sie zurückkommt. «Darf ich das Kindlein halten?», fragt sie. Der Pfarrer reicht ihr das Bündel.

Die Oberin kommt langsam die Treppe herunter, stützt sich auf dem Treppengeländer ab. Sie schaut erst die Schwester mit dem Kind im Arm missbilligend an und wendet sich dann dem Pfarrer zu.

«Es wurde im Pfarrhof abgegeben», sagt der Pfarrer entschuldigend. «Der Doktor ist bei einer Entbindung, und für das Amtshaus war es zu spät, da bin ich hierhergekommen. Können Sie es über Nacht nehmen?», fragt er. «Ich werde morgen gleich als Erstes aufs Amt gehen und es melden.»

«Hätte nicht die Magd solange zu ihm schauen können?», fragt die Oberin.

«Sie ist selbst noch ein Kind, kann ihm nicht geben, was es braucht», sagt der Pfarrer. «Ich sähe es lieber in erfahrenen Händen.» Das Kind fängt an zu wimmern.

«Es ist wohl hungrig», sagt der Pfarrer, «zu schwach, um nach Nahrung zu schreien.»

«Und wie, glauben Sie, sollen wir es nähren?», fragt die Oberin.

«Die Magd hat umständlich versucht, ihm Milch zu geben», sagt der Pfarrer. «Sie haben gewiss etwas Milch im Haus, verstehen es sicher besser, so ein Kind zu versorgen.»

«Wir haben nicht den Platz für noch ein Kind», sagt die Oberin.

«Es wird sich, mit gutem Willen und dem Glauben an die Kraft durch Gott, sicher etwas machen lassen», sagt der Pfarrer.

«Es kann in meine Kammer, in mein Bett», sagt die Schwester Pförtnerin.

Die Oberin schaut die Schwester streng an und sagt dann zum Pfarrer: «Morgen, als Erstes, haben Sie gesagt.»

«Ja. Danke, vergelts Gott», verabschiedet sich der Pfarrer und eilt aus dem Waisenhaus. Draussen vor der Tür schlägt er den Kragen hoch und geht in die kalte Nacht hinaus. Er atmet tief durch. Erleichterung will sich jedoch nicht einstellen.

Das Mädchen ist wach geblieben und hat sich auf einen Stuhl an die Türe gesetzt, hat gewartet, bis der Pfarrer nach Hause kommt. Als es ihn eintreten hört, öffnet es die Tür seiner Kammer und tritt in den Flur. Es hilft dem Pfarrer aus dem Mantel und schaut ihn fragend an.

«Das Kind ist im Waisenhaus», sagt der Pfarrer, «der Doktor war nicht zu Hause. Ich werde morgen als Erstes aufs Amt gehen und melden, dass es bei uns abgegeben worden ist.»

«Wir hätten ihn behalten sollen», sagt das Mädchen. Der Pfarrer schüttelt den Kopf.

«Es gehört nicht hierher», sagt er.

«Er wurde hier gezeugt», sagt das Mädchen.

«Es gehört zu seiner Mutter», sagt der Pfarrer. «Sie aber ist tot. Es wird im Waisenhaus ein rechtes Zuhause finden, falls der Herr es leben lässt, er es nicht heim zur Mutter schickt. Ich habe mein Bestes getan; so hast du. Der Herr wird es dir einmal anrechnen. Das ist alles, was wir beide für das Kind tun konnten. Es ist nun am Herrn und an den Behörden, wenn Er es leben lässt, zu entscheiden, wie es mit ihm weitergeht.»

«Auch an uns», sagt das Mädchen. «An mir ganz bestimmt. Ich lass den Buben nicht im Stich.»

«Ich bitte dich», sagt der Pfarrer, «bleib vernünftig. Setz unsere Anstellung hier nicht aufs Spiel.»

«Ich bring das Kind auf meine Kammer, wenn es recht ist, Mutter Oberin», sagt die Schwester Pförtnerin.

«Und wer schaut zu ihm?», fragt die Oberin.

«Vielleicht kann eine meiner Mitschwestern den Pförtnerdienst übernehmen», sagt die Schwester.

«Nein», sagt die Oberin barsch. Das Wimmern des Kindes wird stärker. Die Schwester und die Oberin schauen es an.

«Soll ich versuchen, ihm etwas Milch zu geben?», fragt die Schwester Pförtnerin.

«Nein!», sagt die Oberin. «Es hört dann schon auf zu wimmern, wenn es müde ist.»

«Es braucht ein Plätzchen zum Schlafen», sagt die Schwester. «Einer der Weidekörbe, die wir für die Ernte benutzen, würde sich eignen. Es könnte ja dann, dort drin, bei mir bleiben.»

«Nein», sagt die Oberin, «die Körbe brauchen wir selber.»

«Es sind noch Monate bis zur ersten Ernte», sagt die Schwester Pförtnerin, «bis dahin ist er schon ein Grosser.»

«Nein», sagt die Oberin, «und widersprich nicht ständig. Das gehört sich nicht für eine Ordensschwester. Ich sage hier, was gemacht wird.»

Die Schwester Pförtnerin verstummt, schaut beschämt zu Boden. Für eine Weile herrscht betretenes Schweigen, nur das Wimmern des Kindes ist zu hören. Bis die Oberin sagt: «Hol endlich den Korb, oder muss man dir alles zweimal sagen.»

«Können Sie das Kindlein halten, während ich den Korb hole?», fragt die Schwester. Die Oberin nimmt das Kind umständlich in den Arm, verzieht dabei ihren Mund.

Die Schwester Pförtnerin nimmt der Oberin das Kind wieder ab und legt es in den Korb. Sie hat ihn mit Stoffbeuteln ausgelegt, damit es weich liegt. Ein Lächeln huscht über ihr Gesicht, als sie das Kindlein im Korb liegen sieht.

«Moses», sagt sie. «Wir nennen es Moses.»

«Nein!», sagt die Oberin. «Es gehört nicht uns. Es sind nicht wir, die ihm einen Namen geben. Geh an deinen Platz und mach, was man dir sagt», herrscht sie die Schwester an. Die Schwester schaut traurig in den Korb. «Geh! Tu, was man dir sagt», sagt die Oberin laut.

Nachdem die Schwester zurück an ihren Platz gegangen ist, nimmt die Oberin den Korb und geht zu einem Stuhl im Flur, um sich hinzusetzen. Über dem Stuhl hängt ein Bild mit der Mutter Maria, das Jesuskind in ihrem Schoss. Die Oberin betrachtet das Bild und setzt sich dann hin. Sie nimmt den Korb auf ihren Schoss, wirft ab und zu einen Blick hinein. Nach einer Weile steht sie auf, nimmt den Korb und geht auf ihre Kammer. Die Schwester Pförtnerin schaut ihr traurig nach, wie sie sich, den Korb am Arm, die Treppe hochmüht. Als wäre es ihres, denkt sie neidisch.

Die Oberin betritt ihre Kammer, stellt den Korb in die Ecke neben die Tür und legt sich dann, ohne sich auszuziehen, auf ihr Bett und versucht zu ruhen. Es will ihr nicht gelingen, obwohl das Kind inzwischen aufgehört hat zu wimmern. Immer wieder steht die

Oberin auf, um nachzusehen, ob das Kind im Korb sich noch regt. Als sie einmal glaubt, dass es sich nicht mehr bewegt, öffnet sie den Schal, die Decke und das Tuch, in welche das Kind eingewickelt ist. Sie sieht den ausgemergelten, winzigen Körper, sieht das Herz zwischen den Rippen des Kindes schwach schlagen, sieht sein blasses Gesicht; glaubt das Kind näher dem Tod als dem Leben. Sie wickelt es wieder ein, nimmt den Korb, verlässt die Kammer und geht die Treppe hinunter. Die Schwester Pförtnerin sitzt eingeknickt auf ihrem Stuhl.

«Geh, hol den Doktor, schnell, das Kind», schreckt die Oberin die Pförtnerin aus ihrem Schlummer. «Sag ihm, das Kind ist hungrig, es braucht die Amme», sagt sie laut und mit ungewohnter Sorge in der Stimme. Die Schwester möchte einen Blick in den Korb werfen. Die Oberin zieht ihn weg, sagt: «Geh! Dafür ist keine Zeit.» Die Schwester wirft sich ihren Umhang über und eilt in die kalte Nacht hinaus.

Stadtarzt Carl Bossard kommt von einer Entbindung nach Hause. Seine Frau Berta steht im Flur, als er zur Türe hereinkommt. Sie hat auf ihn gewartet. Sie nimmt ihm den Mantel ab und schaut ihn fragend an. Der Doktor schüttelt den Kopf, sagt: «Die Mutter ist tot, der Vater verzweifelt, drei weitere Kinder verwaist.»

«Ein viertes», sagt seine Frau. «Der Pfarrer hat vor Kurzem angeklopft. Er hatte ein Kindlein auf dem Arm, hat gesagt, es sei im Pfarrhof abgegeben worden. Er ist mit ihm ins Waisenhaus gegangen, nachdem ich ihm gesagt hab, dass du bei einer Entbindung bist.»

Es klopft an der Tür. Die Frau des Doktors öffnet sie. Draussen steht die Schwester Pförtnerin vom Waisenhaus.

«Was führt Sie hierher, zu so später Stunde?», fragt die Frau des Doktors.

«Schnell, das Kind, das der Pfarrer ins Waisenhaus gebracht hat, es will sterben», sagt die Schwester. «Es ist hungrig, es braucht die Amme.»

Doktor Bossard nimmt den Mantel vom Arm seiner Frau, schaut sie aus müden Augen an und sagt: «Kannst du mir die schwangere Esther vom Schuhmacher ins Waisenhaus bringen?»

Der Doktor untersucht das Kind. Die Oberin und die Schwester Pförtnerin stehen neben ihm, schauen ihm zu, wie er das Herz des Kindes abhört, als es an der Tür klopft. Die Frau des Doktors ist gekommen. Sie hat die Esther vom Schuhmacher mit sich. Ein dickes, hochschwangeres Mädchen. Nachdem der Doktor das Kind untersucht hat, reicht er es dem Mädchen und fragt: «Ist es dir recht?»

«Ja», sagt die Esther, «ich habe genug Milch. Es reicht auch für zwei.»

«Ein gefallenes Mädchen», sagt die Oberin zum Doktor, mit Blick auf das dicke Mädchen, das unter Anleitung seiner Frau versucht, das Kind zu stillen.

«Ein missbrauchtes, wenn Sie mich fragen», sagt der Doktor.

Die Frau des Doktors nimmt Esther das Kind ab, nachdem diese es gestillt hat, und legt es zurück in den Korb.

«Ich nehme es, wenn aus meinem nichts wird», sagt das Mädchen.

«Die Gefahr ist, dass trotz deiner gütigen Hilfe aus ihm nichts wird», sagt der Doktor.

«Darf ich es morgen wieder stillen?», fragt die Esther.

«Wenn es dich morgen noch braucht», sagt der Doktor. «Ich werde morgen in der Früh wiederkommen, die Esther mitbringen. Wenn wir das Kind so lange in Ihrer Obhut lassen dürfen?», fragt der Doktor die Oberin. «Ich möchte es lieber nicht mit in die kalte Nacht hinausnehmen, in dem Zustand, in dem es ist.» Die Oberin schaut den Doktor an. «Ich verantworte es», sagt der Doktor. Die Oberin nickt. Sie nimmt stumm den Korb und geht auf ihre Kammer.

«Es steht schlecht um das Kind», sagt Carl Bossard. «Hätte die Esther es gestern Abend nicht gestillt, es wäre diese Nacht schon gestorben. Und ich habe es heute Morgen nicht besser angetroffen als gestern Abend. Die Oberin kann es bestätigen. Sie hat die ganze Nacht wach gelegen, hat kein Auge zugetan bei dem Gedanken, das Kind könnte in ihrer Obhut sterben.»

Die Oberin nickt.

«Das heisst, wir sollten es besser gehen lassen», sagt Stadtschreiber Weiss. «Es ist eine Qual für das Kind, eine Belastung für die Oberin, die sonst schon mehr als genug zu tun hat. Das Waisenhaus ist völlig überbelegt wegen der schweren Grippe, die so mancher Mutter das Leben gekostet hat.»

«Und die Sozialkassen leerte», meint Kassier Brandenberg.

«Wegen dem Geld ein Leben aufzugeben, so fragil es auch sein mag, ist nicht recht», sagt der Pfarrer. «Auch nicht wegen der Müh, die es kostet, es am Leben zu erhalten, sei es auch nur für einen weiteren Tag, eine Nacht», meint er. «Dem Kind das Leben nicht zu vergönnen, wäre Sünde. Wenn der Herr es nicht will, wird er das Kind nicht leiden lassen.»

«Ihr habt gut reden, Herr Pfarrer», sagt Stadtschreiber Weiss. «Weshalb habt ihr es dann nicht selbst behalten, die Kosten und Mühen auf euch genommen? Es wurde schliesslich euch gegeben, es kommt aus eurem Haus.» Der Pfarrer schluckt leer.

«Es ist nicht die Aufgabe eines Einzelnen, aber die der Gemeinschaft, dem Bedürftigen zu helfen, einen hilflosen Menschen zu tragen. Ein jeder trägt das Seine dazu bei.»

«Wir könnten es wenigstens versuchen», meint Landschreiber Stadlin. «Wegen der Kosten: Der Kanton könnte behilflich sein. Ich werde es gern an die Verantwortlichen herantragen. Das Kind könnte ja dann die Kosten, die es verursacht hat für seine Aufbringung, zurückbezahlen, wenn es ins arbeitsfähige Alter kommt. Wir könnten es dann ja zu den Bauern in den Gemeinden geben.»

«Und du übernimmst die Verantwortung, wenn es dann doch stirbt», sagt Stadtschreiber Weiss, «wenn es vielleicht Schaden nimmt, blöd wird, zum Arbeiten gar nicht zu gebrauchen ist, unnütz ist für die Gesellschaft, ihr weiterhin auf der Tasche liegt. Du übernimmst also die Vormundschaft für das Kind.»

«Niemand ist unnütz», sagt der Pfarrer, «der liebe Gott lässt kein unnützes Leben zu.»

«Die Gemeinschaft übernimmt die Verantwortung.», sagt Landschreiber Stadlin, «Das ist ja das Wesen einer

Gemeinschaft, dass sie Bürden gemeinsam trägt. Ich übernehme gern das Administrative, schaue, dass alles seine Richtigkeit hat, begleite ihn bei Behördengängen, zu den Bauern, wenn es nötig ist.»

«Und der Herr Pfarrer übernimmt gern die Patenschaft, nehme ich an, wo er sich so für das Kind einsetzt», bringt sich Stadtpräsident Weber ein, der bisher geschwiegen hat.

«Und wo soll das Kind bleiben?», öffnet die Oberin zum ersten Mal ihren Mund. «Das Waisenhaus ist voll, kein Platz ist mehr frei; die Kleinsten schlafen zu zweit in einem Bett, und so ein Kind wie er braucht besondere Aufmerksamkeit und Sorge.»

«Es war in guten Händen bei Ihnen, liebe Frau, wie ich gehört habe», sagt Stadtpräsident Weber. «Sie haben grosse Barmherzigkeit gezeigt, als Sie es bei sich aufgenommen haben, wahre Mutterliebe, als Sie sich persönlich um sein Wohl gekümmert haben, sich um es sorgten. Es wird sicher für eine Nacht und vielleicht auch länger in Ihrer Kammer bleiben können, so lange, bis es über den Berg ist, ein Platz im Schlafsaal frei wird für es. Wir sollten zu einem Ende kommen, einem vorläufigen», meint er. «Es stehen noch andere wichtige Sachen an. Können wir so verbleiben?» Der Stadtpräsident schaut in die Runde. Alle nicken, selbst der Stadtschreiber, nachdem er dem fordernden Blick des Stadtpräsidenten und dem der anderen Anwesenden nicht mehr standhalten kann. «Ist da noch etwas, was wir vergessen haben?», fragt der Stadtpräsident. «Der Name des Kindes», sagt der Landschreiber. «Unter welchem Namen sollen wir es registrieren?» «Oswald» – «Moses», kommt es gleichzeitig aus dem Mund des Stadtschreibers und der Oberin.

«Er wurde gegenüber der St.-Oswald-Kirche abgegeben», antwortet der Stadtschreiber auf die Frage des Stadtpräsidenten, wie er gerade auf diesen Namen komme. «Weshalb Moses?», möchte dieser von der Oberin wissen.

«Ich fand für das Kind kein anderes Plätzchen als in einem der Körbe, welche wir für die Ernte benutzen. Ich dachte, als ich es darin liegen sah, an Moses.»

«Gut», sagt der Stadtpräsident, «Moses Oswald dann, so hat es sogar einen Vor- und einen Nachnamen, oder haben Sie einen anderen Vorschlag, Herr Pfarrer? Sie sind ja quasi der Vater des Kindes, jetzt Pate, wenn es Ihnen recht ist. Es wurde ja bei Ihnen abgegeben, Sie haben es angenommen.»

«Es wurde von der Annemarie, der Magd, entgegengenommen», sagt der Pfarrer verlegen. «Moses ist schon recht», meint er, «es ist ja jetzt der Frau Oberin ihres.»

«Somit können wir die Sitzung schliessen», sagt der Stadtpräsident. «Ach ja: Getauft werden sollte das Kind natürlich auch noch.»

Das Mädchen tritt in den Flur, als es den Pfarrer nach Hause kommen hört. Es schaut ihn fragend an. «Das Kind darf im Waisenhaus bleiben», sagt der Pfarrer, «in der Obhut der Oberin.»

«Wir hätten ihn behalten sollen», sagt das Mädchen.

«Es ist dort besser aufgehoben», erwidert der Pfarrer.

«Wie geht es ihm?», fragt das Mädchen.

«Nicht gut, laut dem Doktor», sagt der Pfarrer. «Es bekommt die Brust vom Schuhmacher seiner Esther. Hoffen wir, es bekommt dem Kind. Alles, was wir für es tun können, ist beten.»

«Wir sollten ihn taufen, bevor es zu spät ist», meint das Mädchen, «ihm einen Namen geben.»

«Es ist von den Behörden als Moses Oswald registriert worden», sagt der Pfarrer. «Alles Weitere ist jetzt an der Oberin zu entscheiden. Es wurde ihr von den Stadt- und Kantonsbehörden aufgetragen. Sie ist jetzt seine Mutter, der Herr im Himmel sein Vater, das Waisenhaus seine Familie.»

«Er ist Ihr Blut, er ist meines, hat Familie», sagt das Mädchen lauter als gewohnt.

«Ich bitte dich», sagt der Pfarrer, «behalte das für dich. Ich möchte dich gern behalten.»

«Ich hätt ihn gern behalten», sagt das Mädchen. «Ich kann ihn nicht verleugnen.»

Der Gang zum Waisenhaus wird zum täglichen Spaziergang für das Mädchen. «Ich bin die Magd des Pfarrers, das Kind wurde bei uns abgegeben. Ich habs in Händen gehalten. Es kann mir nicht gleichgültig sein, was mit ihm geschieht», antwortet sie auf die Frage von des Schuhmachers Tochter ob ihrer Neugierde. Sie hatte die Esther jeweils in der Nähe des Waisenhauses abgepasst, um zu erfahren, wie es dem Kind geht.

«Es lebt, bekommt seine Milch», ist meist die knappe Antwort, die sie von Esther erhält.

«Ich bin vorsichtig. Ich weiss, was ich mach», entgegnet das Mädchen auf die Warnung des Pfarrers, nachdem dieser erfahren hat, dass sie sich weiterhin um das Kind sorgt, die Nähe zu ihm sucht. Sie lässt sich nicht davon abhalten, sich immer und immer wieder in der Umgebung des Waisenhauses aufzuhalten.

Dann ist die Esther auf einmal nicht mehr da. Wahrscheinlich mit ihrem Kind niedergekommen. Das Mädchen fragt sich, sorgt sich, wie das Kind wohl zu seiner Milch kommt, wie es ihm wohl geht. Es wagt sich näher an das Waisenhaus heran, streicht ums Haus herum, schaut zu den Fenstern hoch, fragt sich, hinter welchem sich das Kind wohl befindet und was es gerade macht. Eine junge Schwester arbeitet im Garten, spaltet Holz. Sie schaut in seine Richtung und spricht es an.

«Was suchst du hier, was streichst du ständig ums Haus herum? Wenn du einen Mann suchst, die sind da drüben, im Armenhaus, wir hier sind das Waisenhaus», sagt sie. «Ich könnte dir dort aber auch keinen empfehlen; nicht einmal zum Holzspalten kann man sie gebrauchen.»

«Ich such keinen Mann, ich such ein Kind», sagt das Mädchen. «Es wurde vor Wochen im Pfarrhof abgegeben, wo ich als Magd arbeite. Ich hab es im Arm gehalten, möcht wissen, wies ihm geht.»

«Der Moses», sagt die junge Schwester. «Hättest ihn besser behalten. Er wohnt in der Kammer der Oberin. Es ginge ihm sicher besser bei dir.»

«Ich hätt das Kind gern behalten», sagt das Mädchen. «Der Pfarrer wollt es nicht.»

«Ach, die Männer. Erst machen sie dir ein Kind, und dann wollen sie davon nichts mehr wissen», lacht die junge Schwester.

Das Mädchen errötet. An einem der Fenster erscheint eine Schwester und mahnt zur Arbeit. «Wie heisst du?», fragt die junge Schwester, während sie weiterarbeitet, ein Scheit auf den Hackklotz stellt. «Komm wieder einmal her», sagt sie, «dann kann ich dir vielleicht mehr sagen. Aber sei vorsichtig, die sehen das nicht gern.» «Ich heiss Annemarie», sagt das Mädchen. «Und ich heiss Lydia», sagt die junge Schwester. «Ich mag dich.»

Annemarie lächelt sie verlegen an, nickt und geht.

Zwischen Annemarie und Lydia entwickelt sich eine Freundschaft. Annemarie bekommt auf diese Weise das Heranwachsen des Kindes mit, auch wenn die Informationen nur spärlich sind.

«Die Oberin behütet den Buben wie eine Glucke», entschuldigt Lydia das Wenige, das sie an Annemarie weitergeben kann. «Sie umsorgt ihn, als wäre er ihr eigener. Dabei wollte sie ihn erst gar nicht haben. Und jetzt lässt sie niemanden mehr an ihn heran. Ich würde ihn gern einmal in den Händen halten», sagt Lydia. «Ich würde dabei an dich denken. Es wird sich ergeben», meint sie. «Wir müssen halt einfach warten, bis die Oberin einen ihrer Anfälle kriegt, die sie jeweils ans Bett fesseln. Sie ist nicht bei bester Gesundheit.»

Es ist nicht die Gesundheit der Oberin, aber jene des Buben, die Annemarie beschäftigt, ihr immer wieder Anlass zur Sorge gibt, ihr schlaflose Nächte bereitet.

«Er stirbt mir noch weg, bevor er getauft ist», klagt sie, als Lydia ihr wieder einmal berichtet, dass der Doktor bei ihm gewesen ist.

Annemarie stellt dem Pfarrer das Essen hin.

«Der Bub ist immer noch nicht getauft», sagt sie, «wo er doch so kränklich ist und man nie weiss.»

«Die Verantwortung für ihn wurde der Oberin aufgebürdet, gegen ihren Willen», sagt der Pfarrer. «Wir dürfen ihr da jetzt nicht dreinreden. Sie wird schon wissen, was sie tut, ihn taufen, wenn sie es für richtig hält. Plötzlich will sie ihn nicht mehr, wenn wir uns einmischen, dann ist er noch schlechter dran.»

«Dann können wir ihn nehmen», sagt Annemarie.

Der Pfarrer schüttelt den Kopf. «Deine Nähe zum Waisenhaus, zu ihm, ist nicht gut für uns», sagt der Pfarrer, «sie ist gefährlich. Am Ende verlieren wir noch das Dach über dem Kopf, dann sind wir noch weiter weg von ihm.»

«Ihre Distanz zum Buben, zu seinem Wohl, ist auch nicht gut für ihn», sagt Annemarie. «Am Ende verliert er noch seinen Platz im Himmel.»

«Wann wird der Moses getauft?», fragt das Mädchen aus der Küche die Oberin, während sie einen Krug mit warmem Wasser auf die Kommode stellt. «Schau, dass du deine Arbeit richtig machst, und sei nicht so neugierig», sagt die Oberin forsch. «Sonst können wir dich hier nicht mehr gebrauchen.»

Es war Schwester Lydia gewesen, die sie gebeten hatte, die Oberin nach der Taufe des Buben zu fragen. «Das nächste Mal kannst du sie selber fragen», sagt das Mädchen zu Lydia. «Sie ist mir ganz arg gekommen, hat mir gedroht.»

«Es hat nicht geklappt», sagt Lydia zu Annemarie. «Das Mädchen aus der Küche ist mir böse. Die Oberin hat sie beschimpft, sogar gedroht, sie wegzuschicken.»

«Das tut mir leid», sagt Annemarie, «das wollte ich nicht. Es wird wohl nie etwas werden mit der Taufe», meint sie und lässt den Kopf hängen.

«Ausser wir machen es selber», sagt Lydia.

«Das dürfen wir nicht», sagt Annemarie, «das steht uns nicht zu.»

«Wenn die, denen es zusteht, ihre Pflicht nicht tun, wirds dem lieben Gott recht sein, wenn wir es tun – eines seiner Schäfchen vor der Hölle bewahren, wenn der Teufel doch immer wieder versucht, sich den Buben zu holen», sagt Lydia.

«Und wie sollen wir das anstellen?», fragt Annemarie.

«Du hast doch selber gesagt, sie behütet ihn wie eine Glucke.»

«Es wird schon einen Weg geben», sagt Lydia. «Es gibt immer einen. Wir müssen nur geduldig sein. Es ist noch kein Jahr vergangen, ohne dass die Oberin von ihrem Leiden heimgesucht worden wäre, das sie so hilflos macht. Das ist auch dem Teufel sein Werk. Nur hat sie es halt noch nicht gemerkt. Freu dich», sagt Lydia, als sie Annemaries trauriges Gesicht sieht. «Du wirst den Buben in deinen Armen halten, ihm Patin sein.»

«Ich kann ihm nicht Patin sein», sagt Annemarie.

«Weshalb nicht?», fragt Lydia.

«Das kann ich dir nicht sagen.»

Lydia ist bei der Gartenarbeit, als Annemarie am Zaun auftaucht. Neben sich hat Lydia einen Korb, zugedeckt mit einem Tuch. Einen, wie er für die Ernte verwendet wird.

«Die Oberin hat den Doktor gebraucht», sagt Lydia, ohne von der Arbeit aufzuschauen. «Er hat sich auch den Buben angesehen. Er hat ihm frische Luft verordnet, bleich, wie er ist, jetzt, wo es draussen wärmer wird. Er soll Farbe bekommen an der frischen Luft, hat er gemeint. Ich habe der Schwester, die es beim Essen erwähnt hat, angeboten, den Buben mit zur Gartenarbeit zu nehmen. Es wurde mir erlaubt», sagt sie und schaut auf, ein Strahlen in ihrem Gesicht. «Es muss aber sehr schnell gehen», wird Lydia wieder ernst. «Es ist ihm nur grad gestattet, während der Zeit draussen zu sein, in der zu der Oberin geschaut wird. Ich hole den Korb, trag ihn zur Schutzengelkapelle, wo wir den Buben taufen. Es muss halt im Stillen geschehen, wenn jemand drin am Beten ist. Lass uns hoffen, dass dem nicht so sein wird. Wir müssen jetzt aber abbrechen, bevor es jemand merkt», sagt Lydia. Sie nimmt den Korb und stellt ihn vor sich, schiebt das Tuch zur Seite. Annemarie klopft das Herz zum Hals, als sie den Buben nach Monaten, nachdem sie ihn zuletzt im Arm gehalten hat, wiedersieht. Er scheint sie nicht zu erkennen, blickt abwesend in den Morgenhimmel. Annemarie kommen die Tränen.

«Es kommt gut», sagt Lydia, «glaub mir.» Sie schenkt Annemarie ein Lächeln, deutet eine Umarmung an.

Annemarie steht vor dem Altar der Schutzengelkapelle unweit vom Waisenhaus. Sie hält den Becher mit dem Taufwasser, das sie aus dem Schäflibrunnen neben dem Pfarrhof geschöpft hat, in beiden Händen und wartet angespannt darauf, dass Lydia mit dem Buben kommt. Es ist niemand in der Kapelle ausser ihr. Eine alte Frau hat sie gerade verlassen, als sie ankam. Die Frau hat sich gewundert, hat wissen wollen, was es mit dem Wasser auf sich habe.

«Ich möchte dem Jesus seine Füsse waschen», war es Annemarie spontan eingefallen. Die alte Frau hat sie angelächelt, den Kopf geschüttelt und ist weitergegangen.

«Hermann», flüstert Annemarie, «der Bub heisst Hermann, ich werde es dir später erklären», sagt sie, als Lydia endlich kommt und mit dem Buben neben ihr steht. Sie hat nicht daran gedacht, ihr zu sagen, dass sie gern möchte, dass er von nun an diesen Namen trägt. Lydia leiert den Taufspruch herunter. Sie langt in den Becher mit dem Taufwasser, benetzt Hermanns Stirn und bekreuzigt ihn. Dann legt sie ihn in Annemaries Arme. Annemarie drückt den Buben an sich, Tränen in den Augen. Sie küsst ihn auf die Wange und dann auf die Stirn. Danach legt sie ihn in den Korb zurück.

Erleichtert, dass alles gut gegangen ist, lächelt Lydia Annemarie an, sagt übermütig: «Jetzt sind wir seine Eltern.»

«Du der Vater und ich die Mutter», sagt Annemarie und nimmt Lydia in den Arm. Lydia küsst Annemarie fest auf den Mund. Entsetzt stösst Annemarie Lydia von sich. Diese steht erschrocken ob Annemaries Reaktion da, Enttäuschung in ihrem Gesicht. Die beiden schauen sich lange an. Allmählich erhellen sich ihre Gesichter wieder. Annemarie geht auf Lydia zu, küsst sie auf die Wange, drückt sie fest an sich. Sie lassen erst wieder voneinander, als die Kapellentür aufgeht. Lydia nimmt eilig den Korb und verlässt die Kapelle, vorbei an dem verdutzten Besucher.

«Haben Sie einen ganz schönen Tag», sagt Annemarie zu dem Mann, als sie an ihm vorbeigeht, ein Strahlen auf ihrem Gesicht.

«Ich würd den Buben so gern wieder einmal in meinen Armen halten», sagt Annemarie zu Lydia, während sie ihr bei der Gartenarbeit zusieht, «so wie damals im Pfarrhof», meint sie, «wo er zu uns kam, oder in der Schutzengelkapelle, als wir ihn getauft haben, nur einfach länger, sodass er sich an mich gewöhnen kann und ich mich an ihn. Obwohl – ich habe ihn schon ganz fest in mein Herz geschlossen; ich wollte, er mich auch.»

«Das wird schwierig werden», sagt Lydia, «wirst wohl warten müssen, bis er grösser ist, mit den anderen Kindern draussen herumtollen kann. Die Schwester Köchin ist jetzt schon misstrauisch, wollte wissen, wer das Mädchen ist, das ständig am Gartenhag steht. Ich glaub, sie belauert uns, mag uns unsere Freundschaft nicht gönnen.»

«Und was hast du ihr gesagt?», fragt Annemarie.

«Ich habe ihr gesagt, dass du selbst eine Waise wärst, die niemanden hat und ab und zu ein liebes Wort braucht, um weiter zu existieren.»

«Und was hat sie gemeint?»

«Dass du ja, wie alle anderen Menschen auch, den lieben Gott zum Vater hättest, der dich tröstet, wenn du es brauchst. Ich werde ihr sagen, dass du auch körperliche Wärme brauchst wie jedes Kind auf Erden hier, wenn sie wieder einmal davon anfängt; und auch, dass du davon selber viel zu verschenken hast. Ich weiss das», sagt Lydia und schenkt Annemarie ein Lächeln und ein Augenzwinkern. «Ich würde dich gern wieder einmal in den Armen halten», meint sie nach einer Weile. «Ich werde mir etwas einfallen lassen, dass wir uns näher sein können, und du dem Buben. – Eigentlich könnten wir hier gut noch jemanden gebrauchen», sagt sie nach einer Weile. «Grad für die Kleinsten, die sich noch nicht selber beschäftigen können, so viele, wie sie zurzeit sind. Ich werde es einfach einmal probieren und fragen. Die Schwester, die zuständig ist für die Aufsicht der Kinder, ist keine Böse, nur halt ein wenig streng, wie alle hier.»

Annemarie sitzt auf einem Stuhl und schaut den Kindern zu, wie sie herumkrabbeln und mit sich selbst beschäftigt sind. Es ist ihr nicht erlaubt, sie aufzunehmen. Nur aufzupassen, dass nichts passiert. Sie sollen nicht verwöhnt und verhätschelt werden, müssen lernen, selbstständig zu sein.

«Da ist niemand, der auf sie wartet, der sie in Empfang nimmt, in die Arme, wenn sie einmal entlassen werden. Sie müssen für sich selber schauen können», hat die Schwester gesagt, die ihr ihre Aufgabe erklärte. Lydia hat erreicht, dass sie einmal die Woche mithelfen darf, die Kleinsten zu betreuen. Nur ab und zu muss sie ein Kind anfassen, um zwei Streithähne zu trennen oder um zu verhindern, dass sich eines wehtut. Hin und wieder geschieht es, dass ein Kind sich an eines ihrer Beine schmiegt oder seinen Kopf in ihren Schoss legt, sich auf diese Weise die körperliche Wärme selbst holt. Nicht so Hermann. Er ist die meiste Zeit für sich allein, scheint interessiert an allem, nur nicht an den anderen Kindern, noch weniger an ihr.

Hermanns Desinteresse an ihr tut Annemarie weh. Gleichzeitig fühlt sie sich erleichtert zu sehen, dass er sich scheinbar normal entwickelt, Interesse an dem zeigt, was um ihn herum vor sich geht, er aufmerksam zuhört, wenn gesprochen wird. Annemarie fängt an, den

Kindern Geschichten zu erzählen – zu fabulieren. Sachen, die sie selbst erlebt, gesehen oder mitbekommen hat, auf dem Hof der Familie ihrer Mutter, im Schächental, wo sie aufgewachsen ist, bevor sie als Magd hierher zum Pfarrer gekommen ist. Geschichten aus der Natur: von Pflanzen, Tieren und Menschen, dem Leben auf dem Bauernhof. Von Ereignissen, kleinen Dramen, die sich abgespielt haben in ihrer Kindheit, die sie ausschmückt und auf diese Weise interessanter macht. Sie gewinnt so das Interesse von einigen Kindern, unter ihnen auch Hermann, der ihr dabei näherkommt. Als würde er merken, dass die Geschichten auch etwas mit ihm zu tun haben, mit seiner Herkunft. Eines Tages erzählt Annemarie ihnen die Geschichte von einem Welpen, der bei seiner Geburt seine Mutter verloren hatte. Wie er von seiner grossen Schwester grossgezogen wurde; wie die Schwester alles tat, um ihren kleinen Bruder zu beschützen, ihn in die Selbstständigkeit zu begleiten. Annemarie schaut dabei immer wieder den Moses an, wünscht sich, dass er versteht.

Sie solle den Kindern nicht solche Mär erzählen, ihnen besser aus der Bibel vorlesen, gute Christen aus ihnen machen, meint die Oberin eines Tages, als sie im Vorbeigehen mitbekommt, wie Annemarie den Kindern von Tieren erzählt, die sprechen können. Die Woche darauf drückt ihr die Schwester, welche die Aufsicht über die Kinder hat, eine Bibel in die Hand und bittet sie, den Kindern daraus vorzulesen.

«Es ist nicht wegen mir, aber wegen der Oberin», sagt sie. «Mir haben deine Geschichten gut gefallen – auch wenn sie ein wenig weit hergeholt sind. Dem Moses, wie es aussieht, auch», meint sie, als sie sieht, wie er zu ihren Füssen sitzt und, wie es scheint, darauf wartet, dass sie zu erzählen beginnt. «Du möchtest nicht aus der Bibel vorlesen», sagt die Schwester nach einiger Zeit, da sie Annemarie nicht erzählen hört.

«Ich kann nicht lesen», sagt Annemarie beschämt. «Es war mir nicht erlaubt, das Lesen zu lernen, zur Schule zu gehen.»

«Das tut mir leid für dich», sagt die Schwester. «Hoffen wir, dass es der Moses einmal besser haben wird und er zur Schule gehen darf, sodass er das Lesen und das Schreiben lernt.» Die Schwester nimmt den Moses vom Boden auf und setzt ihn auf den Schoss von Annemarie, sagt: «Dann zeigst du ihm halt die schöne Schrift, die verzierten Buchstaben, sodass er sich schon einmal daran gewöhnen kann.» Annemarie bittet die Schwester, sie die Buchstaben zu lehren. Sie gibt sie an Hermann weiter und lernt dabei etwas lesen.

Annemarie lässt sich vom Pfarrer immer mal wieder ein Wort oder auch einen ganzen Satz aus der Bibel erklären. Er wundert sich. Sie hat sich bis anhin nie für das Lesen der Bibel interessiert.

«Ich möchte lesen lernen», gibt sie ihm zu verstehen, als er sie einmal danach fragt.

«Weshalb?», möchte er wissen. «Was in der Bibel steht, erfährst du am Sonntag in der Kirche.»

«Ich möchte weitergeben, was ich lerne», sagt Annemarie, «um anderen ein besseres Leben zu ermöglichen.»

«Wem?», fragt der Pfarrer.

Annemarie zuckt mit den Schultern.

«Das ist gefährlich für uns, was du da machst», sagt der Pfarrer.

«Lernen hat noch nie jemandem geschadet», erwidert Annemarie. «Es hilft, in der Welt zu bestehen. Gerade wenn man auf sich allein gestellt ist. Ich wäre froh, hätte ich lesen und schreiben lernen dürfen.»

Der Pfarrer schluckt leer, sagt: «Trotzdem, es ist gefährlich.»

Hermann sitzt auf dem Schoss von Annemarie. Er lernt Buchstaben und Worte, während die anderen Kinder am Spielen sind. Hin und wieder gesellt sich eines der anderen Kinder zu ihnen. Es wendet sich jedoch meist wieder ab, wenn es nur Buchstaben und Worte zu hören bekommt und keine Geschichten.

«Was ist mit dem Moses los?», fragt Annemarie die Schwester, die für die Betreuung der Kinder zuständig ist, als Moses eines Tages nicht unter ihnen ist.

«Die Oberin hat ihn auf ihrer Kammer behalten», sagt die Schwester. «Deine Gesellschaft tue ihm nicht gut, hat sie gemeint, als ich sie fragte, weshalb er nicht herunterkomme. Sie hat mich gescholten, als ich anderer Meinung war, hat gesagt, dass ihr die Verantwortung für das Wohl des Buben aufgetragen worden sei, dass deshalb sie entscheide, was gut für den Buben ist. Du musst nicht mehr herkommen, wenn du nicht möchtest», sagt die Schwester, «die Oberin hat es aber nicht ausdrücklich verboten.»

«Ich bin gern hier», sagt Annemarie. «Ich habe auch die anderen Kinder lieb.»

«Das freut mich», sagt die Schwester, «die Kinder haben auch dich lieb.»

Annemarie sieht Hermann für lange Zeit nicht mehr. Sie erfährt nur noch durch Lydia und die Schwester, die die Aufsicht über die Kinder hat, wie es ihm geht. Die beiden versichern ihr jedoch immer wieder, dass es ihm gut gehe und dass er Fortschritte mache, dass er jetzt selbst darum bemüht sei, die Buchstaben und Worte zu lernen; dass sie bemüht seien, ihn dabei so gut wie möglich zu unterstützen.

Trotzdem leidet Annemarie darunter, dass sie Hermanns Aufwachsen, seine Fortschritte nicht mehr mit eigenen Augen mitverfolgen darf. Sie erwähnt es immer wieder, wenn Lydia und sie sich treffen, gibt Lydia zu verstehen, wie sehr sie den Buben vermisst. Eines Tages, als Lydia Annemaries Leiden nicht mehr länger mit ansehen kann, vertraut sie sich der Schwester, die die Aufsicht über die Kinder hat, an. Sie hätte es selber bemerkt, sagt diese, dass die Annemarie nicht mehr richtig bei der Sache sei, sie mit ihren Gedanken wohl meist bei dem Buben oben in der Kammer der Oberin sei, sich sorge um ihn. Die Oberin jedoch lasse nicht mit sich reden, sagt sie. Sie werde jedes Mal wütend, wenn man das Wohl des Buben anspreche.

«Wir werden wohl einen anderen Weg finden müssen», meint sie.

Der Doktor hat die Oberin dazu gebracht, dass Moses mit auf die Spaziergänge darf, die die Schwestern an einem Sonntagnachmittag mit den Kindern unternehmen. Annemarie trifft jeweils unterwegs auf die Kinder und begleitet sie ein Stück des Weges, wechselt ein paar Worte mit Hermann, nimmt auf diese Weise erneut an seiner Entwicklung teil. Als während eines Spaziergangs einmal ein schweres Gewitter aufkommt, der Himmel sich verdunkelt, es blitzt und donnert, ergreift Hermann, der sonst immer allein geht, Annemaries Hand. Er lässt sie nicht mehr los. Annemarie begleitet die Kinder zurück zum Waisenhaus. Gott sei Dank bekommt die Oberin es nicht mit. Von da an gibt Hermann der Annemarie bei ihren Spaziergängen jeweils die Hand.

«Magst du denn die Buchstaben und Worte immer noch?», fragt Annemarie Hermann einmal auf einem ihrer Spaziergänge. Sie möchte sich versichern, dass seine Bildung unter ihrer Trennung nicht gelitten hat.

«Ja, sehr», sagt Hermann. Der sonst wortkarge Bub erzählt ihr fast schwärmerisch von einem jungen Mann, zu dem er sich jeweils vor dem Armenhaus auf die Bank setzt und dem er beim Schreiben zusieht.

Der junge Mann hat einfach nur dagesessen und in die Ferne geschaut, hat ihn ignoriert. Erst als sich Hermann einmal zurückgelehnt und versucht hat, einen Blick auf das Geschriebene zu werfen, hat er sich geregt. Er hat

ihm das Geschriebene hingestreckt und dann lautlos ge-
lacht, als er sah, wie er verwundert auf die Buchstaben-
und Wortfolge blickte. Er hat ihm dann das Heft wieder
aus der Hand genommen und laut angefangen zu lesen,
was er geschrieben hatte, ihm erklärt, dass das, was da
geschrieben stehe, Gedichte seien.

Von da an redet der junge Mann jeweils mit ihm, wenn
er sich zu ihm auf die Bank setzt: nie über Persönliches,
nur über das, was er geschrieben hat; liest ihm daraus
vor. Er erfährt nichts über den jungen Mann, der ihm so
nahe ist; wer er ist und woher er kommt. Umso mehr
erfährt er aber über das Sichauseinandersetzen mit der
Umgebung, das Ausdrücken von Gedanken und Gefüh-
len durch Betrachtungen in der Natur, den Vorgängen
darin. Auch wenn er vieles davon nicht wirklich versteht, hat der junge Mann in ihm damit den Keim fürs
Schreiben gepflanzt.

Es ist nie eine Frage gewesen, ob er zur Schule gehen
würde oder nicht. Er hat die Diskussionen darüber nicht
mitbekommen, wurde nicht gefragt. Eines Tages wird
ihm einfach eine Schultasche umgehängt, gesagt, es sei
ein Geschenk vom Pfarrer, und er tauscht den Schreib-
platz in der Kammer der Oberin – sitzend auf dem ein-

zigen Stuhl in der Kammer, kniend auf dem Boden, wenn die Oberin ihn brauchte – mit dem Pult in der Schulstube in der Unteraltstadt.

Er steht verloren auf dem Platz vor der Schule, etwas zu früh, wie jeden Morgen, und schaut mit ängstlich neugierigem Blick, wie andere Buben – übermütig, sich rangelnd – angerannt kommen. Seine grauweiss gesprenkelten Socken sind bis zu den Knien hochgezogen, wo knapp darüber die Beine seiner kurzen braunen Hose anfangen, gehalten nur über seiner schmalen Taille von ein paar weinroten Hosenträgern. In der einen Hand hält er den Apfel, den ihm Annemarie gegeben hat, als sie sich zuvor am Markt getroffen haben. Mit der anderen Hand weiss er nicht so recht wohin. Eine grosse Locke, einziges Überbleibsel seines einstigen Lockenkopfs, fällt in seine Stirn, in das Gesicht mit den feinen Zügen. Er war immer mal wieder für ein Mädchen gehalten worden, bevor ihm vor dem Schulanfang mit einer grossen Schere der Bub aufgezwungen worden ist. Nach und nach treffen weitere Buben ein, gross und stark. Er kann es jetzt mit ihnen aufnehmen, zumindest, was die Grösse betrifft. Vor nicht langer Zeit hat er noch zu den Kleinsten gehört. Das sei wegen dem Haferbrei, hat Schwester Lydia gemeint, den die Kinder, die zur Schule gehen, am Morgen zur Stärkung erhalten. Streiten und Kämpfen mit den Buben möchte er jedoch lieber nicht. Er hält sich aus jeder Auseinandersetzung heraus, schwächlich, wie er ist. Er ist der einzige der Buben, der eine dicke Strickweste trägt. Damit er nicht krank werde, hatte Annemarie gesagt, als sie ihm die selbst gestrickte Weste gab. Etwas jedoch hat er den anderen Buben voraus: Er hat die neueste und schönste Schultasche von allen umgehängt. Er habe sie sicher gestohlen, hatten die anderen Buben gemeint. Einem Waisenjungen wie er einer sei, zudem noch ein Findelkind, gehöre keine solche Tasche. Sie sei vom Pfarrer, hatte er scheu zurückgegeben, der habe ihn eben gefunden, sei daher verantwortlich für ihn.

Es klopft an die Tür der Oberin.

«Was ist», sagt diese. Das grosse Mädchen mit der schmutzigen Schürze betritt wortlos die Kammer, macht einen Knicks und stellt einen Krug mit warmem Wasser auf die Kommode – neben den Krug mit dem kalten Wasser und die grosse Emailschüssel. Dann nimmt sie den kleinen Buben, der verlegen am Fussende des Bettes steht, bei der Hand und verlässt die Kammer. Sie stellt ihn draussen an die Wand und schaut ihn, Mitleid und Neid zugleich in ihrem Gesicht, an, bevor sie dann die Treppe hinuntergeht. Es friert ihn, wie er so dasteht, nur in seinem Hemd. Er wartet ängstlich schlotternd, bis er von der Oberin wieder hereingeholt wird; schlottert noch mehr, als die Oberin ihm das Hemd auszieht und ihn nackt in die Emailschüssel mit dem Wasser stellt, mit dem sie sich zuvor gewaschen hat. Bekleidet nur mit einem Unterrock geht sie, umständlich, vor ihm in die Knie. Sie greift ins Seifenwasser, wäscht seinen Hals, seine Schultern, Arme, Brust und den Rücken, sein Hinterteil, die Beine und Füsse. Dann wäscht sie seinen Unterleib. Sie verweilt für lange Zeit mit ihren groben Händen zwischen seinen Beinen, sodass es ihn hinterher schmerzt. Das Gesicht muss er sich selbst waschen. Einzig in seine Ohren langt sie hin und wieder mit dem Finger, um sie zu säubern. Danach leert sie den Krug mit dem restlichen kalten Wasser über ihn. Seine Zähne klappern. Die Oberin trocknet ihn ab und steckt ihn dann unter die Decke ihres Bettes.

«Wie geht es dem Buben, wie sieht er aus?», fragt Schwester Lydia eines Tages das Mädchen, während es in der Küche den Krug der Oberin mit frischem Wasser füllt. Sie hat sie unter einem Vorwand abgepasst, um im Auftrag von Annemarie etwas über das Wohl von Hermann zu erfahren.

«Was weiss ich», sagt das Mädchen, «ich bring nur das Wasser und hol es wieder, füll den Krug mit dem kalten Wasser erneut auf. Grad gesund und glücklich sieht er nicht aus, wenn er, gekleidet nur im Hemd, im Flur steht. Vielleicht ist er es ja, wenn ich das Schmutzwasser zum Ausleeren hole und er geputzt und gestriegelt unter ihrer Decke liegt. Wäre auch nicht unglücklich, hätte ich so ein Bett, es müsste ja nicht gerade das der Oberin sein.»

«Du wäschst den Buben nicht?», fragt Lydia.

«Nein», sagt das Mädchen.

«Wer dann?», möchte Lydia wissen.

«Ich nehme an, die Oberin. Sie wird ihn ja kaum schmutzig unter ihre Decke stecken», sagt das Mädchen.

«Es hätte jetzt Platz unten für den Buben», sagt Schwester Lydia zu der Oberin, nachdem eines der Kinder gestorben ist, deshalb ein Platz im Schlafsaal frei wurde.

«Er wurde mir anvertraut», sagt die Oberin, «man macht mich verantwortlich für sein Wohl.»

«Wir sind sehr am Wohl der Kinder interessiert», sagt Lydia. «Wir würden dann schon, in Ihrem Interesse, zum Moses schauen.»

«So», sagt die Oberin, «mir scheint, die Kinder sind vernachlässigt.»

«Wenn wir mehr Leute wären», sagt Lydia.

«Wenn ihr euch mehr anstrengen würdet», sagt die Oberin. «Der Walter wäre noch am Leben, hättet ihr besser auf ihn aufgepasst.»

«Der Walter war auf dem Weg zu seinem Lehrmeister, dem Schuhmacher, als der Unfall passierte», sagt Lydia, Empörung in ihrer Stimme. «Es war nicht in unserer Verantwortung, aber in der der Flösser, die ihn nicht davon abgehalten hatten, auf die Stämme zu klettern. Dem Buben täte es sicher gut, wenn er mehr mit den anderen Kindern zusammen wäre, auch hätte er sein eigenes Bett», meint Lydia.

«Er ist in der Schule mit anderen zusammen», sagt die Oberin, «hat in der Kammer einen Ort, wo er ungestört lernen kann. Woher dieses Interesse am Buben?», fragt sie. «Glaubst, ich wüsste es nicht. Dieser Umgang mit der Magd des Pfarrers tut dir nicht gut; werde ihn wohl verbieten müssen. Die glaubt, weil sie ihn als Erste in den Händen gehalten hat, er sei ihres.»

«Wenigstens ein eigenes Bett sollte er haben», sagt Schwester Lydia. «Es ist auch für die Kinder unten der einzige persönliche Bereich, den sie haben.»

«Kümmere dich um deine eigenen Angelegenheiten», sagt die Oberin. «Schau lieber zu dir selber.»

«Ich bin Ordensschwester geworden, grad weil ich mich auch um andere kümmern möchte; solche, denen es nicht so gut geht und die sonst niemanden haben», sagt Lydia.

«Werde nicht frech», sagt die Oberin, «solche können wir hier nicht gebrauchen; und setz deine Haube richtig auf, da schauen Haare hervor. Wie eine Wilde.» Lydia schaut der Oberin fest in die Augen. «Geh», sagt diese nach einer Weile, «geh mir aus den Augen.»

«Es ist schon merkwürdig, dass der Bub mit der Oberin im selben Bett schläft», sagt Lydia im Gehen.

Es wird eng in der Kammer der Oberin, noch enger, als es sonst schon ist, als er sein eigenes Bett erhält, auch wenn es ein schmales und kurzes ist.

«Du willst es nicht?», fragt die Oberin, als er ungläubig davorsteht, nachdem er von der Schule heimgekommen ist. «Es ist deines», sagt sie. «Du weisst, wem du es zu verdanken hast?»

«Danke», sagt Moses.

Die Oberin mustert ihn, wie er vor dem Bett steht, und sagt: «Setz dich. Aufs Bett!», herrscht sie ihn an, als er nicht gleich versteht.

Das Bett wird ihm zum Zufluchtsort, zu seinem Freiraum nachts, wo er seinen Gedanken freien Lauf lassen kann, wo er fabuliert. Neben der Oberin im Bett liegend – jede ihrer Bewegungen war auch die seine – ist es ihm schwergefallen, bei sich selbst zu sein. Ihr Schnarchen, ihr Murmeln nachts ist jetzt nur noch ein entferntes Geräusch, das ihm zeigt, dass er nicht allein im Raum ist. Tagsüber ist sein einziger Freiraum der Schulweg. Oft steht Schwester Lydia im Flur, um ihn in die Schule zu verabschieden. Auch wenn er von der Schule nach Hause kommt, ist es oft Lydia, die ihn begrüsst. Wenn sie ihn nicht gleich kommen sieht, bleibt er jeweils am Gartenzaun stehen und schaut ihr bei der Gartenarbeit zu; so lange, bis sie auf ihn aufmerksam wird. Manchmal bringt er ihr liebe Grüsse von Annemarie mit. Er soll im Gegenzug der Annemarie Umarmungen und Küsse von Lydia überbringen.

«Die Lydia lässt dich auch grüssen», sagt er jeweils zu Annemarie, wenn sie wissen möchte, ob er Lydia ihre Grüsse überbracht habe. Hin und wieder hat Schwester Lydia Kinder dabei, die ihr bei der Gartenarbeit helfen. Ihm ist es verboten. Wegen seiner fragilen Gesundheit, hat die Oberin gesagt, als sie ihn einmal im Garten mithelfen sah; wegen des Lernens, das jetzt wichtiger sei als alles andere; er solle sich darauf konzentrieren, entgegnete sie, als er sagte, dass er gern im Garten arbeiten würde. Es ist ihm vieles verboten. Er ist unter der ständigen Kontrolle der Oberin. Sie ist streng mit ihm. Noch strenger als in der Kammer ist sie mit ihm, wenn er mit den anderen Kindern zusammen ist. Sie schimpft ihn oft aus vor ihnen. Wegen nichts.

Er hat keine Freunde im Waisenhaus. Seine Freunde sind die Fischer, die Holzarbeiter und die Bauersleute auf dem Landsgemeindeplatz, denen er auf seinem Weg zur Schule entlang des Sees begegnet; denen er bei der Arbeit zusieht und die manchmal ein freundliches Wort für ihn übrighaben. Der Umstand, dass er in der Kammer der Oberin schläft, macht ihn unter seinen Mitinsassen im Waisenhaus zum Aussenseiter. Ebenso seine Lernbegierde. Er akzeptiert es. Denn selbst wenn es ihm erlaubt wäre, unter ihnen zu sein: Es gibt im ganzen Haus keinen Ort, an den er sich zum Lernen zurückziehen könnte, ausser der Kammer der Oberin. Obwohl – da wäre noch ihr Büro. In das aber lässt sie niemanden hinein. Es sei ihr Freiraum, nun, wo sie ihre Kammer nicht mehr für sich allein habe, nachdem er ihr aufgebürdet worden sei, hat sie entgegnet. Die Schwester, die zuständig ist für die Betreuung der Kinder, hatte ihr gesagt, dass das Büro, jetzt, wo er zur Schule gehe, der geeignetere Ort zum Arbeiten für ihn sei als die Kammer, in der es keinen Schreibtisch gebe. Dass er unter der Aufsicht der Oberin – ihren Fittichen – ist, verhindert dafür, dass ihn die anderen Kinder plagen – sie bemitleiden ihn eher, weil er den Launen der Oberin ausgesetzt ist.

«Das kann ich jetzt selber machen, ich bin jetzt gross genug», stottert Moses, als ihm die Oberin das Hemd über den Kopf zieht und er nackt vor ihr steht. Die Oberin hält inne, schaut ihn fragend an. «Die Buben unten machen es auch selber», sagt er.

«Dann geh nach unten, wenn du es selber machen willst», herrscht ihn die Oberin an. «Geh! Auf was wartest du?», sagt sie nach einem Moment des Schweigens. Ihm ist kalt, er fängt an zu schlottern, seine Lippen beben. «Du kannst dann auch gleich unten bleiben, im Schlafsaal übernachten, mit den anderen Buben, deine Aufgaben mit ihnen zusammen machen, das Schreiben; kannst dann schauen, wer dir dabei hilft. Wenn du das willst, dann geh!»

Hermann lässt seine Schultern hängen, das Schlottern wird heftiger, seine Zähne klappern, er senkt seinen Kopf. Die Oberin fängt an, ihn zu waschen. Als sie zu seinem Unterleib kommt, zögert sie; verweilt nicht mehr so lange bei seinen Geschlechtsteilen wie sonst, wäscht sie nicht mehr so gründlich.

Er liegt auf dem Rücken, unter der Decke, die Beine angezogen, gespreizt, auch wenn es nicht mehr so sehr schmerzt wie die vorigen Male, und schaut in die Bibel – das einzige Buch, in dem ihm zu lesen erlaubt ist in der Kammer der Oberin. Er versucht zu vergessen, was vorgefallen ist, versucht, sich aus der Kammer der Oberin zu denken; sucht nach Freiheit, Geborgenheit und Zuneigung. Er denkt an seinen Schulweg, die Schule, die Begegnungen mit der Annemarie. Sie tun ihm gut, die kurzen Momente mit ihr, bevor er zur Schule geht, auch wenn sie nur flüchtig sind und etwas Verbotenes an sich haben, wenn sie sich nahe dem Landsgemeindeplatz treffen, wo Annemarie auf dem Markt einkaufen geht. Sie wartet dann in der Goldgasse, im Verborgenen, auf ihn, um ein paar Worte mit ihm zu wechseln, ihm einen Apfel oder eine Birne in die Hand zu geben; er legt manchmal seinen Kopf in ihre Schürze, wenn ihn etwas bedrückt. Der Lehrer mag ihn nicht, und auch seine Mitschüler sind ihm nicht wohlgesinnt, denkt er, auch wenn er es nicht oft zu spüren bekommt. Man lässt ihn sein. Weil er so ein Weichling sei, ein Feigling, wurde ihm von einem Mitschüler gesagt, als er es einmal ablehnte, bei einem Streich mitzumachen. Der Lehrer ist sehr streng. Er benutzt auch gern den Stock, um zu zeigen, wer der Meister ist.

«Wärst nicht so ein schlauer Hosenscheisser, bekämst auch du ihn zu spüren», hat Wolfgang gesagt, ebenfalls ein Waisenbub, der jedoch bei einem Onkel lebt und fast täglich zu spät zur Schule kommt, weil er vorher noch im Stall seine Unterbringung abverdienen muss. Der Lehrer zeigt dafür kein Verständnis, gibt ihm die Schuld und den Stock. Hermann bedauert ihn. Er wäre gern sein Freund, wo sie doch etwas gemeinsam haben. Es ist jedoch das Einzige, was sie verbindet. Im Gegensatz zu ihm ist Wolfgang ein Held. Er ist hoch angesehen bei den anderen Buben, weil er sich nicht alles gefallen lässt, sich manchmal getraut, dem Lehrer zurückzugeben; ihm sogar einmal die Schultasche nachgeworfen hat.

Er hat keine Freunde in der Schule. Ihm am nächsten ist sein Banknachbar Benjamin. Er ist auch der Einzige, der ihm ab und zu etwas Aufmerksamkeit schenkt. Er ist vom ersten Schultag an neben ihm gesessen, obwohl er drei Jahre älter ist als er. Er ist der Sohn vom Landschreiber Stadlin. Dieser war es, der ihn im Waisenhaus abholte und ihm im Klassenzimmer den Platz neben seinem Sohn zuwies. Er hat dann mit dem Lehrer noch ein paar Worte gewechselt, hat dabei immer wieder zu ihm hinübergeschaut. Benjamin erklärt es ihm jeweils, wenn er etwas nicht gleich versteht. Der Lehrer gibt sich mit ihm nicht ab, mit so einem wie ihm.

Es ist auch Benjamin, der ihm, beiläufig, immer mal wieder Fragen zu seinem Aufenthalt im Waisenhaus stellt. «Ich frag nicht wegen mir», sagt er jeweils, wenn Hermann ihn erstaunt ob einer Frage ansieht. Benjamin erfährt nicht viel von ihm. «Könntest ruhig ein bisschen gesprächiger sein», sagt Benjamin, «es ist schliesslich die Öffentlichkeit, die für deine Unterbringung aufkommt.»

«Es geht mir gut im Waisenhaus. Man schaut gut zu mir», ist meist seine knappe Antwort; auch als er einmal zum Essen bei der Familie des Landschreibers eingeladen ist und dieser ihn fragt: «Und, die Oberin ist gut zu dir, du kommst aus ihrer Kammer heraus, bekommst frische Luft?»

Die Oberin sitzt breitbeinig auf einem Baumstamm am See und liest in der Bibel. Neben ihr sitzt Moses. Er schaut nachdenklich zum gegenüberliegenden Ufer hinüber, wo sich sanft die Hügellandschaft des Ennetsees erhebt, schreibt sorgfältig in ein Heft, was er sieht. Eine Spaziergängerin läuft vorbei und grüsst. Sie bleibt stehen und unterhält sich mit der Oberin, fragt ihn: «Und, wie heisst unser kleiner Träumer, wie alt bist du denn?»

«Das ist der Moses», sagt die Oberin, noch bevor er antworten kann, «der Findling, der vor sechs Jahren im Pfarrhof abgegeben worden ist. Er braucht viel frische Luft, er ist sehr schwächlich, war halb tot, als er gefunden wurde.» Es tönt, als wäre es eine Entschuldigung dafür, dass er neben ihr sitzt und nicht mit den anderen Kindern herumtollt. «Ich ... wir haben ihn aufgepäppelt, lassen ihn nicht wieder gehen», meint die Oberin. «Er ist ein Kluger. Er kann schon lesen und schreiben.» Sie schaut ihn hinterher an, als erwarte sie ein Dankeschön von ihm. Er schenkt ihr ein verlegenes Lächeln, nickt und schreibt etwas in sein Heft.

Der Lehrer hat die Behörden – auch die Oberin und der Pfarrer waren anwesend – über die Fortschritte von Moses informiert. Man wollte wissen, ob es Sinn mache, ihn nach drei Jahren Primarschule weiter zur Schule zu schicken. Der Lehrer hat ihm grosse Intelligenz attestiert; sagte, dass es sich lohnen würde, wenn er weiter zur Schule ginge. Er sei ein unauffälliger Schüler, der sich nicht aufdränge, meinte er. Sein überdurchschnittliches Können im Schreiben und Lesen würde erst sichtbar, wenn er angehalten sei, einen Aufsatz vorzulesen; aber das solle kein Grund sein, ihn nicht weiter zur Schule gehen zu lassen, ihn wenigstens die Primarschule fertig machen zu lassen. Alle haben dafür gestimmt, dass der Moses weiter zur Schule gehen darf; selbst der Stadtschreiber und der Kassier. Der Stadtschreiber jedoch hat gemeint, dass der Moses sich mit seinem Talent ruhig im Waisenhaus nützlich machen dürfte.

Moses wird dazu angehalten, an einem Freitagabend den Kleinsten vor dem Zubettgehen Geschichten aus der Bibel vorzulesen. Solche, die für sie geeignet sind: von David und Goliath, dem Daniel in der Löwengrube oder dem Jesuskindlein. Er bleibt bei ihnen, auch wenn sie schon eingeschlafen sind, hängt Gedanken nach und geht dann in die Küche. Er setzt sich jeweils an den Küchentisch und schaut dem grossen Mädchen mit der schmutzigen Schürze beim Aufräumen zu, wartet auf Schwester Lydia, die für gewöhnlich noch vorbeikommt und ein paar Worte mit ihm wechselt, ihm den Arm um die Schultern legt und ihm einen Kuss auf die Stirn drückt: «Von der Annemarie», wie sie jeweils sagt. Immer mal wieder muss er darauf verzichten, weil die Oberin nach ihm rufen lässt, bevor die Lydia kommt. Sie schimpft ihn dann aus, fragt, was er so lange unten zu tun gehabt habe; sagt ihm, dass er ein schlechter Erzähler sei, wenn es so lange dauere, bis die Kleinen eingeschlafen seien.

«Die Oberin sagt, du sollst sofort raufkommen, Moses», ruft die Schwester Pförtnerin in die Küche. Er bleibt sitzen. Er mag auf die Zuneigung diesmal nicht verzichten, nimmt die Schelte der Oberin in Kauf. Er sitzt, sein Haupt gesenkt, am Küchentisch. Die Lydia ist nicht gekommen. Er wartet und wartet.

«Willst du nicht nach oben gehen, du bekommst sonst etwas zu hören», sagt das grosse Mädchen mit der schmutzigen Schürze. Hermann schüttelt den Kopf. Er bleibt. Als das Mädchen fertig aufgeräumt hat, setzt es sich zu ihm. Es legt wortlos seinen Arm um seine Schultern und drückt ihm einen Kuss auf die Stirn und dann einen auf die Wange, drückt ihn an sich.

«So! Hier steckst du also, das ist es also, was du vorlesen nennst!», hört er die Stimme der Oberin hinter sich. Sie war von ihm und dem Mädchen unbemerkt in die Küche gekommen. Die Oberin holt aus, will das Mädchen schlagen. Im selben Moment tritt Lydia in die Küche und ruft: «Halt, stopp, nein! Ich habe es ihr aufgetragen, lieb zu ihm zu sein. So ein Menschenkind braucht ja auch einmal Zärtlichkeit.»

Die Schule ist ausgefallen, wegen der politischen Wirren. Fast hätte es Krieg gegeben. Moses sitzt allein am grossen Tisch im Esssaal und versucht, Schularbeiten zu machen, als plötzlich zwei grosse Buben auftauchen und auf ihn zukommen, ihn auffordern, mit ihnen zu gehen.

«Was wollt ihr mit ihm?», ruft Schwester Lydia, die bei der Gartenarbeit ist und sieht, wie die beiden, den Moses zwischen ihnen, das Haus verlassen.

«Wir sollen den Buben mitnehmen, wurde uns gesagt», meint einer der beiden, «dem Jost Schanz wird heute der Kopf abgeschlagen.»

«Wer sagt das?», fragt Lydia.

«Die Oberin», sagt einer der Buben.

«Ihm ist nicht wohl heute», sagt Schwester Lydia, «er bleibt besser hier.»

«Die Oberin hat aber gesagt, wir sollen ihn mitnehmen. Er solle ruhig sehen, was mit Leuten geschieht, die nicht recht tun.»

«Dann braucht er sowieso nicht mitzugehen», sagt Lydia, «der Moses ist ein Gehorsamer, ein Lieber.»

«Wir müssen das aber der Oberin berichten», sagt einer der Buben.

«Das müsste ich auch», sagt Lydia, «und da gäbe es einiges über euch beide zu erzählen.»

«Wir können aber nichts dafür, wenn sie es merkt», sagt einer der Buben.

Die beiden gehen ohne den Moses zu der nahen Hinrichtungsstätte bei der Schutzengelkapelle. Lydia geht mit Moses in den Schlafsaal für die älteren Buben, sagt ihm auf dem Weg, er solle sich hinlegen und wenn jemand komme und frage, was er hier mache, sagen, dass ihm nicht wohl sei. Sie weist ihn an, sich in das Bett neben Rolf zu legen, der nach einem Sturz von einem Baum seit Tagen mit eingebundenem Kopf im Bett liegt. Moses liegt auf dem Bett, ist erleichtert, dass Lydia ihn davor bewahrt hat, bei der Hinrichtung dabei sein zu müssen, als er ein Stöhnen vernimmt. Er dreht sich zu Rolf hin. Dieser sieht ihn mit halb geschlossenen Augen an und fragt mit schwacher Stimme: «Was machst du hier?»

«Mir ist nicht wohl», sagt Moses.

«Nicht wohl ist gar nichts», sagt Rolf, «mir zerspringt der Kopf. Ich glaub, ich muss sterben.»

«Der Jost muss sterben», sagt Moses. «Ihm wird grad der Kopf abgeschlagen.»

«Er wird es hinterher besser haben als wir», sagt Rolf.

«Weshalb?», fragt Moses. «Er hat unrecht getan.»

«Er ist ein Heimatloser, ein Bettler», sagt Rolf, «eine arme Seele, hat kein richtiges Zuhause, gehört zu niemandem. Der liebe Gott meint es gut mit solchen Leuten wie ihm.»

«Ich habe kein richtiges Zuhause, gehöre zu niemandem», sagt Moses, «man braucht mir deshalb nicht grad den Kopf abzuschlagen, nur damit es mir hinterher besser geht.»

«Du hast ja auch nichts Unrechtes getan», sagt Rolf.

«Der Schanz Jost hat den Frimanns ihre Scheune angezündet.»

«Ich habe der Oberin nicht gehorcht», sagt Moses.

«Das ist kein richtiges Unrecht», sagt Rolf.

«Die Oberin denkt, es ist eines», sagt Moses.

«Das kannst du wiedergutmachen; ich nicht», sagt Rolf. «Ich wollte einen Apfel stehlen, bin vom Baum gefallen, mit mir geht es zu Ende.» Rolf schläft mit diesen Worten wieder ein.

«Es tut mir leid, dass ich unrecht getan habe», sagt Moses zu der Oberin, als er zu Bett geht. Die Oberin schaut ihn verwundert an, meint: «Schlaf jetzt.»

«Ist gut», sagt sie, als sie selbst zu Bett gegangen ist, das Licht gelöscht und ihr Gebet gesprochen hat. Moses hört es. Er hat wach gelegen. Jetzt kann er endlich schlafen.

Moses liegt wach im Bett. Er wartet darauf, dass die Oberin aufwacht. Es ist ihm nicht erlaubt, das Bett zu verlassen, bevor die Oberin aufgestanden ist. Sie gibt merkwürdige Laute von sich, andere als sonst, nicht die Zischgeräusche wie gewohnt, mehr ein Stöhnen. Es macht ihm Angst. Er überlegt, aufzustehen und jemanden zu holen, getraut sich jedoch nicht, wartet darauf, dass jemand kommt. Endlich, es klopft an die Tür der Kammer, mehrere Male, und dann tritt eine Schwester ein. Sie kommt zum Bett der Oberin, sagt wiederholt: «Mutter Oberin, Mutter Oberin», und berührt sie an der Schulter. Die Oberin reagiert nicht darauf. Die Schwester kommt an sein Bett, sagt: «Steh auf, Moses, ziehe dich an, geh runter, ich hol Hilfe. Die Oberin hat einen ihrer Anfälle, diesmal, scheints mir, ist es besonders schlimm. Besser, ich hol gleich den Doktor und den Pfarrer.»

Moses kann nicht ruhig sitzen in der Schule. Er muss die ganze Zeit daran denken, was mit der Oberin ist.

«Was ist», flüstert Benjamin, «bist du krank?»

«Ich nicht», sagt Moses, «aber die Oberin. Der Doktor und der Pfarrer sind bei ihr.»

«Der Pfarrer», sagt Benjamin, «das sieht aber gar nicht gut aus. Den holen sie nur, wenn jemand im Sterben liegt.»

Moses wird noch unruhiger, kann sich nicht auf den Unterricht konzentrieren. Der Lehrer bemerkt es und schimpft ihn aus.

«Die Oberin liegt im Sterben», sagt Benjamin.

«Hast hoffentlich keine Rechnungen mehr offen bei ihr», sagt der Lehrer. «Geh, geh zu ihr», meint er, «bevor sie nicht mehr ist.»

Moses getraut sich nicht ins Waisenhaus zurück. Er fragt sich unentwegt, ob er noch offene Rechnungen mit der Oberin hat, irrt umher. Dann geht er auf Umwegen zum Pfarrhof, schleicht ums Haus. Er möchte sehen, ob der Pfarrer daheim ist. Er geht die Treppe zur Kirche St. Oswald hoch, um durch die Fenster des gegenüberliegenden Pfarrhofes spähen zu können. Er kann nichts sehen. Er setzt sich auf die Treppe und wartet. Nach einer Weile geht hinter ihm die Türe auf, und der Pfarrer tritt aus der Kirche.

«Moses, was machst du hier?», sagt er überrascht.

«Lebt die Oberin noch?», fragt Moses.

«Ja, sicher», sagt der Pfarrer, «hattest du Angst um sie?»

«Es ist wegen der offenen Rechnungen», sagt Moses.

«Der offenen Rechnungen?», fragt der Pfarrer.

«Der Lehrer hat gesagt, ich soll zu ihr wegen der offenen Rechnungen, die ich vielleicht noch mit ihr hab.»

Der Pfarrer schaut ihn an, sagt verärgert: «Davon versteht der Lehrer nichts, der soll schauen, dass ihr das Lesen und das Schreiben lernt und das Rechnen. Wenn du glaubst, dass du mit der Oberin eine offene Rechnung hast, dann bitte Gott um Verzeihung dafür. Der liebe Gott wird es dann mit der Oberin ausmachen, wenn sie zu ihm kommt. Warte hier», sagt der Pfarrer.

Nach einer Weile kommt Annemarie aus dem Pfarrhof. Sie nimmt ihn bei der Hand, sagt: «Die Oberin wird es überleben; möchtest du trotzdem zu ihr oder möchtest du lieber in die Schule zurück?»

«Lieber in die Schule», sagt Hermann.

Annemarie geht mit ihm zur Schule. Vor der Tür fragt sie ihn: «Möchtest du, dass ich mit dir reinkomme und es dem Lehrer erkläre?»

«Das kann ich selber machen», sagt Hermann.

Moses sitzt auf der Bettkante und liest der Oberin aus der Bibel vor. Sie selbst ist nicht in der Lage zu lesen. Sie liegt mit geschlossenen Augen da, gibt einzig zu erkennen, dass sie nicht tot ist oder am Schlafen, wenn sie ihm mit schwacher, zerbrechlicher Stimme sagt, welche Stellen er zu lesen hat oder dass er lauter oder leiser sprechen soll. Er mag die Stellen nicht, die er zu lesen hat: dieses ständige Drohen und Mahnen, das Erzählen von Sünde und Vergebung, von der Strafe Gottes. Er hofft, es hilft wenigstens ihr, sodass sie schnell wieder gesund wird. Er erträgt es nicht, wie sie so daliegt; das

Häufchen Elend zu sehen, sonst so dominant. Er wünscht sich die Oberin zurück, wie er sie kennt. Ein bisschen netter dürfte sie schon sein, denkt er.

Moses sitzt auf einem zu einer Sitzbank umfunktionierten Baumstamm am See nahe dem Waisenhaus und blickt abwechselnd auf das Wasser und in sein Heft. Er schreibt etwas auf. Am anderen Ende der Bank thront die Oberin. Es sieht aus, als wären sie sich fremd. Die Bank sei ein Geschenk der Flösser an die Oberin gewesen, zum Dank, dass sie sie in ihre Gebete einschliesse, sagen die einen. Die Oberin habe die Flösser dazu genötigt, weil die vorherige Bank unter ihrem Gewicht zusammengebrochen sei, behaupten andere. Moses kann sich das Zweite eher vorstellen. Er schaut auf das Wasser, sieht, wie es sich bewegt, das Muster, das dadurch entsteht; er sucht nach Worten, um es zu beschreiben. Er schaut zum anderen Ufer des Sees hinüber, sieht die sanften Hügel, wie sie sich wellen, als hätten sie es dem Wasser abgeschaut. Er fragt sich, was sich wohl jenseits der Hügel befindet. Ob vielleicht ein besseres Leben? Ein Geräusch holt ihn aus seinen Träumen; es kommt stetig näher, begleitet von einer Rauchwolke, die in den Himmel steigt. Ein grosses, rauchendes Boot taucht auf, eines, wie er es noch nie gesehen hat, und legt am neu gebauten Bootssteg an. Moses kommt aus dem Staunen nicht mehr heraus. Er kann seinen Augen nicht trauen, kann den Blick nicht mehr von dem dampfenden Ungetüm abwenden.

«Geh», sagt die Oberin zu ihm. «Geh schauen», als er erst nicht verstehen will. Moses steht langsam auf und geht zögerlich auf das rauchende Boot zu, unsicher, ob die Oberin wirklich meint, er solle es sich von Nahem ansehen. Er schaut zu, wie ein Mann ein dickes Seil an einem Pfosten festbindet.

«Würdest wohl auch gern mal auf so einem Dampfschiff stehen», sagt er. «Möchtest du?» Moses dreht sich zur Oberin um. «Darf er?», ruft der Mann der Oberin zu. Die Oberin nickt leicht, ohne aufzuschauen. Noch bevor er sich sicher ist, ob das Nicken der Oberin wirklich meint, dass er darf, packt ihn der Mann mit seinen kräftigen Armen an den Hüften und hievt ihn auf das Deck des Schiffes. Ihm wird ganz anders, als er auf dem wackeligen Untergrund steht. Er weiss nicht so recht, ob er sich freuen soll oder ängstigen ob des Abenteuers. Ihm wird schlecht, als er keinen festen Boden mehr unter den Füssen spürt.

«Bring den Buben von Bord», ruft der Mann, der das Schiff steuert, «siehst du nicht, dass er ganz bleich ist.»

«Bist keiner fürs Wasser», sagt der Mann, als er ihn wieder auf den Steg stellt.

Erleichtert und enttäuscht zugleich von dem kurzen Abenteuer schaut Moses den Vorgängen auf dem Schiff noch eine Weile vom Steg aus zu und kehrt dann zur Oberin auf die Bank zurück, setzt sich ans andere Ende. Die Oberin dreht ihren Kopf in seine Richtung, sagt: «Und?»

«Danke», sagt Moses.

Die Oberin ist gerade dabei, Moses' Unterleib zu waschen, als die Tür zur Kammer aufgeht. Die Oberin schaut das grosse Mädchen mit der schmutzigen Schürze erschrocken an. Moses schämt sich, als das Mädchen ihn anstarrt, wie er nackt in der Waschschüssel steht, die Oberin vor ihm auf den Knien. «Entschuldigung», sagt das grosse Mädchen, «ich bin zu früh dran heute», und macht die Türe wieder zu.

«Wo ist das grosse Mädchen?», fragt Moses die Schwester Köchin, als er ein anderes Mädchen ihre Arbeit machen sieht.

«Es ist bei Bauersleuten im Welschland, sie ist jetzt gross genug, um zu arbeiten», sagt die Schwester. «Du bist wohl auch bald so weit?», meint sie.

«Sie hat gearbeitet», sagt Moses, «hier.»

«Stell keine Fragen und mach, dass du nach oben kommst», sagt die Schwester. «Du weisst, was dir sonst blüht.»

«Gefall ich dir nicht?», fragt das Mädchen, das jetzt in der Küche hilft. «Warst in sie verliebt?»

Die Oberin ist in letzter Zeit noch strenger mit ihm, rügt ihn wegen jeder Kleinigkeit, macht ihn schlecht vor den anderen. Es tut ihm weh, nachdem er zuvor geglaubt hat, dass eine gewisse Normalität in ihre Beziehung eingekehrt sei, die Oberin ihm einige Freiheiten erlaubt hat, ihn auch angehalten hat, mit Gleichaltrigen im Waisenhaus zu verkehren. Der Doktor hat sich angekündigt. Er möchte ein langes Gespräch mit ihm führen und dann mit der Oberin.

«Pass auf dein Maul auf», hat die Oberin gesagt. «Was in der Kammer geschieht, geht nur uns beide etwas an; hast du verstanden? Sonst bist du weg. Nicht nur aus der Kammer. Kannst dann gleich dahin zurück, wo sie dich liegengelassen haben.» Er hat weinen müssen ob der harschen Worte. So hatte die Oberin noch nie mit ihm geredet. Die Oberin hat ihm dann die Tränen und den Rotz mit ihrem Taschentuch weggewischt, dabei ihre schwere Hand auf seine Schulter gelegt.

Der Doktor untersucht ihn, fragt ihn, ob er denn gern im Waisenhaus sei. Moses zuckt mit den Schultern. «Eine Veränderung würde dir guttun, ein wenig in die Höhe, eine andere Kost», sagt der Doktor. «Würdest du gern woandershin, weg von der Frau Oberin?», fragt er mit einem Augenzwinkern. Moses nickt schwach. Der Doktor spricht mit den Behörden. Es wird entschieden, den Buben, wenn er in Kürze die Primarschule beendet hat, auf den Gottschalkenberg zu schicken. Auf den Hof dort mit Wirtschaft und Kurhaus. Sie können gut eine Hilfe gebrauchen.

Die Oberin wehrt sich entschieden dagegen; auch als ihr gesagt wird, dass der Bub keine schweren Arbeiten zu verrichten habe, ferner an der Höhenluft sei, was gut für seine Gesundheit sei. Die Oberin argumentiert mit seiner schwächlichen Konstitution gegen einen Aufenthalt auf dem Bauernhof. Die Behörden bestehen auf ihrem Entschluss. Es sei jetzt an der Zeit, dass der Bub seine Aufbringung begleiche. Und es sei eine ideale Gelegenheit mit dem Gottschalkenberg, da gleichzeitig Rücksicht auf seine schwache Konstitution genommen werde, meinen sie. Die Oberin wendet sich an den Pfarrer. Dieser jedoch möchte sich nicht in die Entscheidung der Behörden einmischen; wundert sich, dass die Oberin sich so für den Buben einsetzt, wo sie ihn doch damals gar nicht haben wollte.

Lydia arbeitet im Garten, als die Oberin auf sie zukommt. Sie kann sich nicht erinnern, dass die Oberin sich jemals für ihre Arbeit interessiert hat. Seit dem Vorfall, als sie damals den Hermann aus ihrer Kammer hatte befreien wollen, hatte sie nie mehr etwas mit ihr zu tun; hatte darauf gewartet, dass sie sie loswerden wollte.

«Die Behörden wollen den Moses zu schwerer Arbeit aufs Land schicken», sagt die Oberin, «jetzt kannst du etwas tun für ihn.»

Lydia schaut die Oberin ungläubig an.

«Schnell», sagt die Oberin, «bevor sie ihn holen. Ich konnte sie nicht davon abhalten. Selbst der Pfarrer wollte nicht helfen, wo er doch der Pate des Buben ist.»

«Darf ich die Arbeit lassen?», fragt Lydia. Die Oberin nickt. Lydia lässt das Gartenwerkzeug liegen und läuft, ohne sich vorher die Hände zu waschen, zum Pfarrhof.

«Du hier?», fragt Annemarie, überrascht ob Lydias Auftauchen. «Ist etwas mit dem Hermann?», fragt sie.

«Die Behörden wollen den Hermann von der Schule nehmen», sagt Lydia, «ihn zu schwerer Arbeit auf den Bauernhof schicken. Deinem Pfarrer scheint es egal zu sein, sagt die Oberin.»

Annemarie schaut um sich, nimmt Lydia in den Arm, drückt sie fest an sich.

«Der Hermann ist ein Gescheiter, er sollte weiter zur Schule gehen», sagt Annemarie zum Pfarrer, als sie ihm das Essen hinstellt.

«Der Hermann?», sagt der Pfarrer.

«Dann halt der Moses», sagt Annemarie.

«Weshalb nennst du ihn Hermann?», will der Pfarrer wissen.

«Wegen der Hermine, seiner Mutter», sagt Annemarie. «Er soll wenigstens etwas von seiner Mutter haben, wenn schon sein Vater ihn verleugnet, es ihm egal ist, was aus dem Buben, den er gezeugt hat, einmal wird», betont sie.

«Es ist der Entscheid der Behörden, ich habe ihnen da nichts dreinzureden», sagt der Pfarrer. «Es wurde schon ein Haufen Geld für den Buben, für seine Aufbringung ausgegeben, und die möchten jetzt etwas zurückhaben. Es war die Abmachung damals, sicherte sein Überleben.»

«Ich werde zu den Behörden gehen und ihnen anbieten, dass ich anstatt des Buben zur Arbeit auf die Höfe gehe», sagt Annemarie.

«Das geht nicht», sagt der Pfarrer, «die werden wissen wollen, weshalb du dich so einsetzt für den Buben.»

«Dann sollen sie es wissen», sagt Annemarie. Sie nimmt ihr Essen und will damit auf ihre Kammer gehen. «Du bleibst hier», sagt der Pfarrer ungewohnt laut. Gleich nach dem Mittagessen verlässt er den Pfarrhof.

«Ich weiss, du magst den Buben nicht», sagt der Pfarrer zum Lehrer, «er ist dir zu begabt für eine Waise, ein Findelkind dazu, aber es ist ein Unrecht an Gott, welcher der Gemeinschaft den gescheiten Buben in Obhut gegeben hat, wenn wir sein Talent verkümmern lassen, wir seine weitere Bildung verhindern.»

«Woher denn plötzlich dein Interesse am Buben?», fragt der Lehrer. «Das Einzige, was du ihm bis jetzt hast zukommen lassen, ist eine neue Schultasche, und die hat ihm auch nichts gebracht ausser den Neid der anderen Buben.»

«Die Behörden haben mir damals die Patenschaft aufgezwungen, die Verantwortung, weil der Bub im Pfarrhof abgegeben worden war. Jetzt gibt es einen triftigen Grund, sie wahrzunehmen», sagt der Pfarrer, «sein Talent nicht verkümmern zu lassen. Es wäre eigentlich die Aufgabe des Lehrers», meint er. «Solltest froh sein, so einen wie ihn in der Klasse zu haben. Es zählt auch als das Verdienst des Lehrers, wenn aus dem Buben einmal was wird.»

«Wenn ich nicht wäre, wäre der Bub schon lange auf den Höfen und würde seine Aufbringung abverdienen», sagt der Lehrer aufgebracht. «Auch hätte es damals keinen Sinn gemacht, mich dafür einzusetzen, dass er weiter zur Schule gehen darf, wenn ich nicht dafür wäre, dass er die Schule dann auch fertig macht.» Der Lehrer lässt die Klasse allein und geht mit dem Pfarrer zu den Behörden.

«Es ist wegen dir», sagt Hermanns Banknachbar, als der Pfarrer in die Schule gekommen und mit dem Lehrer nach draussen gegangen ist. «Weshalb?», will er wissen. «Ich komme weg vom Waisenhaus», flüstert Hermann. «Willst du das?», fragt sein Banknachbar. Hermann zuckt mit den Schultern.

«Es geht um den Moses Oswald, das Findelkind, das vor bald elf Jahren im Pfarrhof abgegeben worden ist», sagt Stadtschreiber Weiss zu den Anwesenden: dem Pfarrer, dem Lehrer, der Oberin, Doktor Bossard, dem Landschreiber Stadlin und dem Kassier Brandenberg. «Es gibt Stimmen, die möchten, dass er weiter zur Schule geht: darunter der Herr Pfarrer und der Lehrer Luthiger, die das Treffen heute angeregt haben. Ich jedoch bin der Meinung, dass es der richtige Zeitpunkt wäre, dass der

Bub jetzt, wo seine Zeit an der Primarschule bald endet, der Gemeinschaft etwas zurückgibt, auf die Höfe geht, wie damals abgemacht, und ihr nicht weiter auf der Tasche liegt», sagt er und nickt Kassier Brandenberg zu. Dieser liest eine Aufstellung der bisherigen Kosten für die Aufbringung des Buben vor, betont jeden Betrag.

«Er könnte ja im Waisenhaus Aufgaben übernehmen», sagt die Oberin, «und auf diese Weise für seine weitere Aufbringung aufkommen und dann später immer noch auf die Höfe, um die aufgelaufenen Kosten abzubezahlen. So kann er weiter zur Schule gehen, seine Bildung beenden.»

«Ich bin nicht gegen eine weitere Bildung des Buben», sagt der Doktor. «Im Gegenteil, so ein Talent gehört gefördert. Eine neue Umgebung würde dem Buben aber guttun, vor allem seiner Gesundheit. Er könnte ja auch auf dem Gottschalkenberg weiter zur Schule gehen, wäre dort zusätzlich an der gesunden Höhenluft.»

«Es geht nicht nur darum, was für den Buben gut ist», sagt Kassier Brandenberg, «es geht auch darum, was für die Gemeinschaft gut ist. Der Bub wurde am Leben erhalten, er durfte ins Waisenhaus gehen, zur Schule, was nicht selbstverständlich ist bei seiner Herkunft; er hatte eine Kindheit. Er darf jetzt ruhig etwas zurückgeben und arbeiten gehen. Wäre er auf einem Bauernhof gelandet oder bei einer Handwerkerfamilie, wäre das schon lange der Fall.»

«Auf dem Zurückbezahlen der Kosten für seine Aufbringung sollten wir jetzt wirklich nicht herumreiten», sagt Landschreiber Stadlin. «Wir befanden uns damals in einer finanziellen Notsituation, als das entschieden wurde. Inzwischen steht es wieder gut um die Sozialkassen. Nicht nur um die des Kantons, sondern auch um die der Stadt, wie ich weiss. So drängt es nicht, dass wir das Geld jetzt zurückbekommen. Wir sollten uns auf das Wohl des Buben konzentrieren.»

«Hätte der Bub denn neben der Arbeit im Waisenhaus auch genug Zeit für Schularbeiten?», richtet sich Lehrer Luthiger an die Oberin. «Er wird in die Oberstufe gehen, es wird dort einiges mehr verlangt als in der Unterstufe.»

«Der Bub ist noch nicht zur Schule gegangen, da hat er schon die Buchstaben und Wörter, das Lesen gelernt im Waisenhaus», betont die Oberin. «Das Lernen ist noch nie zu kurz gekommen und wird es auch in Zukunft nicht. Zuerst die Schule, dann die Arbeit.»

«Wenigstens raus aus Ihrer Kammer sollte der Bub», sagt Doktor Bossard. «Ihre Verdienste um seine Aufbringung und Bildung in Ehren, es wäre jetzt aber an der Zeit. Es ist schon ungewöhnlich: Ein Bub in seinem Alter nächtigt in der Kammer der Oberin.»

Die Anwesenden nicken.

«Darf ich Sie daran erinnern», sagt die Oberin, «dass es in dieser Amtsstube war, dass mir der Bub gegen meinen Willen aufgezwungen worden ist. Und das, obwohl im Waisenhaus kein Platz mehr für ihn war.»

«Wie gesagt», sagt Doktor Bossard, «Ihre Verdienste in Ehren, aber jetzt wäre es an der Zeit, dass wir, in dieser Amtsstube, nach einer anderen Lösung für den Buben suchen, zu seinem Wohl, auch gegen Ihren Willen.»

«Es gibt doch sicher inzwischen einen Platz im Schlafsaal», fällt Landschreiber Stadlin ein.

«Er kann in die Kammer des alten Hausmeisters», sagt die Oberin, «da ist er nicht so abgelenkt wie im Schlafsaal. Der alte Hausmeister ist ein Ruhiger.»

«Es wäre ein Kompromiss», sagt Landschreiber Stadlin. «Und was seine Gesundheit angeht: Der Herr Doktor hat gut zu ihm geschaut in den letzten Jahren, wird es sicher auch in Zukunft tun. Der Moses könnte ja auch für einen Kuraufenthalt auf den Gottschalkenberg, wenn es einmal wirklich nötig würde. Was meinen der Herr Pfarrer und der Lehrer Luthiger dazu?», fragt der Landschreiber. Die beiden nicken. «Dann werde ich das in der nächsten Ratssitzung so vorbringen, wenns allen recht ist», sagt er und schaut den Stadtschreiber, den Kassier und den Doktor an. Diese nicken, auch wenn sie nicht in der Lage sind, ihre Enttäuschung zu verbergen.

Moses ist erleichtert, die Kammer der Oberin verlassen zu können, erleichtert, im Waisenhaus bleiben und weiter in die Schule gehen zu dürfen, der Annemarie nahe zu sein. Er ist jedoch gleichzeitig auch besorgt, in die Kammer des Hausmeisters einziehen zu müssen. Es wird allerhand Übles über ihn erzählt. Dass er stinken soll, ist noch das Geringste. Er stinkt nicht mehr und nicht weniger als die Oberin, nur anders. Das sei, weil er alt und krank sei, bald sterben müsse, sagt der alte Mann zu ihm entschuldigend, als er einmal Luft lassen muss. In derselben Kammer mit einem Sterbenden hausen zu müssen, macht Moses Angst. Nicht mehr in der Kammer der Oberin nächtigen zu müssen, macht die Angst etwas erträglicher.

«Sterbende werden halt freundlich, wenn sie wissen, dass sie gehen müssen, bald vor dem Herrn stehen», meint die Schwester Köchin, als er ihr sagt, dass der Hausmeister gar nicht so ein Übler sei, wie gesagt werde. Moses macht jetzt seine Hausaufgaben in der Küche. Es ist ein Vorschlag des Doktors gewesen, als nach seinem Auszug aus der Kammer der Oberin und seinem Übertritt in die Oberstufe darüber diskutiert worden ist, wie es nun mit ihm im Waisenhaus weitergehen soll.

Der Doktor hatte ihn vorher über Schwester Lydia fragen lassen, wo er denn die Hausaufgaben gern machen möchte. Am liebsten wäre es ihm gewesen, wenn er nach der Schule in der Schulstube hätte bleiben dürfen. Er mag den Raum. Zudem steht das Oberstufenschulhaus in der St.-Oswalds-Gasse, wo auch der Pfarrhof ist, in dem die Annemarie zu Hause ist, die er so lieb hat. Es gebe keine Sonderregeln, für einen wie ihn schon gar nicht, auch nicht, wenn er den Doktor zum Freund habe, hatte ihn der Lehrer schon am ersten Schultag vor versammelter Klasse wissen lassen und ihm so gezeigt, wie er ihm gesinnt ist. Gut gesinnt ist ihm jedoch der alte Hausmeister, mit dem er jetzt die Kammer teilt. Dieser hat ihm seine Freundschaft angeboten, für die kurze Zeit, die ihm noch auf Erden bleiben würde. Er hätte gern Kinder gehabt, hat er gesagt, aber es habe halt mit den Frauen nicht so recht geklappt. Hermann zögert, das Angebot anzunehmen, nimmt es dann mit einem schwachen Nicken an. Er fürchtet sich davor, von dem alten, kranken Mann gewaschen zu werden. Er beschliesst, am Freitagabend nicht in der Kammer zu sein; nach dem Abendessen in die Küche zu gehen und, nachdem er beim Abwaschen geholfen hat, noch dort zu bleiben und zu schreiben.

«Die Oberin möchte dich sehen, wenn du hier fertig bist», sagt die Schwester Köchin zu ihm.

Die Oberin knöpft ihm das Hemd auf, öffnet seine Hose, zieht sie ihm hinunter, zieht ihm die Unterwäsche aus und fängt wortlos an, ihn zu waschen. Ihn schmerzt der Unterleib hinterher, wie jedes Mal. Diesmal jedoch empfindet er auch eine intensive Erregung, eine Spannung, während die Oberin sich mit seinem Unterleib beschäftigt, und eine grosse Erleichterung, als sie mit ihm fertig ist. Die Furcht vor dem Gang zur Kammer der Oberin an einem Freitagabend weicht nun einem grossen Verlangen, wenn er sie zur Körperpflege aufsucht.

Nebst der Mitarbeit in der Küche ist Moses auch angehalten, sich mit den Kleinsten im Waisenhaus abzugeben: ihnen beim Ankleiden zu helfen und bei der Körperpflege.

«Was machst du da?», fragt eine Schwester ihn mit empörter Miene, als er sich intensiv mit der Intimpflege eines kleinen Buben beschäftigt. «So etwas macht man nicht, das ist Sünde», sagt sie. Moses wundert sich ob der Empörung. Die Oberin wird gerufen. Sie schimpft ihn auf das Wüsteste aus und schlägt ihm ins Gesicht, befiehlt ihm, auf ihre Kammer zu gehen und dort auf sie zu warten. Er hat sich in eine Ecke zu stellen, als sie in die Kammer kommt, und in der Bibel zu lesen, den 1. Korinther 6,9. Er ist nicht in der Lage, konzentriert zu lesen, was geschrieben steht – von Unzüchtigen und Knabenschändern. Er ist verwirrt und geschockt von dem Geschehenen, dem Zorn der Oberin. Er möchte sie gern fragen, weshalb. Er kann es nicht, als er sie auf dem Bettrand sitzen sieht, die Bibel auf dem Schoss, Tränen in den Augen, den Rosenkranz betend.

Das Waschen fällt aus am nächsten Freitagabend und auch an den folgenden. Er wartet vergebens in der Küche darauf, dass die Oberin ihn rufen lässt. Vor nicht allzu langer Zeit hätte ihm dies Erleichterung bedeutet; jetzt empfindet er es als Strafe.

Moses wird angehalten, andere Arbeiten zu verrichten, wird von den Kindern ferngehalten. Er ist jetzt oft im Garten anzutreffen, wo er der Schwester Lydia zu helfen hat. Er mag die Gartenarbeit, mag es, im Freien zu sein, mag das Zusammensein mit Lydia, auch wenn sie sich ihm gegenüber in letzter Zeit distanziert verhält.

Trotzdem, er mag ihre Nähe. Er spürt das Verlangen, sie zu berühren, dass sie ihn berührt, sich seiner annimmt, ihn wäscht. Er war schon mehrere Freitagabende nicht mehr auf der Kammer der Oberin zur Körperpflege. Er vermisst es – nicht die groben Hände der

Oberin auf seinem Körper, jedoch den Vorgang, wenn sie seinen Unterleib wäscht: die intensive Spannung, die Erregung, während sie sich mit seinem Unterleib beschäftigt, und die grosse Erleichterung, die er danach verspürt. Sie fehlen ihm. Er verschafft sie sich jetzt selbst, fühlt sich danach jedoch jedes Mal schmutzig, hat ein schlechtes Gewissen. Wenn doch nur die Lydia seine Körperpflege übernehmen könnte, er ihre Zuneigung wiedererlangte. Sie jedoch negiert ihn, schenkt ihre ganze Aufmerksamkeit den Arbeiten im Garten.

«Du stinkst», sagt die Waschfrau zu ihm, als er ihr bei der Kleiderwäsche helfen soll. «Wäschst du dich nie? Du solltest dich schämen», meint sie, als er ihr seine Unterwäsche zum Waschen gibt. Er hat sich nicht getraut zu fragen, ob er sich mit den anderen Buben zusammen waschen darf. Der Gedanke, mit den anderen Buben nackt im Waschraum zu stehen, ist ihm unangenehm.

«Ich müsste wieder einmal gewaschen werden», sagt er zur Oberin, als er ihr auf der Treppe begegnet.

Der Gang zur Oberin freitags wird für ihn wie der Gang zur Waschfrau, um die frisch gewaschene Wäsche zu holen. Sie begegnet ihm kalt, schaut ihn an, als hätte er etwas Falsches gemacht, ein Unrecht begangen. Auch ausserhalb ihrer Kammer behandelt sie ihn wie jemanden, der Schlechtes getan hat, straft ihn mit sichtbarer Ignoranz. Der alte Hausmeister, der ihm seine Obhut angeboten hat, die er jetzt so gut gebrauchen könnte und die er nun auch bereit wäre anzunehmen, vegetiert nur noch dahin, wartet aufs Sterben. Einzig sein gütiger Blick in den raren Momenten, in denen er nicht von Schmerzen gequält daliegt, zeigt ihm, dass er ihm immer noch zugetan ist. Er setzt sich dann jeweils zu ihm auf die Bettkante und liest ihm Stellen aus der Bibel vor, die ihm das Sterben erleichtern sollen. Er erhält von ihm dafür ein schwaches Lächeln. Es ist die einzige Wärme, die er zu spüren bekommt.

Seine neuen Schulkameraden schneiden ihn. Die Demütigungen des Lehrers schon am ersten Schultag zeigen Wirkung. Die Nähe zu Annemarie wird ihm deshalb immer wichtiger. Ist sie ihm bisher wie eine grosse Schwester gewesen, die auf ihren kleinen Bruder aufzupassen hat, entwickelt er jetzt Gefühle für sie, die ihm neu sind. Gefühle, die ihm einerseits Angst machen, andererseits sein Herz bei jeder Begegnung hüpfen lassen: Angst vor Verbotenem, wenn er mit ihr zusammen ist; Angst, dass er sie verlieren könnte, während er auf ihr nächstes Zusammentreffen wartet, dass sie einmal nicht mehr da ist, wenn er kommt.

Das Lernen wird ihm zum Zufluchtsort, das Schreiben zur Möglichkeit, sich mitzuteilen. Die einzige Person, die sich dafür noch interessiert, ist die Annemarie. Die Oberin verzog nur den Mund, als er ihr ein Gedicht, eigens geschrieben für sie, zu lesen gab in der Hoffnung, er könne sie damit versöhnlich stimmen. So bleibt ihm nur die Annemarie. Auch die Lydia – der er jeweils die Gedichte zur Begutachtung gegeben hatte, die sie dann der Annemarie zum Lesen geben sollte und die die Lydia jeweils so gerühmt hatte – will von ihm und seinem Schreiben nichts mehr wissen, seit er sich getraut hat, sie zu berühren. Er hat die Gedichte der Annemarie nun selbst zu geben, was ihm schwerfällt. Sagen sie doch Dinge, die man einer Person in ihrer Anwesenheit nicht sagt, wie er gelernt hat.

«Es ist sehr schön zum Lesen, aber schwer zu verstehen», sagt Annemarie zu Hermann, als sie ein Gedicht liest, das er für sie geschrieben hat. «Willst du es mir nicht in anderen Worten sagen?», fragt sie. «Ich bin halt nicht so gescheit, wie du es bist, habe die Buchstaben und Worte erst spät gelernt, sodass ich sie dir weitergeben konnte.»

Hermann weiss nichts zu sagen, ihm schlägt das Herz zum Hals. Er legt der Annemarie die Hände an die Hüften und will sie küssen, wie er es bei anderen gesehen hat. Die Annemarie stösst ihn erschrocken weg, sagt: «Nein! Hermann, das dürfen wir nicht, versteh!»

Als er das nächste Mal zur Goldgasse kommt, ist die Annemarie nicht da. Auch das nächste und übernächste Mal nicht. Als er sie nach Wochen wiedersieht, ist sie verändert, begegnet ihm mit Distanz, spricht mit ihm nur noch das Nötigste.

Jetzt, wo er glaubt, den letzten Menschen verloren zu haben, der ihn noch mochte, stürzt sich Hermann ins Lernen. Seine Begegnungen mit Annemarie werden zur Pflicht, wie das Zur-Schule-Gehen oder das Arbeiten im Waisenhaus nach dem Lernen, auch wenn er sich jedes Mal nach ihr verzehrt, wenn er sie sieht.

Moses hat keine Lust mehr, ausserhalb der Schule zu schreiben. Er sieht keinen Sinn mehr darin, jetzt, wo er mit der Annemarie die letzte Person verloren hat, die sich noch dafür interessierte. Er hat auch immer weniger Zeit dazu, nun, wo er nach dem Erledigen der Hausaufgaben auch noch im Waisenhaus mitarbeiten muss. Auch wird die Arbeit immer mehr, da er abends noch im angrenzenden Armenhaus mitzuhelfen hat. Er empfindet es als Strafe. Er mag es nicht, ins Armenhaus zu gehen. Man macht sich dort lustig über ihn und sein Verhältnis zur Oberin, stellt ihm Fragen, die ihm unangenehm sind, und lacht ob seiner ausweichenden Antworten. Er versucht, die Leute zu meiden, was ihn noch einsamer macht. Er hat auch niemanden mehr, dem er vorlesen kann. Der alte Hausmeister, die einzige Person, die ihm noch irgendwie nahestand, ihm zuhörte, ist gestorben.

Moses wird zur Oberin auf die Kammer gerufen. Sie will, dass er den Nachruf für den alten Hausmeister verfasst.

«Ich weiss nicht, ob ich das kann», sagt Moses. «Ich komme nicht mehr zum Schreiben.»

«So etwas verlernt man nicht», sagt die Oberin. Sie gibt ihm einige Informationen über das Leben und Wirken des Hausmeisters im Waisenhaus und über die Zeit, bevor er dorthin gekommen ist, und überlässt ihm den Rest. «Er hat dir sicher viel erzählt von sich, er war ein Geschwätziger», meint sie.

«Man erzählt Sachen über uns, drüben im Armenhaus, wo ich jetzt mithelfen muss», sagt Moses, «man stellt mir komische Fragen.»

Die Oberin antwortet nichts darauf, schaut ihn nur fragend an.

Er hat den Nachruf in ihrem Büro zu schreiben. Es gibt in der Kammer des alten Hausmeisters keinen Tisch, und dass er den Nachruf in der Küche schreibt, will die Oberin nicht. Es ist das erste Mal, dass er ihren Schreibtisch im Büro benutzen darf.

«Eine Ausnahme», sagt sie, als er sie fragend ansieht. Der alte Hausmeister hatte nichts über sich erzählt, war überhaupt nicht gesprächig, krank wie er war. Er hatte ihm einzig einmal gesagt, dass sein Leben so langweilig sei wie das eines Vogels in einem Käfig, als er ihn einmal danach gefragt hatte.

Er hat für die Schule einen Aufsatz schreiben sollen über eine Person, die ihm nahesteht, und er hat über die Oberin und die Annemarie nicht schreiben wollen. Er schrieb dann einen Aufsatz über eine imaginäre Person.

Moses erfindet Anekdoten über den Hausmeister, stellt sich dabei einen Vogel in Freiheit vor. Er hat das Geschriebene am Grab des Hausmeisters vorzulesen.

«Du bist ja ein richtiger Künstler», sagt Landschreiber Stadlin gerührt, als er Moses vorlesen hört. Er ist der Einzige, der neben dem Pfarrer, der Oberin und dem Stadtschreiber Weiss an der Beerdigung teilnimmt. «Das sollte gefördert werden», meint er.

«Das wird es auch», sagt die Oberin beleidigt. «Was denken Sie, weshalb er das so gut kann.»

Als Moses anderntags von der Schule nach Hause kommt, ist das Bett des alten Hausmeisters aus der Kammer verschwunden. An dessen Stelle stehen ein Tisch und ein Stuhl. Moses ist erleichtert. Er hat befürchtet, dass er nach dem Tod des alten Hausmeisters dessen Kammer mit jemand anderem teilen muss oder gar ins Armenhaus hinüber soll, wie man ihn dort immer wieder hat glauben machen wollen. Die Oberin steht in der Tür, schaut zu, wie er sich wundert, sagt: «Ich hoffe, du weisst es zu schätzen.»

«Was machst du hier?», fragt der Hausmeister, als Moses zum Arbeiten im Armenhaus erscheint. «Du sollst nicht mehr hierherkommen, hat die Oberin gesagt. Du seist zu schwach, selbst für einfache Arbeiten, hat sie gemeint. Wundere mich, was aus dir einmal werden soll, für gar nichts zu gebrauchen. Und weshalb hast du nie etwas gesagt?»

Moses zuckt mit den Schultern, fragt zögerlich: «Was ist aus dem Schreiberling geworden, der jeweils auf der Bank vor dem Haus gesessen hat?»

«War genauso ein Schwächlicher wie du», sagt der Hausmeister, «hat die letzte grosse Grippe nicht überstanden.» Moses senkt seinen Kopf, kann seine Tränen nicht zurückhalten. «Warte hier», sagt der Hausmeister und verschwindet. Als er zurückkommt, hat er einige Schreibhefte, ein Tintenfass und eine Feder mit sich. «Niemand wollte es haben», sagt der Hausmeister, «niemand hat nach ihm gefragt. Die Sachen sind bei dir besser aufgehoben. Warst, wie es scheint, sein einziger Freund. Und jetzt geh, geh schreiben, wenn es dich glücklich macht, hinbringen im Leben wird es dich aber nirgends.»

«Danke», sagt Hermann zur Oberin, als er sie im Treppenhaus antrifft.

Moses sitzt am Tisch in seiner Kammer und liest die Gedichte des jungen Mannes. Er nutzt die Zeit dafür, die er nicht mehr zum Arbeiten ins Armenhaus muss. Je öfter er die Gedichte liest, desto mehr glaubt er, dass es kein Zufall gewesen ist, dass der Hausmeister ihm die Hinterlassenschaft des jungen Mannes übergeben hat: dass es hatte sein müssen, dass er nach ihm gefragt hatte. Die Gedichte des jungen Mannes erzählen immer von der Schönheit der Natur, von Pflanzen und Tieren. Es scheint, als wären sie ihm als einzige nahe gewesen. Dann aber erzählen die Gedichte des jungen Mannes plötzlich und mit Leidenschaft von einem Wesen, das ihm nahe war und doch so fern. Moses wundert sich erst darüber, erinnert sich dann aber an Gedichte, die ihm der junge Mann damals vorgelesen hat, als sie jeweils zusammen auf der Bank vor dem Armenhaus sassen. Er hat sie damals nicht verstanden, sich nur an deren Rhythmus, ihrer Melodie erbaut. Als er sie jetzt liest, glaubt er, die Gedichte, die ihm damals vorgetragen worden sind von dem jungen Mann, seien ihm gewidmet gewesen. Der Gedanke, geliebt worden zu sein von einem Menschen, der sonst so abweisend war, lässt ihn das Glück spüren; es versöhnt ihn mit der Annemarie. Schon bei ihrem nächsten Treffen erzählt er ihr von der Hinterlassenschaft des jungen Mannes, liest ihr dessen Gedichte vor und fängt an, wieder eigene zu schreiben, das Werk des jungen Mannes fortzuführen. Das unnahbare Wesen, so nah und doch so fern, ist nun die Annemarie.

Es klopft an der Türe der Kammer von Moses. Die Oberin tritt ein. Sie hat Landschreiber Stadlin mit sich.

«Der Herr Stadlin ist gekommen, um mit dir über deine Zukunft zu sprechen», sagt die Oberin und lässt den Landschreiber in die Kammer.

«Du hast es aber vornehm hier», sagt der Landschreiber. «Eine Kammer ganz für dich allein und sogar einen Tisch zum Schreiben. Da werden dich die anderen Kinder aber beneiden.»

«Er ist halt auch nicht wie die anderen Kinder», sagt die Oberin. «Wir würden uns gern allein unterhalten, von Mann zu Mann», sagt der Landschreiber, als die Oberin keine Anstalten macht zu gehen. Die Oberin verlässt den Raum, sichtlich beleidigt, und lässt die Türe einen Spalt offen. «Ich könnte es gut verstehen, wenn es dir schwerfallen würde, von hier wegzugehen, deine Kammer verlassen zu müssen, so gut, wie es dir hier zu gehen scheint. Aber es kann nicht mehr hinausgezögert werden. Im nächsten Jahr beginnt ein neuer Abschnitt in deinem Leben. Wir sind gerade dabei herauszufinden, wo deine nächste Unterbringung sein könnte, bei welchem Bauern wir dich als Erstes platzieren. Bald ist der Stierenmarkt. Ich habe mir gedacht, wir könnten zusammen hingehen. Du könntest bei der Gelegenheit schon einmal etwas Landluft schnuppern, dich mit dem Bauernstand vertraut machen. Wäre das was?», fragt der Landschreiber.

Hermann sitzt da, weiss nichts zu sagen, nickt nur schwach. Er weiss, es ist sein letztes Schuljahr. Auch hat er sich schon Gedanken über das Nachher gemacht. Gedanken darüber, dass er von hier wegmuss. Dass er jedoch zu den Bauern gehen soll, weg von der Annemarie, hatte er verdrängt.

Die Stiere mit ihren krummen Hörnern und dem Schaum vor dem Maul machen ihm Angst. Das ungehobelte und laute Getue um ihn herum ist ihm unangenehm. Nicht ohne schlechtes Gewissen jedoch – wissend um seine Herkunft, dass es sein Schicksal hätte sein können, einer von ihnen zu sein.

«Jetzt bist du schon mittendrin», sagt Landschreiber Stadlin. «Gefällt es dir?», fragt er nach einer Weile. Moses zuckt mit den Schultern. Der Landschreiber unterhält sich immer mal wieder mit einem der Bauern.

«Ich könnte gut einen gebrauchen», sagt einer von ihnen, «aber der hier sieht nicht aus, als könnte er einen Stier zur Kuh bringen oder das Holz für den Winter hacken, so schwächlich, wie er aussieht.»

«Musst ihm nur recht zu essen geben», sagt Landschreiber Stadlin, «damit er zu Kräften kommt.»

«Zum Essen brauch ich keinen», sagt der Bauer laut lachend.

Hermann ist nicht nach Lachen zumute, angeboten wie das Vieh. Gleichzeitig fühlt er sich erleichtert bei den Worten des Bauern, seinem Desinteresse an ihm. Sein Gemüt hellt sich umgehend auf, als er auf einmal die Annemarie erblickt. Er sieht, wie sie Vorbereitungen macht für den Pfarrer, der für die Bauern eine Messe im Freien halten wird. Sie lässt sogar alles stehen und liegen, um ihn zu begrüssen, ihn nach seinem Befinden zu befragen.

«Eine nette junge Frau», sagt der Landschreiber, als Annemarie wieder an die Arbeit zurückgekehrt ist. «Sie ist noch zu haben», meint er und blinzelt ihm zu.

Moses errötet.

«Hast vielleicht schon ein Auge auf sie geworfen?», fragt Landschreiber Stadlin, als er es sieht.

«Der Knecht im Kloster ist gestorben», sagt Annemarie zum Pfarrer.

«Ich weiss», sagt der Pfarrer, «ich war bei ihm, als er starb, das weisst du. Weshalb sagst du es mir?»

«Der Hermann ist bald fertig mit der Schule. Er muss weg vom Waisenhaus, muss zu den Bauern, arbeiten gehen. Vielleicht könnte er für die Padres arbeiten. Die Arbeit ist nicht so schwer im Kloster, wie sie bei den Bauern ist, und die Padres haben einen anderen Umgang als diese, wo der Hermann doch so ein Feiner ist.»

«Wieso sagst du das mir?», fragt der Pfarrer.

«Sie könnten mit den Behörden sprechen, es ihnen erklären.»

«Das geht nicht», sagt der Pfarrer. «Ich habe mit den Behörden gesprochen, als es darum ging, dass er weiter zur Schule gehen kann, ich kann jetzt nicht schon wieder gehen und sagen, ich will ihn in der Nähe haben. Es fällt auf, wenn ich mich so stark für ihn engagiere.»

«Er ist Ihr Blut», sagt Annemarie. «Sie sind verantwortlich für ihn – für das, was Sie getan haben.»

«Das geht nicht, versteh. Ich habe es das letzte Mal für dich getan, ich kann dir den Gefallen nicht noch einmal tun. Es ist zu gefährlich, es gefährdet meine Existenz, auch deine. Wenn wir von hier wegmüssen, können wir überhaupt nichts mehr für den Buben tun.»

«Und wenn ich mit den Behörden spreche?», sagt Annemarie.

«Nein», sagt der Pfarrer ungewohnt laut. «Ich lass mich nicht länger von dir erpressen.»

«Es ist wegen dem Hermann», sagt Lydia zur Oberin.

«Welchem Hermann?», fragt die Oberin.

«Ich meine den Moses. Der Knecht vom Kloster ist gestorben. Das wäre doch etwas für den Moses, so könnte er im Ort bleiben. Wenn Sie mit den Behörden sprechen wollen?»

«Ich kann nicht mit den Behörden sprechen», sagt die Oberin. «Ich habe mit ihnen bereits gesprochen, als es darum ging, dass der Bub weiter zur Schule gehen kann. Ich kann jetzt nicht schon wieder gehen und mich für ihn einsetzen, damit er nicht zu den Bauern muss, so gern ich das tun würde. Es würde auffallen.»

«Ich könnte gehen und mit ihnen sprechen, wenn es Ihnen recht ist», sagt Lydia.

«Nein! Das tust du nicht, das verbiete ich dir», sagt die Oberin und macht die Tür ihrer Kammer zu.

«Geh zum Pfarrer, sprich mit ihm», sagt die Oberin zu Lydia, nachdem sie sie hat rufen lassen.

«Das geht nicht», sagt Lydia, «der will auch nichts für den Buben tun.»

«Woher weisst du das?», fragt die Oberin überrascht.

«Von der Magd des Pfarrers.»

Die Oberin schaut Lydia an, sagt: «Von der Magd des Pfarrers. Habe ich dir den Umgang mit ihr nicht verboten?»

«Sie ist eine Gute», sagt Lydia. «Sie kümmert sich um den Buben, seit sie ihn damals als Erste in den Armen gehalten hat, als er im Pfarrhof abgegeben worden ist.»

«Ich kümmere mich um den Buben, seit der Pfarrer ihn in meine Arme gelegt hat», sagt die Oberin laut.

«Ich weiss», sagt Lydia, «deshalb bin ich ja zu Ihnen gekommen. Er ist in Ihren Händen.»

«Dann geh zum Doktor, sprich mit ihm», sagt die Oberin unwirsch. «Aber du sagst ihm nicht, dass ich dich geschickt habe. Verstanden? Und ich will, dass er die Schule fertig macht. Ich hab mich nicht vergeblich so eingesetzt dafür.»

«Ja, Frau Oberin», sagt Lydia. «Danke.»

«Und mach dein Haar zurecht», sagt die Oberin, «es schaut schon wieder unter der Haube hervor. Du siehst aus wie eine Wilde.»

Moses sitzt mit hängenden Schultern auf einem Stuhl in der Amtsstube. Ihm gegenüber sitzt stumm Landschreiber Stadlin an seinem Pult und wartet. An einem anderen Pult, etwas weiter entfernt, sitzt Kassier Brandenberg und liest das Schreiben, das ihm der Landschreiber einen Moment zuvor gereicht hat. Es ist das Schreiben, das der Lehrer Moses mitgegeben hat, mit der Aufforderung, es dem Landschreiber zu geben.

«Du könntest ruhig ein freundlicheres Gesicht machen», sagt der Kassier. «Du hast allen Grund dazu. Jemand anderer als du, mit denselben Voraussetzungen, wäre schon längst auf einem Hof gelandet und würde Mist führen. Weisst du eigentlich, dass du schon lange tot sein könntest, hätte man sich nicht von Anfang an für dich eingesetzt? Und du, du darfst sogar die Schule fertig machen. Hast du dem Lehrer überhaupt Danke gesagt dafür?»

«Er hat nicht mit mir geredet», sagt Moses. «Ich weiss von nichts, ausser dass ich vom Waisenhaus wegmuss, arbeiten gehen.»

«Er hat es verdient, die Schule fertig machen zu dürfen», sagt der Landschreiber, «und Mist führen wird er auch im Kloster müssen. Du darfst dem Lehrer jedoch schon Danke sagen», meint er. «Er hat dir ein gutes Zeugnis ausgestellt, möchte sogar ausdrücklich, dass du die paar Monate bis zum Schulende in seiner Obhut bleibst. Aber auch die Padres freut es, nun einen Knecht zu haben, mit dem sie sich auch über anderes als nur über Pferdeäpfel unterhalten können. So, nun weisst du es, du wirst das erste Jahr im Kloster bei den Padres verbringen. Freust du dich, dass du hierbleiben darfst?», fragt er.

Moses nickt, fast unmerklich, überrascht von den Neuigkeiten.

Moses verlässt die Amtsstube. Er ist auf dem Weg zurück in die Schule, überlegt sich, wie er dem Lehrer Danke sagen soll, als er Annemarie begegnet. Sie hat auf ihn gewartet.

«Darfst du im Ort bleiben?», fragt sie ihn. Hermann nickt, wundert sich über ihr Wissen. «Freust du dich nicht?», fragt Annemarie, als sie in sein nachdenkliches Gesicht blickt.

«Doch, schon», sagt Moses mit schwacher Stimme. Annemarie nimmt Moses bei der Hand, zieht ihn in einen Toreingang und umarmt ihn ganz fest, drückt ihn an sich. Er kann ihren Herzschlag spüren. «Jetzt freue ich mich», sagt Moses, als Annemarie ihn wieder loslässt.

Moses kommt zu den Padres ins Kloster St. Anna, wie er damals ins Waisenhaus kam, kränklich und schwach, aus den Armen von Annemarie und in Begleitung des Pfarrers. Es war von den Behörden beschlossen worden, dass anstatt des Landschreibers sein Patenonkel, der Pfarrer, ihn zu den Padres ins Kloster begleiten solle. Ein Geistlicher würde sich dazu besser eignen, wurde argumentiert, als der Pfarrer meinte, dass der Landschreiber eigentlich die Aufgabe übernommen habe. Er werde ihn nicht im Waisenhaus abholen, um ihn ins Kloster zu begleiten wie vorgesehen, hat der Pfarrer ausrichten lassen. Er sei jetzt ein Grosser und daher selbstständig genug, um selber zum Pfarrhof zu kommen; er kenne ja den Weg, da ja auch das Oberstufenschulhaus in der St.-Oswalds-Gasse liege. Der Pfarrer ist dann jedoch nicht zu Hause, als Moses im Pfarrhof anklopft. Er ist kurzfristig zu einer letzten Ölung gerufen worden. Es ist die Annemarie, die ihm die Türe öffnet, ihn empfängt. Es ist das erste Mal, seit er im Pfarrhof abgegeben worden ist, dass er wieder dort ist. Der Pfarrhof liegt zwar an seinem Schulweg; er ist jedoch von der Oberin dazu angehalten worden, seinen ursprünglichen Schulweg beizubehalten, auch als er ins Oberstufenschulhaus gewechselt hat. Die beiden Schulhäuser liegen nahe beieinander, sind nur durch die Oberaltstadt getrennt. So ist es nicht wirklich ein Umweg für ihn. Er hat nicht nach dem Warum gefragt. Es ist ihm recht gewesen. Er mag seinen ursprünglichen Schulweg entlang des Sees. Er mag es, seinen Freunden, den Flössern, den Fischern und den Marktleuten auf dem Landsgemeindeplatz weiter zu begegnen, ihnen bei der Arbeit zuzusehen, und vor allem, die Annemarie weiter in der Goldgasse treffen zu können. Er tritt nur zögerlich über die Türschwelle, als Annemarie ihn hereinbittet.

«Du siehst blass aus», sagt die Annemarie. «Noch blasser als sonst schon.»

«Ich war etwas unpässlich in den letzten Tagen», sagt Moses und bricht in einen Hustenanfall aus. Annemarie nimmt ihn am Arm und führt ihn in die Küche, setzt ihn auf einen Stuhl und bietet ihm einen Becher lauwarme Milch mit Honig an. Er sieht ihr dabei zu, wie sie am Herd hantiert, beobachtet die Bewegungen ihres Körpers. Ihm wird dabei ganz anders. Annemarie erschrickt ob seines Anblicks, als sie ihm die Milch hinstellt.

«Du wirst mir doch nicht ernsthaft krank werden», sagt sie, Besorgnis in der Stimme. Sie nimmt ein Tontöpfchen vom Gestell, knöpft ihm das Hemd auf und reibt ihm Brust und Rücken mit Thymianbalsam ein. «Frag nach Thymianbalsam im Kloster», sagt Annemarie zu ihm, «sag den Padres, sie sollen ihn dir einreiben, die haben das Mittel auch, wir haben es von ihnen.» Es ist seit Langem das erste Mal, dass er ihre Hände wieder spürt, das erste Mal überhaupt, dass er sie bewusst wahrnimmt. Als sie mit dem Einreiben fertig ist, legt Annemarie ihm ihre Arme von hinten um den Hals, kommt ihm ganz nahe. «Wir werden uns nicht mehr sehen können», sagt sie. «Ausser es ist zufällig. Aber wir sind uns ja auch so ganz nahe. Das Kloster ist nur ein paar Schritte vom Pfarrhaus entfernt. Ich werde jeden Tag ganz fest an dich denken. Versprichst du mir, dass auch du jeden Tag an mich denken wirst?» Moses nickt, die Sprache versagt ihm, sein Herz schlägt ihm bis zum Hals. «Lass uns ein Geheimnis haben», sagt Annemarie dann. «Eines, das nur wir beide kennen, das uns so verbindet. Jetzt, wo du nicht mehr im Waisenhaus zu Hause bist, aber an einem Ort, ganz nahe dem, wo wir uns gefunden haben, solltest du einen anderen Namen tragen. Darf ich dich von nun an Hermann nennen?», fragt sie. «Den Namen Moses lassen wir im Waisenhaus zurück, von wo er herkommt.»

«Weshalb Hermann?», fragt Moses.

«Wegen meiner verstorbenen Mutter, der Hermine. Gott hab sie selig. Es bringt mich ihr nahe, macht mich an sie denken, wenn ich an dich als den Hermann denken darf.»

«Ja», sagt Moses. «Darf ich es aber den Padres sagen, dass ich jetzt den Namen Hermann trage? Sie werden mich sonst Moses nennen, mich dabei ans Waisenhaus erinnern.»

«Du darfst», flüstert Annemarie ihm ins Ohr, küsst es zart und drückt dann ihre Wange an die seine; sagt: «Sag einfach, jemand vom Waisenhaus habe dir den Namen gegeben.» Annemarie lässt erschrocken von Hermann ab, als plötzlich die Türe aufgeht.

«Die Annemarie ist eine Gute; sie ist aber, wie die Padres auch, dem lieben Gott verpflichtet, ist auf Erden nicht zu haben», sagt der Pfarrer. Es ist alles, was er zu ihm sagt auf dem kurzen Weg vom Pfarrhof vorbei am Burgbach, die steilen Stufen hinauf zum Kloster St. Anna, wo er ihn der Obhut der Padres übergibt. Hermann antwortet nicht, er ist in Gedanken woanders.

Liebe Hermine,

ich bin gut aufgenommen worden von den Padres, habe kein Heimweh nach dem Waisenhaus, vermisse es nicht. Umso mehr vermisse ich dich, deine Hände auf meiner Brust und auf meinem Rücken, deine Lippen an meinem Ohr, deine weiche Wange an der meinen. Die Padres sind lieb zu mir. So lieb, dass ich mich getraut habe, ihnen von meiner Unpässlichkeit zu erzählen, sie zu fragen nach dem Thymianbalsam, der mir so gut getan hat, eingerieben von dir. Der Bruder Bibliothekar, der auch für das gesundheitliche Wohl der Padres zuständig ist, reibt mir damit nun Brust und Rücken ein. Es ist jedoch nicht dasselbe, wie als du es tatest, auch wenn er sich viel Mühe gibt dabei und lieb ist zu mir. Ich muss auch keine schweren Arbeiten verrichten, solange ich nicht ganz gesund bin. Der Padre, der die schwere Arbeit macht, die eigentlich ich machen sollte, hat mich darauf angesprochen, hat ein Dankeschön von mir erwartet. Ich habe es ihm gern gegeben. Wenn ich nicht in der Schule bin, arbeite ich im Garten, schaue zu den Früchten und dem Gemüse. Die Arbeit fällt mir nicht schwer, da ich sie schon vom Waisenhaus her kenne. Während ich dir diese Zeilen schreibe, sitze ich auf der Treppe, die hinunter zum Obstgarten führt. Es bereitet mir einige Mühe, die doch recht steile Treppe wieder hochzugehen, erst recht mit einem Korb *voll mit Früchten. Ich mag es jedoch, allein im Garten zu sein, im Wissen, ich bin nicht wirklich allein, deine Gedanken sind bei mir, du bist in der Nähe. In meiner Kammer hat es keinen Platz zum Schreiben und nur spärlich Licht. Ich habe den Padres gesagt, dass es mir nicht schwerfalle, das Obst selber hochzutragen, dass ich es allein machen könne. Es fällt mir so leichter, an dich zu denken, dir zu schreiben, wenn ich nicht ständig jemanden um mich habe und dabei abgelenkt bin. Es ist die Mühe wert, schwer beladen die steilen Stufen hochzugehen. Genauso gern nehme ich die noch viel steileren Stufen hinunter in die Zeughausgasse, um zur Schule zu gehen, die Marktleute zu sehen und dabei vielleicht auch dich. Doch schaue ich jedes Mal vergeblich nach dir. Darfst du nicht mehr zum Markt gehen, lässt der Herr Pfarrer dich nicht mehr aus dem Haus, um Besorgungen zu machen? Mag er es uns vielleicht nicht gönnen, dass wir uns nahe sind? Es würde mir wehtun, wenn du leiden müsstest, nur weil wir uns mögen ...*

Hermann wird den Brief, wenn er fertig ist, Doktor Bossard geben, wenn er vorbeikommt, um mit dem Bruder Bibliothekar die Pflege der kranken Padres zu besprechen. Der Doktor wird den Brief dann, wie abgemacht mit ihr, der Lydia übergeben, die ihn dann zusammen mit der Annemarie lesen wird; ihr helfen wird, Hermanns Gedanken zu verstehen. Er wird sie nicht mit ihrem Namen ansprechen, sondern mit dem ihrer verstorbenen Mutter, der Hermine. Es ist so abgemacht mit der Lydia. Das sei besser so, hat sie gesagt. Damit es keine Probleme gebe, falls die Briefe in falsche Hände gelangten. Der Oberin sei die Annemarie nicht genehm. So weiss die Lydia um seine Nähe zur Annemarie, geht es Hermann durch den Kopf, als er das Schreiben liest, das ihm die Lydia zugesteckt hat, als er sich von ihr verabschiedete. Es fällt ihm schwer, die Annemarie mit dem Namen einer Toten anzusprechen, erst recht jetzt, wo er nicht weiss, was mit ihr geschehen ist – wie es ihr geht.

Hermann war nicht in der Lage, Doktor Bossard den Brief für die Lydia mitzugeben. Er war nicht bei Bewusstsein, als der Doktor sich um ihn kümmerte, eine schwere Lungenentzündung diagnostizierte. Der Doktor kam jeden Tag zum Kloster, bis Hermann aus seinem Fieberdelirium erwachte. Er kam auch danach jeden zweiten Tag, um nach ihm zu sehen, liess sich täglich berichten, wie es ihm geht.

«Es grenzt an ein Wunder, dass es dich noch gibt», sagt Doktor Bossard zu ihm, als er wieder ansprechbar ist. «Mehr als zwei Leben sagt man sonst nur Katzen nach. Es war keine gute Idee, die schweren Körbe selber die steile Treppe hochzutragen, noch weniger, auf den kalten Stufen zu sitzen, um zu schreiben, in dem Zustand, in dem du warst.»

«In Zukunft wird er in der Bibliothek schreiben dürfen», sagt der Bruder Bibliothekar, der neben dem Doktor steht. «In der Kammer hat es, wie Sie selber sehen, keinen Platz und nur spärlich Licht zum Schreiben. Da hattest du aber einen guten Schutzengel», meint er. «Der Herr Pfarrer war mehr als einmal hier, um dir die letzte Ölung zu geben, hat dich in der Not sogar getauft. Und er hat mit uns gebetet, dass der Herrgott gnädig sei mit dir. Du darfst ihm ruhig Danke sagen, wenn du ihm einmal begegnest. Und auch der Oberin. Auch sie hat für dich gebetet, hat Tag und Nacht an dich gedacht, wie sie sagte», sagt der Bruder Bibliothekar an Hermann gerichtet.

«Die Hermine, sie hat jeden Tag ganz fest an mich gedacht», sagt Hermann mit schwacher Stimme.

«Er braucht immer noch viel Ruhe», meint der Doktor, «es scheint mir, er ist noch nicht ganz über den Berg.» Er wendet sich dem Padre zu, sagt: «Es tut mir leid, das mit der Idee, den Knecht durch den Moses zu ersetzen, ich hätte es besser wissen müssen, im Wissen um seine schwache Konstitution. Ich danke Ihnen für die aufopfernde Pflege. Ich weiss nicht, ob es den Moses noch gäbe ohne Sie.»

«Machen Sie sich darüber keine Gedanken», sagt der Bruder Bibliothekar. «Es war der Herr im Himmel, der ihn zu uns geschickt hat, uns die Aufgabe gab, uns um ihn zu kümmern.»

«Die Hermine, sie hat jeden Tag ganz fest an mich gedacht», sagt Hermann, nun die Augen geschlossen.

«Er braucht jetzt wirklich Ruhe», sagt der Doktor. «Wir sollten ihn allein lassen.»

Der Bruder Bibliothekar kümmert sich um ihn, pflegt, wäscht und bettet ihn, bringt ihm das Essen, gibt es ihm ein, so lange, bis er wieder selber essen kann. Er tut alles dafür, dass es ihm gut geht. Der Sohn vom Stadtpräsidenten, der mit Moses zur Schule geht, kommt jeden Tag vorbei, auf Geheiss seines Vaters, und zeigt dem Bruder Bibliothekar, was sie in der Schule gerade machen, damit dieser es dem Moses weitergeben kann, sobald es ihm wieder besser geht. So kann er den Schulstoff aufholen und die Schule abschliessen. Als sich Hermann einmal beim Bruder Bibliothekar bedanken will für alles, was er für ihn tut, sagt dieser: «Dank Gott dafür oder meinetwegen der Hermine.» Hermann erschrickt bei den Worten, wundert sich.

«Wer ist die Hermine?», fragt der Bruder Bibliothekar ein andermal. Hermann erschrickt erneut, schaut ihn verwundert an, sagt, nach langem Schweigen: «Es ist die verstorbene Mutter von einem Waisenmädchen, das ich kenne, das die Liebe ihrer Mutter, die aus dem Himmel zu ihr schaut, mit mir teilt, da ich meine Mutter nicht kenne.»

«Eine Waise, die du vom Waisenhaus her kennst?», fragt der Bruder Bibliothekar.

«Ja», sagt Hermann. «Sie nennt mich Hermann statt Moses, weil sie das an ihre Mutter mit Namen Hermine erinnert, wie sie sagt. Wollt ihr mich vielleicht auch Hermann nennen? Mir wärs recht.»

Hermann sitzt in der Bibliothek am Fenster, die Beine hochgelagert; er ist am Schreiben. Der Bruder Bibliothekar hat Hermanns Krankenlager, als es ihm etwas besser ging, in der Bibliothek eingerichtet. Damit er seiner Arbeit als Bibliothekar weiter nachgehen und dabei gleichzeitig nach ihm schauen kann; und auch, damit Hermann aus seiner tristen Kammer herauskommt. Immer wieder setzt er sich neben ihn, lässt ihn mit seiner Hilfe den versäumten Schulstoff nachholen. Auch gibt er ihm, ab und zu, schwierigere biblische Texte zu lesen. Als er jedoch zu erkennen glaubt, dass diese den Hermann eher langweilen, lässt er ihn auch wissenschaftliche Texte lesen. Auf dem Tischchen neben seinem Lager stapeln sich Bücher, in denen Hermann immer wieder gern liest. Sie helfen ihm, die Vielfalt des Lebens auf der Erde besser zu verstehen. Es ist ihm wichtig, jetzt wo er wieder zurück im Leben ist.

Hermann schreckt vom Schreiben auf. Der Bruder Bibliothekar hat ihm, von hinten, die Hände auf die Schultern gelegt. Er dreht das Geschriebene in seinem Schoss um, während der Bibliothekar seine Schultern massiert. Es tut ihm gut. Gleichzeitig ist ihm die Berührung unangenehm. Er schämt sich dafür; kann es sich nicht erklären. Sobald der Bibliothekar wieder von ihm ablässt, schreibt er an seinem Brief für die Annemarie weiter.

Liebe Hermine,

es tut mir leid, dass du so lange auf den ersten Brief von mir warten musstest. Ich war krank. Ich habe meine Kräfte überschätzt, mir bei der Arbeit zu viel zugemutet. Jetzt geht es mir aber wieder besser. Ich komme langsam zu Kräften und kann wieder schreiben; dir berichten, wie es mir im Kloster so ergeht. Ich denke die ganze Zeit an dich, so wie wir es uns damals geschworen haben. Selbst im Fieberdelirium habe ich an dich gedacht, wie ich im Nach-

hinein erfahren habe. *Hast du vielleicht etwas erfahren von meiner Krankheit und an mich gedacht, für mich gebetet, sodass ich dich so stark gefühlt habe? Ich kann es mir gut vorstellen, dass es deine Liebe war, die mich zurück ins Leben geholt hat. Ich habe einen Fensterplatz in der Bibliothek, während ich dir schreibe, bin eingehüllt in warme Decken, werde umsorgt. Ich brauche nicht mehr auf der kalten Treppe im Obstgarten zu sitzen, um dir zu schreiben, bin umgeben von Büchern anstatt von Früchten, erfahre viel vom Leben jenseits der Hügel und Berge, welche unsere Heimat umgeben. Ich kann es kaum glauben, dass es mir so gut geht. Ich schaue über die Dächer der Stadt unter mir, sehe die Burg, den Turm der St.-Oswald-Kirche, von der ich den Nachnamen trage, bilde mir ein, das Plätschern des Burgbachs zu hören, mich am Wasser des Schäflibrunnens zu laben – dir nahe zu sein. Ich plange darauf, bald wieder zur Schule in die St.-Oswalds-Gasse gehen zu dürfen, zu zeigen, dass das Wegbleiben mir nicht geschadet hat. Der Bruder Bibliothekar ist mir ein guter Lehrer. Er hat dafür gesorgt, dass ich nichts verpasse. Ich weiss nicht, wie ich ihm danken soll dafür ...*

«Darf ich wieder in die Stadt hinunter zur Schule gehen?», fragt Hermann den Bruder Bibliothekar, «ich fühle mich schon viel besser.»

«Gefällt es dir nicht hier bei mir, wo du in Ruhe lernen kannst, nicht abgelenkt bist von deinen Schulkameraden? Bin ich dir kein guter Lehrer?», fragt der Bruder Bibliothekar.

«Doch, schon, und mir gefällt es auch hier, und ich bin dankbar für alles, was Sie für mich getan haben. Doch ich würd schon gern wieder in der Stadt zur Schule gehen, die Schulkameraden sehen und den Lehrer», sagt Hermann.

«Das verstehe ich nicht», sagt der Bruder Bibliothekar. «Ich hab gehört, dass du unter deinen Mitschülern keine Freunde hast und dass der Lehrer dich auch nicht grad besonders mag.»

«Das schon», sagt Hermann, «nur wäre es normal, wenn ich wieder in der Stadt zur Schule ginge, anstatt Euch hier zur Last zu fallen.»

«Normal wäre es auch, wenn du deine Dankbarkeit zeigtest; meinen Dienst an dir honorieren und vor allem wieder etwas zu deinem Unterhalt beitragen würdest», sagt der Bruder Bibliothekar. «Keine schwere Arbeit», meint er. «Du könntest mir bei der Herstellung der Medizin helfen, dabei noch etwas über die heilende Wirkung der Pflanzen lernen. Wäre das nicht etwas für dich?», fragt er.

«Wenn ich vielleicht am Morgen in die Stadt zur Schule gehen könnte und Euch am Nachmittag zur Hand gehen würde?», fragt Hermann.

«Wir wollen nichts riskieren», sagt der Bruder Bibliothekar, «du bist immer noch recht schwach. Es wäre besser, du würdest den ganzen Tag hierbleiben. Glaub es mir, ich weiss, was ich sag, ich verstehe etwas davon», sagt er, als er die Enttäuschung im Gesicht von Hermann sieht.

Liebe Hermine,

ich kenne jetzt das Rezept der Medizin, die deine Hände, die ich so vermisse, in meine Brust und meinen Rücken eingerieben haben. Ich darf dem Bruder Bibliothekar, der im Kloster auch der Apotheker ist, bei der Herstellung der Mittelchen helfen. Einige der Kräuter, die wir verwenden, wachsen im Klostergarten, wo ich jetzt wieder ab und zu arbeite, den Bruder Bibliothekar an meiner Seite, damit nicht wieder etwas passiert. Gern wäre ich jedoch allein im Garten, mit dir in Gedanken bei mir. Es würde mir die Trennung von dir erleichtern. Andere Kräuter, die wir zur Herstellung der Wässerchen und Salben verwenden, kommen von weit her, aus fernen Ländern, von denen ich in Büchern lese und die mich träumen machen, mir zeigen, dass es hinter der Rigi, dem Rotstock und, bei Föhn, sogar hinter dem Eiger und Mönch noch weitergeht. Ich werde dir davon erzählen, wenn ich dich wiedersehe. Wir

könnten Pläne schmieden – für die Zukunft. Stell dir vor,
wir würden in Indien leben. Ich würde einen Turban tra-
gen und du wärst gehüllt in bunte Tücher. Oder in Afrika,
wo es sehr heiss ist, du nur einen Bastrock tragen wür-
dest und ich einen Lendenschurz. Aber zuerst muss ich
jetzt die Schule fertig machen, um ein Zeugnis zu erhal-
ten, das meine Fertigkeiten zeigt. Es dauert nicht mehr
lange, nur noch ein paar Wochen, bis es so weit ist. Dann
aber muss ich auch noch zu den Bauern, wenn meine Zeit
hier im Kloster um ist, meine Aufbringung abverdienen.
Es wird gehen müssen. So wie es mit dem Lernen und
dem Schreiben gehen muss, jetzt, wo ich wieder in meiner
tristen Kammer zurück bin. Ich darf jedoch für die Wo-
chen bis zum Abschluss wieder in die Schule in der
St.-Oswalds-Gasse gehen. Vielleicht begegnen wir uns ja.
Es würde mein Gemüt erhellen, so wie es mein Gemüt
erhellt, wenn ich, wie jetzt, im fahlen Licht der Kammer
diese Worte an dich richte ...

«Der Lehrer will, dass du die letzten paar Wochen bis
zum Schulabschluss unten bei ihm in der Schule ver-
bringst», sagt der Bruder Bibliothekar. «Er besteht darauf. Ich habe es ihm nicht ausreden können. Auch
nicht, als ich ihn darauf hingewiesen habe, dass du
noch immer nicht ganz gesund bist; der Schulweg,

wenn er auch kurz ist, durch den steilen Weg hinauf zum Kloster auf dem Rückweg deiner Gesundheit schaden könnte. Ich habe alles versucht, ihm auch erklärt, dass ich dir den Schulstoff in seinem Sinne vermittelt habe und auch weiter so tun würde. Doch er hat nicht auf mich hören wollen, ist stur. Es ist jetzt an dir. Du könntest es ablehnen und weiterhin mich als deinen Lehrer ansehen. Wäre dir das recht?»

«Erhalte ich dann trotzdem ein Zeugnis von der Schule?», fragt Hermann schüchtern.

«Der Lehrer hat Nein gesagt», sagt der Bruder Bibliothekar. «Ich könnte jedoch mit den Behörden reden. Aber auch so: Das Wissen, das du hier von mir erhältst, würde dich im Leben auch weiterbringen. Du könntest einer von uns werden. Wäre das nicht etwas für dich? Wir könnten dich zum Missionieren in ferne Länder schicken, wo du dich doch so sehr für fremde Kulturen interessierst.»

«Ich würde schon gern die Schule in der Stadt unten fertig machen, mein Zeugnis vom Lehrer erhalten», sagt Hermann nach kurzem Überlegen.

«Du musst dich entscheiden», sagt der Bruder Bibliothekar. «Beides kannst du nicht haben. Du wirst wieder richtig arbeiten müssen, allein und ohne meine Unterstützung; in der Kammer lernen und schreiben oder auf den kalten Stufen zum Obstgarten; wirst keinen Zugang mehr haben zu den Büchern, die du so liebst», sagt er. «Willst du das?»

«Ich würde schon gern zur Schule gehen, in die Stadt hinunter», sagt Hermann nach langem Schweigen.

Hermann benutzt nicht die steile Treppe in die Zeughausgasse hinunter, sondern den Weg vorbei am Knopfliturm, der weniger mühsam ist, um in die Schule und anschliessend wieder zum Kloster zu gehen. Es ist, als wäre er nicht so lange von der Schule weg gewesen. Wenn er zur St.-Oswalds-Gasse kommt, er sich einreiht in die Schlange vor dem Schulhaus, schenken ihm seine Schulkameraden wie gewohnt keine Aufmerksamkeit. Auch sein Platz im Schulzimmer ist von niemand anderem besetzt. Einzig der Lehrer ist freundlicher zu ihm als gewohnt.

«Schön, hast du den Weg zu uns wiedergefunden», begrüsst er ihn. Er findet jedoch schnell wieder zu seiner alten Strenge zurück, scheint ihn während des Unterrichts weiterhin zu ignorieren. Es ist dem Hermann recht; viel lieber, als ständig jemanden um sich herum zu haben, der ihn einen Guten nennt, ihm die Hände auf die Schultern legt, ihn an sich zieht.

«Danke», sagt Hermann zum Lehrer, als ihm dieser trotzdem einmal Aufmerksamkeit schenkt, ihn zu sich ruft.

«Wofür?», will der Lehrer wissen.

«Für die guten Worte an die Behörden, dafür, dass ich die Schule fertig machen darf», sagt Hermann.

«Gefällt es dir im Kloster?», fragt der Lehrer.

«Schon», sagt Hermann. «In der Schule gefällt es mir aber besser.»

«Das höre ich gern», sagt der Lehrer. «Weshalb ich jedoch mit dir sprechen wollte, ist: Der Bruder Bibliothekar hat sich energisch dafür eingesetzt, dass du nicht hier bei mir in der St.-Oswalds-Gasse die Schule fertig machst, sondern im Kloster bei ihm. Er hat sogar heftig gestritten mit mir deswegen. Willst du mir vielleicht sagen, weshalb es dem Bruder Bibliothekar so wichtig ist, dich in seiner Nähe zu haben?»

Hermann überlegt lange, bevor er antwortet, sagt dann stotternd: «Vielleicht, weil er in mir einen guten Schüler hat … er mit mir über anderes reden kann als nur über Pferdeäpfel», erinnert er sich der Worte des Landschreibers damals. Der Lehrer, scheint es, akzeptiert seine Antwort. Hermann glaubt jedoch, Misstrauen in seinem Blick zu erkennen.

Liebe Hermine,

ich habe mich wieder gut in der Schule in der St.-Oswalds-Gasse eingelebt. Es ist, als wäre ich nie weg gewesen. Auch wenn ich glaube, dass der Lehrer mir etwas weniger schlecht gesinnt ist als zuvor. Was neu ist, ist mein Schulweg. Ich benutze die steile Treppe hinunter in die Zeughausgasse und wieder hinauf zum Kloster nicht mehr, um zur Schule und wieder nach Hause zu gehen. Ich möchte nicht riskieren, mir nochmals wegen der grossen Anstrengung eine Lungenentzündung zu holen und deshalb im Unterricht zu fehlen, den Schulabschluss doch noch zu verpassen. Ich komme auch nicht mehr am Markt auf dem Landsgemeindeplatz vorbei, wo ich dir vielleicht begegnen könnte. Auch getraue ich mich nicht, an den anderen Orten vorbeizuschauen, wo wir uns sehen könnten. Es ist nicht gegen dich. Wenn ich die Aussicht auf das Zeugnis nicht hätte, ich würde ohne Umwege zu dir kommen, nur halt mit nichts in den Händen. Verzeih mir, wenn ich mich nicht mehr anstrenge, um dir nahe zu sein. Es ist besser so. Für uns beide. Auch wenn es wehtut. Ich weiss dich ja in Gedanken nahe bei mir, denke die ganze Zeit an dich, wenn ich mich nicht auf das Lernen konzentriere. Manchmal sogar dann. Ich bekomme dich einfach nicht aus meinem Kopf und aus meinem Herzen. Will es auch nicht. Was bliebe mir denn, wenn es dich nicht gäbe …

«Du stinkst», sagt der Bruder Bibliothekar, als er plötzlich im Garten erscheint, um nach dem Rechten zu sehen, wie er sagt. Es ist das erste Mal, seit er ihm nicht mehr freundschaftlich gesinnt ist, dass er mit ihm spricht. «Willst du etwa so die letzten Tage in der Schule verbringen, als Schmutzfink in Erinnerung bleiben? Komm in die Krankenkammer, wenn du hier fertig bist», sagt er in versöhnlichem Ton und schenkt ihm ein Lächeln.

«Ich kann das auch selber machen», sagt Hermann, als der Bruder Bibliothekar anfängt, ihn auszuziehen. «Ich mach das aber gern für dich», sagt dieser, zieht ihm das Hemd über den Kopf und macht ihm die Hose auf. Das ungute Gefühl, das Hermann schon beschlich, als der Bruder Bibliothekar die Türe hinter sich abschloss, verstärkt sich noch. Der Bruder Bibliothekar fängt an, ihn einzuseifen. Er wäscht seinen Oberkörper, Bauch und Beine und dann seinen Unterleib, beschäftigt sich lange mit seinen Geschlechtsteilen. Hermann wehrt sich gegen das Aufkommen von Lustgefühlen, versucht sich vorzustellen, dass es eine Waschung ist wie andere zuvor; sagt dann aber nach einer Weile: «Ich glaub, es ist jetzt genug, ich bin jetzt sauber.» Der Bruder Bibliothekar giesst mit einem grossen Krug kaltes Wasser über Hermanns Körper, wischt es mit seinen Händen ab. Dann beginnt er Hermann abzutrocknen, verweilt erneut lange bei seinen Geschlechtsteilen. Als er damit fertig ist, betrachtet er Hermanns nackten Körper, sagt: «Du bist ein schöner Jüngling geworden, ein richtiger Mann sogar. Es tut mir leid, dass ich dir gedroht habe. Es war nur, weil ich dich so lieb hab, dich nicht verlieren wollte. Das Angebot von damals gilt noch. Ich werde dich niemals fallen lassen. Du darfst immer noch einer von uns werden, hierbleiben, bei mir. Wir gehören doch zusammen, nicht?» Dann hebt er seine Kutte an, zieht sie sich über den Kopf.

Hermann versorgt das Gartenwerkzeug, geht die Treppe hoch und schliesst die Türe, die zum Obstgarten führt, hinter sich ab. Er betritt die angrenzende Kirche, zieht im Vorraum seine Schuhe aus und setzt sich danach in die hinterste Bank; tut, als würde er beten; macht sich stattdessen Gedanken über sein Vorhaben.

Der Lehrer wollte ihn zum Doktor schicken, nachdem er den ganzen Morgen lang verstört in der Schulbank gesessen hatte, nicht in der Lage gewesen war, am Unterricht teilzunehmen. Er hatte es abgelehnt und gesagt: «Ich bin nicht richtig krank.» Der Lehrer meinte: «Du musst nicht ins Kloster zurück, ich kann es schon einrichten, dass du, bis du mit der Schule fertig bist, ins Waisenhaus zurückkannst.» Hermann antwortete: «Nein.» Der Lehrer nahm ihn am Arm. Er machte sich los und sagte: «Danke, ich kann mir selber helfen.»

«Du kommst aber morgen zur Schule», sagte der Lehrer. «Ich erwarte dich», betonte er. «Ich hab nicht umsonst mit dem Bruder Bibliothekar um dich gekämpft.»

Er ist nach Hause gegangen, vorbei am Pfarrhof, hat zu den Fenstern hochgeschaut, ist weitergegangen, in die Zeughausgasse und dann die steile Treppe hinauf zum Kloster; ist in seine Kammer gegangen, hat seine Habseligkeiten zusammengepackt, sie im Vorraum der Kirche platziert und ist dann zur Arbeit in den Garten gegangen.

Der Bruder, der die Fünf-Uhr-Messe vorbereitet, betritt die Kirche. Er sieht Hermann nicht. Erst als er von der Empore in den Kirchenraum sieht, bemerkt er ihn. Hermann steht auf und geht auf ihn zu.

«Was machst du hier?», fragt der Padre.

«Ich bin gekommen, um mich zu verabschieden», sagt Hermann, «ich verlasse das Kloster.»

«Davon weiss ich gar nichts», sagt der Padre.

«Sagt bitte Euren Mitbrüdern Auf Wiedersehen von mir», sagt Hermann.

«Kannst du ihnen das nicht selber sagen?», fragt der Padre.

«Ich möchte lieber nicht», sagt Hermann.

«Wir haben dir doch nichts zuleide getan, oder?», fragt der Padre.

Hermann schüttelt den Kopf.

«Wenigstens dem Bruder Bibliothekar solltest du persönlich Auf Wiedersehen sagen», sagt der Padre. «Er hat so viel getan für dich, hat dich gepflegt, geschaut, dass es dir gut geht bei uns.»

«Ich möchte ihn nicht mehr sehen», sagt Hermann brüsk und geht. Er nimmt die Sachen, die er im Vorraum der Kirche platziert hat, und geht die steile Treppe zur Zeughausgasse hinunter. Für einen Moment bleibt er stehen, überlegt, ob er sich fallenlassen soll; denkt dann an Annemarie, daran, was sie alles getan hat für ihn, wie sie geschaut hat, dass es ihm gut geht. Es soll nicht vergebens gewesen sein, sagt er sich und geht weiter die Treppe hinunter, läuft zur St.-Oswalds-Gasse. Vor dem Pfarrhaus bleibt er stehen. Er schaut lange zu den Fenstern hoch. Dann setzt er sich auf die Treppe der St.-Oswald-Kirche. Nach einiger Zeit geht die Tür vom Pfarrhof auf und der Pfarrer kommt heraus. Als er die Treppe zur Kirche hochsteigt, sieht er Hermann.

«Moses, was machst du hier?», fragt er überrascht.

«Ich möchte Ihnen Danke sagen dafür, dass Sie für mich gebetet haben, als ich krank war», sagt Hermann mit stockender Stimme.

«Das gehört zu den Aufgaben eines Geistlichen», sagt der Pfarrer.

«Der Lehrer hat gesagt, ich muss nicht mehr ins Kloster zurück», sagt Hermann; ihm laufen Tränen die Wangen hinunter. Der Pfarrer reicht ihm die Hand und hilft ihm hoch. Er setzt ihn in der Kirche in die hinterste Bank und sagt: «Bleib hier, bis die Messe vorbei ist, dann sehen wir weiter.»

Hermann verbringt die Tage bis zum Ende seiner Schulzeit im Armenhaus. Der Pfarrer ging mit ihm als Erstes zum Haus des Landschreibers, hat sich lange mit diesem unterhalten. Der Landschreiber ist dann mit ihm zum Haus des Doktors gegangen, hat mit ihm gesprochen. Die Frau des Doktors hat ihn dann nach dem Eindunkeln ins Armenhaus gebracht. Hermann verlässt das Armenhaus jeweils früh am Morgen und geht auf Umwegen zur Schule. Die Nachmittage verbringt er im Haus des Doktors und macht Schularbeiten. Auch das Essen nimmt er im Haus des Doktors ein. Erst wenn es dunkel wird, kehrt er, erneut auf Umwegen, ins Armenhaus zurück. Hermann hat die Frau des Doktors gebeten, dass die Oberin nichts von seinem Aufenthalt im Armenhaus erfährt. Trotzdem ist er die ganze Zeit, die er im Armenhaus verbringt, unruhig; fürchtet sich davor, dass die

Oberin plötzlich auftauchen könnte oder nach ihm rufen lässt. Keiner der Bewohner des Armenhauses verrät ihn jedoch an sie. Als wäre es ihnen aufgetragen worden, ihn in Ruhe zu lassen. Auch stellt ihm niemand unangenehme Fragen. Der Gedanke, dass sie etwas über ihn wissen könnten, wissen, was ihm widerfahren ist, quält ihn. Er fühlt sich, als wäre er ein Aussätziger, von allen gemieden wegen seiner Leiden; er fragt sich, was seine Leiden sind. Er ist deshalb erleichtert, als ihn der Landschreiber abholt, um ihn zum Geisswaldhofbauern auf den Walchwilerberg zu bringen, wo er seine nächste Stelle antreten soll.

Den Brief an die Annemarie hat er so, wie er war, dem Doktor für die Lydia mitgegeben; hat nur noch liebe Grüsse dazugeschrieben. Es war ihm in letzter Zeit nicht mehr nach Schreiben gewesen. Auch wollte er die Annemarie nicht wissen lassen, wie es ihm ergangen war, wie es ihm geht; wollte ihr jedoch auch nichts vorgaukeln.

Es ist niemand da, der ihn begrüsst.

«Du kannst gleich zum Grasen mitkommen; zum Erholen haben wir dich hier nicht aufgenommen», sagt ein grosser Junge, der vor dem Haus steht, als sie den Geisswaldhof auf dem Walchwilerberg erreichen, noch bevor die Kirchenglocken neun Uhr schlagen. Landschreiber Stadlin zwinkert Hermann zu, sagt: «Auf Wiedersehen», nimmt ihm seine Sachen ab und geht mit ihnen zum Hof.

Der Landschreiber hatte ihn schon vor dem Sonnenaufgang im Armenhaus abgeholt und war mit ihm dem See entlang nach Walchwil gegangen. Dort hatte ein Pferdegespann auf sie gewartet, das sie auf den Walchwilerberg brachte. Noch bevor der Geisswaldhof in Sichtweite war, sind sie vom Wagen gestiegen und den restlichen Weg bis zum Hof zu Fuss gegangen. Landschreiber Stadlin hat dem Fuhrmann ein Zeichen gegeben, dass er schweigen soll, hat ihm ein Trinkgeld gegeben.

«Sag niemandem, dass wir mit dem Fuhrwerk auf den Berg gefahren sind», sagte der Landschreiber zu Hermann. Schon als sie dem See entlang nach Walchwil gingen, machte der Landschreiber Andeutungen, dass er sich um seine Gesundheit Sorgen mache; dass der Walchwilerberg, wo die Bewirtschaftung am Hang und deshalb sehr anstrengend sei, vielleicht nicht der richtige Ort sei für jemanden wie ihn, der von Geburt an schwach auf der Brust und daher schnell ausser Puste sei. Er habe noch versucht, es zu verhindern, meinte er, aber als einziger Fürsprecher – der Doktor und der Herr Pfarrer waren nicht anwesend – sei es ihm nicht möglich gewesen, noch etwas für ihn zu tun.

«Es ist jetzt halt an dir, Sorge für deine Gesundheit zu tragen», sagte er. «Das mit dem Fuhrwerk ist das Einzige, was ich noch für dich tun konnte. Du musst dich halt einfach zurückhalten, wenn es nicht mehr geht, und es halt ertragen, wenn du dafür ausgeschimpft wirst; ihnen sagen, wie es um deine Gesundheit steht.»

Liebe Hermine,

ich bin gut auf dem Walchwilerberg angekommen. Die Aussicht auf den See und die Berge ist grossartig. Ich habe eine eigene kleine Kammer über dem Stall erhalten, von wo ich dir jetzt schreibe; höre die Kühe im Stall unten muhen und stampfen. Ich hatte zuerst befürchtet, ich müsse die Kammer mit einem der Kinder teilen. Es sassen zehn am grossen Tisch in der Küche, als wir das Mittagessen einnahmen. Vier Mädchen und sechs Buben. Die grösseren müssen schon fleissig mithelfen, und selbst die kleinsten haben schon ein Ämtli. Ich habe mich gefragt, weshalb sie mich genommen haben, wo doch so viele Hände da sind zum Arbeiten. Vielleicht aus Nächstenliebe. Es wäre mir nicht recht. Und ich kann es mir auch nicht wirklich vorstellen. Die Bäuerin ist freundlich zu mir, was man vom Bauern und den Kindern jedoch nicht gerade sagen kann. Der Bauer wirkt sehr fahrig; seine linke Hand ist immer zur Faust geballt, als wolle er gleich auf den Tisch schlagen, sich so Respekt verschaffen. Auch die Zwillingsmädchen Lisbeth und Mirta, mit ihren bereits achtzehn Jahren die ältesten der Kinder, schauen drein, als nähmen sie es mir übel, dass ich mit ihnen am selben Tisch sitze. Die anderen Kinder schauen ebenfalls nicht viel freundlicher drein. Ich will mich jedoch nicht beklagen. Ich darf nicht erwarten, dass alle Menschen so lieb sind zu mir wie du. Und in einer so grossen Familie braucht es halt eine harte Hand, damit nicht alles drunter und drüber geht. Es wurde kein einziges Wort am Tisch gesprochen. Erst als der Vater aufstand, um in den Stall zu gehen, kam etwas Leben in die Familie. Es hat auch Vorteile, wenn am Tisch nicht gesprochen werden darf. So bekomme selbst ich, als Eindringling, wie ich mich fühle, bei Tisch keine bösen Worte zu hören.

Ich hoffe, du hast meinen ersten Brief unterdessen erhalten. Du wirst dich womöglich gewundert haben, dass er nicht fertig geschrieben ist; wirst dich vielleicht noch mehr wundern, wenn du diesen Brief erhältst und vernimmst, dass ich schon an einem anderen Ort bin, wenn du es nicht schon auf Umwegen erfahren hast. Es ist alles etwas drunter und drüber gegangen in letzter Zeit. Jetzt ist es aber wieder gut. *Ich konnte die Schule trotz aller Widrigkeiten zu Ende machen und habe mein Zeugnis erhalten. Es ist ein gutes. Ich würde es dir so gern zeigen, da es ja du warst, die mir als Erste die Buchstaben gezeigt und in mir damit die Liebe fürs Lernen geweckt hat. Der Lehrer hat es bedauert, dass ich jetzt zu den Bauern muss, um meine Aufbringung abzuverdienen. Er findet es traurig, dass ich mit so einem Zeugnis nicht weiter zur Schule gehen darf. Auch ist er mir in schwerer Zeit beigestanden. Er hat mir zum Abschied Bücher mitgegeben, von denen er glaubt, sie würden mir eine Hilfe sein. Er möchte, dass ich sie ihm zurückgebe, wenn meine Zeit bei den Bauern um ist. Er will mir dann weiterhelfen, hat er gesagt. Ich hatte schwer zu tragen an den Büchern, aber jetzt, wo ich einen ersten Blick hineingeworfen habe, glaube ich, es war der Mühe wert. Es tut so gut, neben dir noch einen weiteren Menschen zu wissen, dem es nicht gleichgültig ist, was aus mir einmal wird. Und es ist ausgerechnet jemand, von dem ich glaubte, dass er mich nicht mag ...*

«Du kommst mit mir», sagt der Junge, gleich nachdem er nach dem Abendessen aufsteht. «Wir müssen noch den Weidezaun umplatzieren.»

«Das macht ihr doch immer am Morgen», sagt die Bauersfrau.

«Der Vater hat es so gesagt», antwortet der Junge brüsk. Die Mutter seufzt und verstummt. Sie hatte ihn nach dem Mittagessen beiseitegenommen, als der Vater vom Tisch aufgestanden war und die Küche verlassen hatte und auch der grosse Junge für einige Zeit verschwunden war. Sie hatte sich bei ihm entschuldigt, dass er keine richtige Begrüssung erhalten habe, als er angekommen war; hat ihm dann die Familie vorgestellt. Ohne dass diese anwesend war. Auch die Zwillingsschwestern, die ihn während des Mittagessens so unfreundlich angeschaut hatten.

«Sie sind nicht böse», hat die Bäuerin zu ihm gesagt, ohne dass er sie darauf angesprochen hätte, «nur halt etwas vergrämt; weil der Vater sie verheiraten will, glaubt, sie seien jetzt alt genug; sie weggeben möchte an einen potenten Schwiegersohn. Mir wäre es lieber, sie würden noch etwas von der Bildung erhalten, die ihnen als Kinder vorenthalten war, bevor sie ins Erwachsenenalter eintreten. Ich hab mir, nun, wo du bei uns bist und ich weiss, dass du ein Gescheiter bist, gedacht, dass du ihnen vielleicht noch etwas beibringen könntest – wenigstens etwas lesen und schreiben –, sodass sie in der Lage sind, sich im Leben besser zu behaupten, zu verstehen, was vor sich geht um sie herum; selber entscheiden können, was sie möchten.»

Er hatte die Bauersfrau fragend angeschaut.

«Ich bin die Schwester vom Stadtpräsidenten Weber, von Zug», hatte sie gesagt. «Ich wurde nach Walchwil verheiratet.» Sie verstummte gleich wieder, weil der grosse Junge in die Küche zurückkam. Er schaute sie beide misstrauisch an, sagte zu ihm: «Komm jetzt, wir haben keine Zeit zu vertrödeln.»

Liebe Hermine,

ich bin noch etwas verschlafen und doch möchte ich dir schreiben, möchte nicht zuwarten, dir zu berichten, wie es mir geht. Die Arbeit ist sehr streng hier oben auf dem Walchwilerberg. Ich habe jedoch gelernt, auf meine Gesundheit zu achten, mich nicht zu übernehmen. Es geht recht gut. Nur muss ich halt manchmal böse Worte ertragen wegen meiner Arbeitsmoral, und ich falle abends meist todmüde ins Bett, mag weder lesen noch schreiben. So schreib ich dir jetzt halt früh am Morgen und schaue hinterher in die Bücher, wenn noch etwas Zeit bleibt, bevor ich wieder zur Arbeit gehen muss. Die Bauersfrau möchte gern, dass ich ihre Zwillingstöchter unterrichte, ihnen etwas lesen und schreiben beibringe, sie so auf das Erwachsenenleben vorbereite. Ihrem Sohn Albert scheint das überhaupt nicht zu passen. Er hält mich immer wieder davon ab, gibt mir unnötige Arbeiten zu tun, auch wenn es Feierabend ist, um zu verhindern, dass ich seine Schwestern unterrichte. *Obwohl er mit seinen erst zwölf Jahren jünger ist als ich, ist er es, der mir die Befehle erteilt.* Der Vater, der eigentlich das Sagen hat, will von mir nichts wissen. *Auch bekomme ich ihn kaum zu sehen, selbst während der Essenszeiten scheint er irgendwie abwesend zu sein.* Er sitzt schweigend am Tisch, herrscht nur mit missbilligenden Blicken, wenn ihm etwas nicht passt, und macht tiefe Schnaufer, sodass die Kinder sich jeweils fragen, was sie denn jetzt schon wieder falsch gemacht haben. *Wenn es nach dem Essen doch noch etwas zu sagen gibt, ist es der Albert, der spricht, im Befehlston sagt, was zu machen ist.* Gott sei Dank ist die Bauersfrau eine Liebe. *Immer wieder schenkt sie einem gescholtenen Kind einen gütigen Blick.* Sogar mir, obwohl ich der Knecht bin und nicht wirklich zur Familie gehöre. *Ich würde so gern ihrem Wunsch nachkommen und ihre Zwillingsmädchen unterrichten, ihr den Gefallen tun.* Sie ist die Güte selbst, darf es nur öffentlich nicht zeigen. *Die Kleinen schmiegen sich an sie, wenn der Vater und Albert es nicht sehen, holen sich so die Zuneigung von ihr.* Auch die Grösseren bekommen sie zu spüren, wenn die Mutter ihnen zärtlich die Hand aufs Haupt legt oder sie auch nur im Vorbeigehen am Arm berührt, ihnen so zeigt, dass sie

geliebt werden. Selbst Albert erhält diese Liebesbezeu-
gungen, auch wenn er sich ihnen jedes Mal entzieht, als
wenn sie ihm nicht recht wären ...

«Meine Schwestern sind vergeben. Bilde dir ja nichts ein», sagt Albert, während er mit dem schweren Hammer auf den Holzpfahl schlägt, den Hermann mit beiden Händen zu halten hat. «Gerade! Halt ihn gerade», schimpft Albert, «oder bist du selbst dafür zu blöd?», sagt er. Der schwere Hammer in Alberts Händen saust mit grosser Wucht an Hermanns Kopf vorbei. Er kann den Luftzug spüren. Hermann ist erleichtert, als Albert den Hammer ins Gras fallen lässt und sagt: «Wir machen morgen weiter.»

Das Tragen der Holzpfähle, immer wieder den steilen Hang hinauf, hat ihn völlig erschöpft. Er hat geglaubt, er könne nicht mehr.

«Meine Schwestern werden in Ruhe gelassen, hast du verstanden?», sagt Albert auf dem Weg zum Hof zurück.

Hermann nickt.

«Mach den Mund auf!», sagt Albert. «Ich hab dich etwas gefragt!»

«Ja», sagt Hermann.

Nach dem Abendessen schickt Albert ihn jeweils zum Holzhacken und hinterher auf seine Kammer. Auch taucht er immer wieder auf, um nach dem Rechten zu sehen. Als die Bauersfrau einmal meint, dass das geschlagene Holz nun aber reiche und dass sich Hermann ruhig auch einmal zu den Mädchen auf die Bank vor dem Haus setzen dürfe und etwas ruhen – er sei ja schliesslich, wenn auch auf Zeit, jetzt Teil der Familie –, antwortet Albert: «Der ist lang genug nur herumgesessen, so lang wie der zur Schule gegangen ist. Es ist höchste Zeit, dass er jetzt lernt, richtig zu arbeiten.»

Liebe Hermine,

ich habe mich inzwischen daran gewöhnt, dir früh am Morgen zu schreiben, und es geht auch recht gut. Auch deshalb, weil ich nun am Abend schon früh zu Bett gehe, erschöpft von der schweren Arbeit. Ich will mich jedoch nicht beklagen. Die Arbeit gefällt mir, und ich bin gern draussen in der Natur. Auch glaube ich, dass mir die Höhenluft hier oben guttut. Und die Aussicht auf den See und die Berge, wenn das Wetter so schön ist wie jetzt gerade, ist wunderbar. Sie lädt zum Träumen ein, macht die Mühe vergessen. Wenn nur diese Erschöpfung nicht wäre vom ständigen Auf und Ab in den Hängen des Walchwilerbergs, es würde mir hier recht gut gefallen. Auch wenn ich von der Familie ausgeschlossen bin. Ich bin das Al-

leinsein ja gewöhnt, kann es gut ertragen – im Wissen,
dass du in Gedanken bei mir bist ...

«Vorwärts, mach weiter, zum Träumen bist du hier nicht angestellt!», ruft Albert, als Hermann beim Grasen an einem besonders steilen Hang für einen Moment innehält und seinen Blick über den See und die Berge streifen lässt. Hermann zieht den Rechen schneller über den Boden, nimmt das Gras, das Albert mit der Sense geschnitten hat, schneller zusammen, arbeitet so schnell, dass ihm nach einiger Zeit elend wird und er zusammenbricht.

Als er wieder zu sich kommt, stehen die Kinder des Bauern um ihn herum und schauen auf ihn herab. Eines der grossen Zwillingsmädchen kniet neben ihm. Hermann schliesst die Augen wieder.

«Du rührst den nicht an», sagt Albert.

«Du hast mir nichts zu sagen», sagt das Mädchen.

«Du hast ihr nichts zu sagen», sagt ihre Zwillingsschwester. Das Mädchen, das neben ihm am Boden kniet, öffnet den obersten Knopf seines Hemdes und fühlt dann den Puls an seinem Hals.

«Das werde ich dem Vater berichten», sagt Albert.

«Den würde ich nicht anfassen», sagt einer der Buben, der sich auf Alberts Seite geschlagen hat. «Der stinkt.

Der wäscht sich nie. Ich habe ihn nicht einmal dabei gesehen.»

«Das stimmt nicht», sagt eines der Zwillingsmädchen. «Der wäscht sich jeden Morgen das Gesicht und den Hals am Brunnen vor dem Haus, wir haben es gesehen.»

«Das wird der Vater aber gar nicht gern hören», sagt Albert.

Albert und zwei seiner Brüder kommen mit dem Heuschlitten den steilen Hang herauf. Der Bauer läuft keuchend und mit hochrotem Kopf hinterher. Hermann wird von ihm und Albert unsanft auf den Schlitten gelegt. Auf dem holprigen Weg hinunter zum Hof verliert Hermann erneut das Bewusstsein. Als er wieder aufwacht, ist eine fremde Frau über ihn gebeugt und hält ihr Ohr an seine Brust, hört scheinbar seinen Herzschlag ab. Neben ihr steht die Frau des Bauern.

«Das ist die Valeria. Sie ist die Kräuterfrau im Dorf, schaut auch zu den Kranken», stellt die Bauersfrau sie vor.

«Du riechst aber gut», sagt die Kräuterfrau zu ihm. «Extra wegen mir?», fragt sie.

Erst jetzt nimmt Hermann den Seifengeruch wahr, der ihn umgibt. Auch wird er gewahr, dass er nicht in seiner Kammer liegt. Er verliert sich in Gedanken deswegen und auch darüber, wer ihn wohl gewaschen hat.

«Er hat es nötig gehabt», sagt die Frau des Bauern.

Hermann ist erleichtert, zu hören, dass es die Bauersfrau gewesen ist, die ihn gewaschen hat. Die Kräuterfrau gibt der Frau des Bauern ein Zeichen, ihn allein zu lassen.

«Du wirst bald wieder auf den Beinen sein. Musst halt in Zukunft besser auf deine Gesundheit achten», sagt die Kräuterfrau zu ihm, als sie mit der Frau des Bauern die Kammer verlässt.

«Er wird es überleben», sagt sie zur Bauersfrau draussen auf dem Flur. «Er ist schwach auf der Brust, das kann man mit blossem Auge sehen, schmalbrüstig, wie der ist. Ist es dir nicht aufgefallen, dass der für die schwere Feldarbeit nicht zu gebrauchen ist?», fragt sie.

«Ich hätte es wissen müssen», sagt die Frau des Bauern. «Aber wirklich gemerkt hab ich es erst, als sie ihn auf dem Heuschlitten heruntergebracht haben und ich ihn dann gewaschen habe.»

«Gib ihm, was du deinem Mann gibst», sagt die Kräuterfrau, «es wird auch ihm guttun. Aufs Feld kannst du ihn nicht mehr schicken. Der würde in kurzer Zeit wieder umfallen, womöglich einmal überhaupt nicht mehr aufstehen. Stell ihn deinem Mann zur Seite, und lass die schwere Arbeit weiter den Albert machen. Und wenn es nötig wird, können ihm ja seine Geschwister helfen, wie bisher schon. Es ist ja bis jetzt auch gegangen. Weshalb hast du den überhaupt genommen?», fragt sie.

«Mein Bruder, der Stadtpräsident von Zug, hat angefragt. Man wollte ihn möglichst schnell loshaben, ihn nicht weiter durchfüttern müssen. Es war ihnen egal, wo er hinkommt, nur einfach weg», sagt die Bauersfrau. «Er selber habe es bedauert, weil der Bub ein Gescheiter sei, hat er gesagt, aber ihm seien die Hände gebunden. Auch ein Stadtpräsident könne nicht einfach machen, was er wolle. Da hab ich ihn genommen. Ein Gescheiter hat mir grad noch gefehlt in der Familie.»

«Und dein Mann war sofort damit einverstanden?», flüstert die Kräuterfrau.

«Es ist nicht ohne Streit abgegangen», sagt die Bauersfrau, «und es wird noch einen geben müssen.»

«Wegen der Mädchen, der Schläge?», fragt die Kräuterfrau. «Das hat noch niemandem geschadet», meint sie.

«Es sind erwachsene Menschen, die behandelt man nicht wie Kinder», sagt die Bauersfrau empört.

«Du fasst mir die Zwillingsmädchen nicht mehr an, sonst ziehe ich hier aus und nehme die Kinder mit. Wenn es sein muss, auch den Albert, wenn du ihn weiter zu einem schlechten Menschen erziehst», sagt die Bäuerin.

«Ich habe es ihnen verboten, sich mit diesem Bastard abzugeben. Sie haben nicht auf mich gehört. Jetzt mussten sie es halt fühlen», sagt der Bauer.

«Hüte dich davor, so von ihm zu sprechen», sagt die Bäuerin. «Er ist kein Bastard, so wenig wie du einer bist. Es war eine Notlage. Die Mädchen haben das einzig Richtige getan. Man lässt einen Menschen in Not nicht einfach im Stich. Die Mädchen gehorchen ja sonst deinen Anweisungen. Sie haben sich am Tisch genau so verhalten, wie Albert es ihnen eingetrichtert hat, und wenn sich ihre Blicke trotzdem einmal mit den seinen trafen, haben sie ihm gezeigt, dass er nicht willkommen ist, haben ihn böse angeschaut.»

«Der kommt von hier weg», sagt der Bauer.

«Der Bruder ...», sagt die Bauersfrau.

«Seit wann hat dein Bruder hier das Sagen», unterbricht der Bauer sie. «Ich wollte ihn nie haben. Und schon gar nicht an meiner Seite. Der würde es nicht überleben, noch weniger, als wenn er wieder aufs Feld ginge. Der kommt weg von hier, und wenn ich ihn eigenhändig rauswerfen muss», wird der Bauer laut.

So laut, dass Hermann, der immer noch wach liegt, es mitbekommt in der Kammer gegenüber der der Bauersleute, wo er jetzt untergebracht ist. Auch der Bub, der abends in die Kammer gekommen ist und diese nun mit ihm teilt, wird bei den lauten Worten seines Vaters wach.

«Du bist schuld, dass Vater und Mutter sich streiten», sagt er zu Hermann und dreht sich zur Wand.

Hermann glaubt, ihn weinen zu hören. Er liegt lange wach, macht sich Gedanken über das Geschehene, über die Worte des Bauern und die des Buben. Dann fasst er einen Entschluss.

«Wenn du mir meine Sachen aus meiner Kammer holst, geh ich noch heute Nacht von hier weg, dann brauchen sich deine Eltern nicht mehr zu streiten», sagt er zu dem Buben.

«Nein», sagt der Bub.

«Weshalb nicht?», will Hermann wissen.

«Wegen der Mutter», sagt dieser und fängt erneut an zu weinen.

Am Morgen geht Hermann zusammen mit dem Bub in die Küche hinunter, um das Frühstück einzunehmen.

«Du legst dich besser wieder hin», sagt die Bauersfrau zu Hermann. «Ich werde dir das Frühstück in die Kammer bringen.»

Hermann zögert.

«Magst du dich nicht mehr erinnern», sagt die Bauersfrau, «was Valeria, die Kräuterfrau, gesagt hat? Dass du auf deine Gesundheit achten sollst.»

«Darf ich auf meine Kammer gehen?», fragt Hermann.

«Du bleibst besser, wo du bist, so muss ich das Haus nicht jedes Mal verlassen, wenn ich nach dir schauen komme.»

Hermann verbringt den ganzen Tag im Bett. Hin und wieder kommt die Bauersfrau und schaut zu ihm, bringt ihm das Essen und flösst ihm die Medizin ein, die ihm die Kräuterfrau verschrieben hat. Am Abend, nachdem der Bub in die Kammer gekommen ist, erscheint die Bauersfrau erneut. Sie setzt sich zu Hermann aufs Bett und flösst ihm seine Medizin ein. Nachdem er sich hingelegt hat, legt sie ihm die Hand auf die Schulter, lächelt ihn an. Dann steht sie auf und geht zu ihrem Buben, legt ihm die Hand auf den Kopf und streicht darüber, wünscht ihnen beim Verlassen der Kammer eine gute Nacht. Der Bub schläft umgehend ein. Auch Hermann.

Er schreckt mitten in der Nacht auf, als ihn jemand unsanft an der Schulter anfasst und rüttelt. Vor ihm steht Albert. Er gibt ihm ein Zeichen, dass er schweigen soll, zeigt auf den schlafenden Bruder im Bett gegenüber. Albert hat Hermanns Sachen bei sich. Er legt sie sachte auf den Boden und wartet, bis Hermann sich angezogen hat. Dann verlassen sie die Kammer und gehen auf Zehenspitzen zur Küche hinunter. Dort reicht Albert ihm einen Beutel und deutet auf die Türe, wartet darauf, dass er das Haus verlässt. Furcht kommt auf in Hermann, als er die Türe hinter sich zumacht und in den dunklen Morgen hinaustritt. Die Furcht verstärkt sich noch, als er kurze Zeit später in ein Waldstück einbiegt, das er zu durchqueren hat, um ins Dorf hinunterzugelangen. Ihm stockt der Atem, als er plötzlich zwei Gestalten in der Dunkelheit erblickt. Er ist dabei umzukehren, als eine der Gestalten auf ihn zukommt und eine Frauenstimme ruft: «Wir sind es. Du brauchst keine Angst zu haben.» Erschrocken und erleichtert zugleich sieht Hermann: Es sind die Zwillingsschwestern. Hermann schaut sie fragend an.

«Du bist zu schwach, um allein in die Stadt zu gehen», sagt eines der Mädchen.

«Wir gehen mit dir», sagt das andere.

Als sie das Waldstück wieder verlassen, geht langsam die Sonne auf. Kurz bevor sie Walchwil erreichen, machen sie eine Rast. Als Hermann den Beutel öffnet, den Albert ihm mitgegeben hat, enthält dieser, neben Brot und Käse auch eine Flasche mit dem Kräutertrunk, den ihm die Kräuterfrau verschrieben und die Bauersfrau eingeflösst hat. Nach kurzer Zeit stehen die drei wieder auf und gehen weiter. Sie meiden das Dorf und laufen Richtung Zug.

Liebe Hermine,

ich hoffe, du hast meinen letzten Brief erhalten: Wieder ist es ein unfertiger, wieder ist es unglücklich gelaufen mit mir und wieder war mein Aufenthalt nur von kurzer Dauer – nur wenige Monate, statt wie abgemacht ein ganzes Jahr – und wieder wurde ich krank. Ich musste den Geisswaldhof auf dem Walchwilerberg verlassen, war zur Bürde für die Bauersleute geworden, statt dass ich ihnen eine Hilfe war. Ich bin nicht wirklich traurig, dass ich gehen musste. Ich war nicht willkommen dort, war nicht gewollt, ausser von der Bauersfrau. Ich werde sie vermissen, bedaure ihr Los. Auch das ihrer Kinder. Vor allem das ihrer Zwillingstöchter, die verheiratet werden sollen – selber gerade erst dem Kindsalter entronnen, ohne Schulbildung, ohne Zukunft, das ganze Leben noch vor sich –, nur weil der Vater es so will. Aber sie erhalten jetzt vielleicht doch noch eine Chance. Die Mutter hat sich gewehrt für sie; hat sie dem Einflussbereich des Vaters entzogen, sie zu ihrem Bruder nach Zug geschickt. Sie hofft, dass es ihnen dort besser gehen wird als auf dem Geisswaldhof, sie sich noch etwas entfalten können, bevor sie heiraten und Familie haben. Sie war auch gut zu mir, die Bauersfrau, wollte auch für mich das Beste; hat sich um mich gesorgt, mich vor dem Bauern und seinem Sohn Albert in Schutz genommen, als wäre ich ihr eigenes Kind. So nehme ich doch noch etwas Positives mit von meinem Aufenthalt auf dem Walchwilerberg, etwas, an das ich mich gern erinnere. Jetzt bin ich, neben dir und dem Lehrer, schon der dritten Person begegnet, die mir in schwerer Zeit beigestanden hat. Das macht mich das Schwere in meinem Leben vergessen, lässt mich vorwärtsschauen.

Auch der Herr Weber, der Stadtpräsident von Zug, wo die Zwillinge, die mich in die Stadt begleitet haben, jetzt leben, scheint mir, ist ein guter Mensch. Er ist darum besorgt, dass für mich eine neue Unterkunft gefunden wird. Auch hat er mich für die Zeit, bis ich die neue Stelle antreten kann, bei einem Verwandten untergebracht. Ich muss den ganzen Tag am Webstuhl sitzen und Leinenstoff weben, soll nicht aus dem Haus, um nicht gesehen zu werden. Ich hab dafür einen Schlafplatz und bekomme zu essen. Als einzige Abwechslung neben dem Weben bleibt mir das Schreiben. Es ist mir recht. Ich mache die Arbeit gern. Ich mag es zu sehen, wie durch meiner Hände Arbeit langsam etwas entsteht. Es ist ein wenig wie das Schreiben. Auch ist mir gar nicht danach, mich zu zeigen, nachdem ich erneut versagt hab; nicht in der Lage *bin, der Gemeinschaft zurückzugeben, was ich ihr schulde. Ein ganzes Leben lang möchte ich diese Arbeit jedoch nicht machen, so wie der Junggeselle, der mich aufgenommen hat und der mir erzählt hat, er habe schon als Kind nichts anderes gemacht, als die Stoffe zu weben, aus denen seine Mutter – einen Vater habe er keinen, sagt er – dann Kleider genäht hat. Er hätte mich gern behalten. Er geniesst es, während ich bei ihm bin, etwas kürzer treten zu können in seinem hohen Alter. Er könne das Verdinggeld jedoch nicht aufbringen, hat er gesagt, und mich auch gar nicht ernähren; es reiche kaum für ihn ...*

Erneut ist es früh am Morgen, als er abgeholt wird. Nicht vom Landschreiber diesmal, sondern von jemandem, den er nicht kennt. Auch erfährt er erst an diesem Morgen, wohin er gebracht werden soll. Es war so abgemacht, dass man sich nicht mehr sehe. Es sei besser so, hatte der Stadtpräsident gemeint, ohne zu sagen, weshalb. Hermann vertraute ihm, als er sagte, es sei nur zu seinem Besten. Trotzdem gibt es ihm erneut zu denken, weshalb man ihn wie einen Aussätzigen behandelt.

Er sei ein Handelsmann und tätige Geschäfte in Ennetsee; er werde ihn nach Risch bringen, ist das Einzige, was er von dem Mann erfährt, der ihn abholt. Erst als sie auf den Schiffssteg zulaufen, dämmert es Hermann, dass sie nicht den stundenlangen Fussmarsch auf sich nehmen, um nach Risch zu gelangen, sondern den See überqueren werden. Ein Mann steigt vom Dampfschiff und reicht ihm die Hand, als er sieht, dass er sich nicht so recht getraut, über den wackeligen Steg zu gehen. Hermann glaubt, in ihm den Mann zu erkennen, der ihm schon damals, als er noch ein Junge war, auf das Schiff geholfen und ihn gleich wieder zurück an Land gestellt hatte, als er ganz bleich geworden war, ohne festen Boden unter den Füssen. Der Mann jedoch scheint ihn nicht wiederzuerkennen. Auch nicht, als er erneut ganz bleich wird, sich sogar übergeben muss. Nicht nur das Schaukeln des Schiffes wegen des starken Windes und des hohen Wellenganges macht ihm zu schaffen – auch der beissende Rauch, den ihm Windstösse immer wieder ins Gesicht blasen und der bei ihm Hustenanfälle auslöst. Hermann glaubt, sterben zu müssen. Sein Begleiter lacht nur und sagt: «Die werden keine Freude haben an so einem wie dir.»

Liebe Hermine,

ich bin gut angekommen in Ennetsee; auch wenn die unruhige Fahrt über den See bei heftigem Wind mir nicht gerade gutgetan hat. «Du siehst aus wie eine Leiche», hat die Magd gesagt, die mich in Empfang genommen hat. Sie war die einzige Person auf dem Hof, als ich dort ankam. Die anderen seien alle unterwegs, um dem Wind zu trotzen, hat sie gemeint, damit er nicht den ganzen Hof wegblase. Sie hat mir als Erstes einen heissen Tee gemacht und etwas hineingetan. Um mich wieder auf die Beine zu bringen, bevor die Bauersleute heimkommen, hat sie gesagt. «Wäre doch schade, wenn sie dich nur als Leichnam kennenlernen würden.» Der Tee hat mir recht gutgetan. Mir war nicht mehr so übel hinterher. Dafür habe ich aber von dem Zeugs, das sie mir reingetan hat, einen sturmen Kopf bekommen. Die Magd hat es mir angesehen. Sie hat mich ausgelacht und gesagt: «Du wirst dich daran gewöhnen.» Sie ist eine Lustige. Eigentlich sind alle lustig hier, abgesehen von der Frau des Bauern, die kaum ein Wort spricht und keine Miene verzieht, nicht einmal, wenn Spässe gemacht werden, was oft geschieht. Am lustigsten ist der Bauer. Er hat immer einen dummen Spruch parat. Er hilft auch kräftig nach, trinkt keinen Kaffee, keinen Tee, ohne kräftig von dem Zeugs hineinzutun, von dem mir die Magd gegeben hat und ich geglaubt habe, es sei Medizin. Man kann es ihm ansehen. Seine Nase und seine Wangen sind ganz rot. Ich sage jeweils «Nein danke», wenn man mir von dem Zeugs einschenken will, ausser ich fühle mich nicht wohl. Ich möchte keine rote Nase und bleibe lieber blass, als dass ich hinterher dummes Zeugs sage. Ich bin neben dem Bauern der einzige Mann auf dem Hof. Die anderen hier sind alles Frauen. Ausser einem Burschen, von dem ich nicht so recht weiss, ob er noch ein Kind ist oder schon erwachsen, denn er ist geistig zurückgeblieben. Er arbeitet auch nicht mit, steht nur herum und macht komische Bewegungen. Ich habe mich anfangs gefragt, wer neben dem Bauern die schwere Arbeit auf dem Hof hier macht. Ich arbeite meistens im Garten und in der Küche. Als ich einmal angeboten habe, das Holz zu hacken, um den Herd anzufeuern, hat die Magd gemeint, ich solle das ruhig ihr überlassen, ich solle mich nicht übernehmen. Ich frage mich, woher sie weiss, dass ich ein Schwächlicher bin, Mühe habe, schwere Arbeiten zu verrichten. Lange habe ich auch nicht gewusst, wer zu wem gehört; wer Familie ist und wer Bedienstete. Man könnte fast meinen, dass die Magd die Frau des Bauern wäre. Denn es ist sie, die im Haus sagt, was gemacht wird. Sie geht auch wie selbstverständlich zum Bauern in die Kammer, obwohl sie eine eigene hat. Auch die Bauersfrau hat eine eigene Kammer. Es gibt zwei Betten darin. In dem einen schlafe ab und zu der Bursche, hat die Magd gesagt. Die meiste Zeit jedoch nächtige er im Heu. Es sei sein Wille, meinte sie. Ich hatte mich schon gewundert, weshalb er abends immer das Haus verlässt. Er sei gern für sich allein, hat die Magd gesagt. Trotzdem, er erhält viel Zuneigung, wenn er im Haus erscheint, wird von allen immer wieder in den Arm genommen, bekommt Liebkosungen; ausser von der Frau des Bauern, von der ich glaube, dass sie seine Mutter ist. Ich hatte zunächst Angst davor, allein mit ihm zu Hause zu sein, wie es ab und zu geschieht, wenn die anderen alle bei der Feldarbeit sind. Ich fürchtete mich davor, dass er sich die Liebkosungen in ihrer Abwesenheit von mir holen könnte. Er macht jedoch jedes Mal einen grossen Bogen um mich, wenn er das Haus überhaupt betritt, während die anderen weg sind. Neben der Magd und der Frau des Bauern sind noch zwei weitere Frauen hier. Es sind sie, die dem Bauern zur Hand gehen, die die schwere Arbeit machen. Die eine ist hauptsächlich im Stall anzutreffen, schaut zu den Tieren. Die andere ist meist mit dem Bauern unterwegs; selbst am Abend, stützt ihn, wenn er betrunken vom Wirtshaus heimkommt, was oft geschieht. Wer die beiden Frauen sind und woher sie kommen, weiss ich nicht. Sie werden aber wie Familienmitglieder behandelt. Möglicherweise sind sie Verwandte, Geschwister vielleicht, auch wenn man es ihnen nicht ansieht. Sie teilen sich die Kammer, sitzen am Tisch nebeneinander und machen alles zu-

sammen; waschen sich sogar gegenseitig im Zuber, selbst wenn andere dabei sind, selbst in meiner Gegenwart, lachen mich aus, wenn ich aufstehe und die Küche verlasse ...

Es ist Hermann nicht recht, dass die Frauen die schwere Arbeit machen und er die Arbeiten, die für Frauen gedacht sind. Er kommt sich vor, als wäre er, neben dem Burschen, der zweite Behinderte auf dem Hof. Er versucht deshalb immer wieder zu zeigen, dass man ihn auch für schwerere Arbeiten gebrauchen kann. Als einmal der Herd erneut angefeuert werden muss, nachdem er gereinigt worden ist, fängt er ungefragt an, die Arbeit zu machen. Er legt, wie er es zuvor bei anderen gesehen hatte, Holzscheite in den Ofen und zündet Reisig an, um das Feuer zu entfachen. Dabei entsteht Rauch, der ihm in Nase und Lunge steigt und einen schweren Hustenanfall auslöst. Die Magd bringt ihn aus dem Haus, lässt ihn sich auf die Bank davor legen und platziert ein Kissen unter seinen Rücken, sagt, er solle besser auf seine Gesundheit aufpassen, man wolle ihn nicht verlieren, man habe die Verantwortung für seine Gesundheit übernommen, und macht dann die Arbeit selbst. Dasselbe geschieht, als er versucht, sich im Gemüsegarten nützlich zu machen, er darangeht, ein Gemüsebeet umzustechen. Schon nach kurzer Zeit muss er eine Pause einlegen und man sieht es ihm an, dass er bereits erschöpft ist. Wieder übernimmt die Magd die Arbeit, mahnt ihn, sich nicht zu übernehmen, sagt, dass man es schätze, dass er sich willig zeige, man aber sehr zufrieden sei mit dem, was er mache. Als er ein andermal anbietet, beim Melken der Kühe zu helfen, meint die Magd, dass die Kühe keinen Mann im Stall dulden würden. «Nicht nur die Kühe», betont sie. Und als der Bauer einmal eine Sau schlachtet und ihn fragt, ob er dabei zusehen wolle, bietet Hermann an, ihm dabei zu helfen. Jedoch schon beim Zusehen, wie das Tier abgestochen wird und wie es ausblutet, wird ihm schlecht und er wird ohnmächtig. So bleiben ihm nur das Jäten und Ernten von Gemüse, das Pflücken von Beeren und die Mithilfe bei deren Verarbeitung. Für seinen Fleiss dabei wird er jedoch immer wieder gelobt. Sie lassen es ihn nie spüren, dass er für andere Arbeiten nicht geeignet ist. Und selbst wenn er bei einfachen Arbeiten einmal nicht bei der Sache ist, er bei der Gartenarbeit innehält, einem Käfer bei der Arbeit zusieht oder einer Biene, wie sie von Blüte zu Blüte fliegt und den Nektar einsammelt; oder beim Pflücken von Beeren im Wald Blicke mit einem Reh austauscht, ihm im Stillen sagt, es solle sich besser nicht mehr zeigen, um ja nicht dem Jäger zu begegnen, erntet er von der Magd nur ein verständnisvolles Lächeln statt eine Rüge.

Hermann hat Schwierigkeiten, die Zuwendung der Magd zu akzeptieren. Er ist es nicht gewohnt, einfach nur da sein zu müssen, dass keine Erwartungen in ihn gesetzt werden, er nichts tun muss, keine Leistung zeigen, um sich die Gunst anderer zu verdienen. Selbst die Bauersfrau auf dem Geisswaldhof auf dem Walchwilerberg, die ihn behandelte, als wäre er ihr eigener Sohn, hatte Erwartungen in ihn, hatte von seinen Fähigkeiten profitieren wollen, indem er ihre Zwillingsmädchen unterrichtete. Als Hermann glaubt, sich einmal bei der Magd entschuldigen zu müssen, weil er nur wenig zur Bewältigung der Arbeit auf dem Hof beiträgt, sagt sie nur: «Du bist ein Guter, so einen konnten wir hier grad noch gebrauchen.» Die Gegenwart der Magd, ihre Nähe zu ihm, ihr Verhalten ihm gegenüber lassen ihn noch öfter an Annemarie denken, als er es sonst schon tut. Es macht seine Verbindung zu ihr noch stärker, da die Magd und die Annemarie auf eine Weise konkurrieren. Obwohl – Hermann sucht die Nähe zur Magd nicht, verspürt kein Verlangen nach körperlicher Nähe zu ihr. Im Gegenteil, wenn sie ihm hin und wieder ihre Hand an den Arm oder einen Arm um seine Schultern legt, ist es ihm unangenehm, es erinnert ihn an den Bruder Bibliothekar und seine Absichten. Auch verbringt er seine freie Zeit lieber in seiner Kammer mit Schreiben und Lesen als in der Küche bei ihr. Als die Magd an einem Sonntagmorgen einmal in seine Kammer tritt, um ihm mitzuteilen, dass es Zeit sei, um aufzubrechen, damit man nicht zu spät zur Kirche komme, und sie sieht, wie er in einem der Bücher liest, die ihm der Lehrer damals gegeben hat – er hat über der Lektüre die Zeit vergessen –, fragt sie ihn, ob er ihr nicht, während sie in der Küche arbeite, vorlesen könne, sodass sie noch etwas Bildung erhalte. Sie habe halt nie richtig zur Schule gehen können, meint sie. Obwohl ihm die Zeit in seiner Kammer lieb ist, sagt Hermann zu. Er kann sich so nützlich machen, hat eine Aufgabe, eine, die ihm auf dem Hof niemand abnehmen kann. Es sind anfangs nur sie beide in der Küche, wenn er ihr vorliest. Mit der Zeit jedoch gesellt sich auch noch der Bursche dazu, verlässt die Küche nicht gleich wieder, nachdem er sich seine Liebkosungen geholt hat. Es scheint sogar, als würde ihm gespannt zuhören, selbst wenn sein Blick ins Nirgendwo gerichtet ist. Auch hören die wilden Bewegungen, die er sonst macht, auf, während Hermann liest. Selbst als die Magd einmal abwesend ist, setzt er sich zu ihm an den Tisch und wartet darauf, dass er zu lesen beginnt. Hermann fragt sich, was dem Burschen wohl bleibt vom Gehörten, ob es vielleicht nur der Rhythmus der Worte ist oder ihre Melodie, die ihm gefällt, ihn beruhigt. Der Bursche jedoch hält immer noch Abstand zu ihm, verlangt keine Umarmung. So ist es Hermann recht. Es scheint, als wäre dem Burschen Hermanns Stimme das, was von den anderen die Hände sind.

Hermann hört auf zu lesen, klappt das Buch zu. Die Magd nimmt einen Topf vom Herd und schüttet heisses Wasser in den Waschzuber zu dem kalten Wasser. Der Bursche zieht Hemd und Hose aus. Er hat darunter nichts an. Hermann steht auf und will gehen.

«Du darfst ruhig bleiben», sagt die Magd. «Das Badewasser reicht für euch beide.»

Der Bursche steigt umständlich in den Waschzuber. Die Magd fängt an, ihn zu waschen; verweilt lange bei seinem Unterleib. Nachdem sie den Burschen abgetrocknet hat, nimmt sie erneut den Topf vom Herd und giesst heisses Wasser in den Zuber nach. Sie sagt zu Hermann: «So, jetzt gehört er dir.» Der Bursche verweilt mit erigiertem Glied nahe dem Waschzuber. Hermann steht vom Küchentisch auf, weiss nicht so recht, was er tun soll, bleibt stehen und wartet.

«Mit den Kleidern steigst du besser nicht in den Waschzuber», sagt die Magd und lacht ihn an. «Die wasche ich dann separat.»

Hermann macht immer noch keine Anstalten, sich auszuziehen, schaut auf den nackten Burschen, der mit seinem Geschlechtsteil spielt. Die Magd lacht laut auf und gibt dem Burschen ein Zeichen zu gehen. Dieser läuft, so wie er ist, auf den Hof hinaus. Hermann entkleidet sich zögerlich und bleibt vor dem Waschzuber stehen.

«Auf was wartest du?», fragt die Magd. Hermann steigt in den Waschzuber, wartet erneut; fängt dann nach einer Weile an, sich unter dem Blick der Magd zu waschen. Er verweilt lange bei seinem Unterleib. Die Magd schaut ihm dabei zu. Dann zieht sie ihr Kleid hoch, streift es über den Kopf und sagt: «Das Wasser reicht auch für drei», und steigt zu ihm in den Zuber.

Liebe Hermine,

die meiste Zeit verbringe ich im Haus, gehe der Magd zur Hand. Den grössten Teil der Arbeit macht sie jedoch selber, ich lese ihr, während sie arbeitet, dafür aus meinen Büchern vor, bin zu ihrem Lehrer geworden. Es ist mir nicht recht, dass ich ihr nicht mehr helfe. Es ist jedoch ihr

*Wunsch gewesen, dass ich ihr vorlese. So mache ich es
halt. Es ist das, was ich am besten kann. Und ich brauche
der Magd gegenüber nicht ein so schlechtes Gewissen zu
haben, da sie ja auch von mir profitiert, von mir lernen
kann. Ein umso schlechteres Gewissen habe ich jedoch
gegenüber den anderen auf dem Hof, denen ich keine Hilfe bin. Jenen, die die schwere Arbeit auf dem Hof machen.
Vor allem gegenüber den Frauen schäme ich mich.*

Ich sitze hier am Ufer des Zugersees, schaue aufs andere Ufer – auf die Stadt, die mir Heimat bedeutet, weil
dort wohnt, was mir lieb ist – und schreibe dir, während
die anderen im Schweisse ihres Angesichts am Heuen
sind; das Gras mähen, es mühevoll zusammenrechen, es
in die Scheune tragen.

Zug ist ein liebliches Städtchen, so gesehen, über den
See. Es schmiegt sich zärtlich an die grünen Hänge des
Zugerbergs und schaut dabei ganz unschuldig aus, so
ohne Anzeichen von Leben. Ich frage mich, was wohl
hinter den Mauern der Häuser vorgeht; sehe vor meinem geistigen Auge, wie du den Pfarrhaushalt in Schuss
hältst, den Pfarrer umsorgst, ihm Haushälterin bist und
ihm Gesellschaft leistest. Ich muss oft an dich denken,
wenn ich der Magd bei der Arbeit zusehe. Es ist sie, die
hier nach dem Rechten schaut, sich um das Wohl der

Bewohner sorgt; die kocht, wäscht, putzt, allerhand Bedürfnisse befriedigt, nicht nur die des Bauern. Die den Burschen wäscht, sich selber und andere, im selben Badewasser; die Freuden bringt, Fröhlichkeit und Lachen; ausser der Frau des Bauern, die in sich gekehrt, mit ernster Miene das Geschehen betrachtet. Ob sie es wohl einmal dem lieben Gott berichten wird? Damit er richten kann? Sie trägt ein Kreuz um den Hals, das mahnt, auf das Gewissen drückt, auch auf meines – ständig erinnert. Willst du mir verzeihen, in deinen Gebeten, sodass ich dich, wenn nicht auf Erden, einmal im Himmel wiedersehen kann? Wo dir, wie ich glaube, ein Plätzchen sicher ist ...

«Geh, klopf an die Tür der Bäuerin», sagt die Magd, als Hermann zum Morgenessen erscheint. «Öffne vorsichtig die Tür und schau rein, wenn sie nicht antwortet.»

Die Bäuerin ist für gewöhnlich die Erste, die am Morgentisch Platz nimmt, lange vor den anderen; dann aber aufsteht, wenn die anderen kommen, sich in ihre Ecke verkriecht.

«Sie ist nicht in ihrer Kammer», sagt Hermann, als er zurück in die Küche kommt.

«Und der Bursche?», fragt die Magd. «Ich hab gehört, wie er in der Nacht zu ihr in die Kammer ging.»

«Ich habe ihn nicht gesehen», sagt Hermann.

«Beide Betten sind gemacht?», fragt die Magd.

«Ja», sagt Hermann.

«Dann geh in die Scheune und schau nach, ob der Bursche dort ist», sagt die Magd, nun mit Sorge in ihrer Stimme.

«Er ist auch nicht in der Scheune», sagt Hermann, als er in die Küche zurückkommt.

«Sie wird doch nicht den Burschen ...» Die Magd hat den Satz nicht zu Ende gesprochen, als der Bauer und mit ihm all die anderen, die inzwischen am Tisch Platz genommen haben, aufstehen und das Haus wie auf Kommando verlassen, sich auf die Suche machen: in der Scheune, auf dem Heuboden, im Stall und im Geräteschuppen; während die Magd aufgeregt in der Gegend umherspringt, immer verzweifelter nach dem Burschen ruft; bis sie den Bauern vom See her kommen sieht – als hätte er's gewusst –, den leblosen, tropfnassen Körper des Burschen in seinen Armen. Die Magd stösst einen Schrei aus, als sie den Burschen sieht, scheinbar tot.

«Er lebt», sagt der Bauer, «schnell, schick nach dem Doktor. Die Frau hab ich nicht gefunden. Der See wird sie dann schon hergeben, wenn es ihm gefällt.»

Liebe Hermine,

ich würde dir lieber Positives berichten. Erst noch hab ich dir von der Unbekümmertheit hier auf dem Hof erzählt. Wie es mich hat wundern lassen; solche Freuden habe ich nie gekannt. Jetzt aber sind schwarze Wolken aufgezogen. Die Frau des Bauern hat sich das Leben genommen. Sie wollte gar den Burschen mit sich nehmen. Es hat so kommen müssen, hat die Magd gesagt. Es sei nicht das erste Mal gewesen. Nur sei sie jeweils davon abgehalten worden, sich ein Leid anzutun, oder der Mut habe sie verlassen und sie sei von sich aus zurückgekehrt. Nur den Burschen, den habe sie bis jetzt nie mitgenommen ...

Es will nicht mehr so recht Freude aufkommen auf dem Hof. Die Magd tut ihr Bestes, dass er nicht vollkommen in Freudlosigkeit versinkt. Doch selbst sie ist nicht mehr dieselbe Person wie zuvor. Der Bauer, früher nie um einen Spass verlegen, ist verstummt; er trinkt jetzt noch mehr; so viel, dass er nicht mehr weiss, dass er etwas Dummes hat sagen wollen; ertränkt sein schlechtes Gewissen im Alkohol. Der Bursche ist seit Tagen nicht mehr vom Heuboden heruntergekommen. Das Essen wird ihm in einem Blechnapf hingestellt, wie einem Tier. Er lässt auch keine Liebkosungen mehr zu, keine Umarmungen. Das Erlebte hat, wie es scheint, selbst ihn schwer mitgenommen. Als die Magd einmal zu ihm will, um ihm zu zeigen, dass man ihn immer noch lieb hat, hat sie Tränen in den Augen, als sie zurückkommt. Niemand hat sie vorher je weinen gesehen. Die beiden Bediensteten, die sich die Kammer teilen, sind sich seit dem Unglück noch nähergekommen, als sie es vorher schon waren. Sie liegen sich ständig in den Armen und spenden sich Trost. Die Atmosphäre ist kaum noch zu ertragen. Hermann wünscht sich manchmal, er wäre auf dem Walchwilerberg geblieben, hofft, dass die Trauer bald vorbei ist, nicht erst, wenn die Magd mit dem Kind niederkommt und auf dem Hof neues, unverdorbenes Leben einkehrt. Es ist im Moment der einzige Lichtblick in der Düsternis, die sich über den Hof gelegt hat, dass die Magd ein Kind erwartet. Man konnte es schon lange sehen, dass sie zunahm. Wissen, dass sie schwanger ist, tut man es jedoch erst, seit eine der Bediensteten die Magd danach gefragt hat und sie dann nickte. Hermann hatte gedacht, dass es das währschafte Essen sei, das hier jeden Tag auf den Tisch kommt, das sie so hat zunehmen lassen. Auch er hat zugenommen, seit er auf dem Hof hier ist. Von wem das Kind denn sei, hat die andere Bedienstete wissen wollen. Die Magd hat geschwiegen. Alle haben jedoch zum Bauern hinübergeschaut. Dieser hat nicht darauf reagiert, hat die Frage nach dem Vater des Kindes nicht verstanden; sass da, versunken in seinem Alkoholdelirium, bekam nicht mit, dass er Vater wird, nahm keinen Anteil an seiner Vaterschaft. Dafür durfte Hermann dem Kind lauschen. Die Magd wollte, dass er sein Ohr an ihren Bauch legt, wollte wissen, ob er das Kind hören könne. Er glaubte, das kleine Wesen in ihrem Bauch ganz schwach wahrzunehmen; sagte Ja, um der Magd eine Freude zu bereiten.

Hermann geht der Magd jetzt mehr zur Hand als vorher, und sie akzeptiert es. Das Vorlesen wird dabei immer weniger. Auch das Lernen, da es immer etwas zu tun gibt, um die Magd zu entlasten. Er hackt Holz, trägt schwere Lasten, hilft bei der Obsternte mit; steigt anstelle der Magd auf die Leiter und bedient die Mostpresse. Der Bursche ist zurück ins Haus gekommen, als es nachts wieder kälter wurde, sucht womöglich von sich aus menschliche Wärme. Er sitzt am Morgen vor allen anderen am Tisch in der Küche und nimmt das Morgenessen ein; hat die Rolle seiner Mutter übernommen, verschwindet in seiner Kammer, wenn die anderen kommen. Dasselbe am Mittag und am Abend. Hermann hat ungefragt angefangen, dem Burschen, während er seine Mahlzeiten einnimmt, vorzulesen. Es ist die einzige Zuwendung, die der Bursche zulässt. Es macht das Leben für Hermann erträglicher, auch weil dadurch das Lachen auf das Gesicht der Magd zurückgekehrt ist. Es wird der Gemeinschaft über den kommenden Winter helfen.

Liebe Hermine,

der Winter hat schützend eine Decke über alles gelegt – über die Farben der Landschaft, über Gedanken, Bekümmertheit. Er lässt Natur und Menschen warten, lässt sie sich üben in Geduld. Die Kälte, die er mit sich führt, lässt uns zusammenrücken, eins das andere akzeptieren, warten. Im Warmen – darauf, dass die Sonne einlädt, der Enge zu entfliehen; sich anbietet, Licht ins Gemüt zu bringen, es zu erhellen. Ich stapfe durch die Winterlandschaft, warte; warte auf Worte, dir zu berichten vom Warten. Vom Warten aufs Leben: dem des Kälbchens, dem des Kindes; vom Warten auf das Spriessen der Knospen in Landschaft und Garten, auf das Singen der Vögel; darauf, dass wir uns wiedersehen ...

Warten

Die Sonne ist gegangen
Ich sitz nah dem Ofen
Warte

Warte auf die Nacht
Um des Tages Sorgen zu vergessen
Warte
Warte auf den Tag
Um der Nacht Betrübnis zu entfliehen
Warte
Dass die Sonne wiederkommt
Auf Erlösung
Warte
Auf dich

Der Schnee hat den Boden wieder freigegeben. Die Frühlingssonne wärmt ihn auf. Erste Grashalme suchen ihren Weg ans Licht. Die Arbeit findet wieder draussen statt. Der Hof ist aus seinem Winterschlaf erwacht.

Das Kälbchen ist zur Welt gekommen. Eine neue Bewohnerin ist eingezogen, auf Zeit, um der Magd bei der Geburt ihres Kindes zu helfen. Der Bursche hat die Kammer der Magd bekommen, sie ist, zusammen mit der neuen Bewohnerin, in seine Kammer, die der Bäuerin, eingezogen, deren Leiche sich noch immer nicht hat blicken lassen, den Weg aus ihrem nassen Grab noch nicht gefunden hat. Hermann verbringt nun viel Zeit im Garten, der Bursche mit ihm. Er erledigt die Arbeit der Magd, die sich nun voll und ganz der Ankunft ihres Kindes widmet, keine Zeit mehr hat für sie beide. Wenn ihm die Arbeit zu viel wird, setzt sich Hermann hin und ruht sich aus, liest dem Burschen vor. Der Bauer ist ausser Haus, pflügt Felder um und bringt die Saat aus, eine der Bediensteten steht ihm zur Seite. Er trinkt noch immer, aber nicht mehr so viel; hat trotzdem nicht mehr zu seinen wüsten Sprüchen zurückgefunden. Will wohl dem Kind kein schlechtes Vorbild sein.

Hermann fragt sich, was aus dem Burschen wird, wenn er in Kürze wegmuss von hier; ob die Magd bereit ist, ihn neben ihrem eigenen Kind auch noch zu lieben. Er fragt sich auch, ob die neuen Bauersleute lieb sein werden zu ihm und ob sie um ihn wohl schon wissen.

Er soll nicht weit weg, sagt man ihm. Nur bis nach Hünenberg, auf den Schlatthof, wo die Verwandte der Magd herkommt, die ihr jetzt bei der Vorbereitung auf die Geburt hilft. Die Bäuerin sei eine Liebe, sagt die Verwandte der Magd. Den Bauern müsse man halt einfach nehmen, wie er ist. Und dann werde sie ja auch noch da sein, werde zurückgehen, wenn das Kind geboren ist. Ganz eine so Liebe wie die Magd sei sie jedoch nicht, meint sie. Sie sei halt schon vergeben. Er könne dann mit ihr zusammen auf den Hof gehen, falls die Magd nach der Geburt rasch wieder auf den Beinen sei und bei Kräften. Aber nur, wenn er sich anständig benehme, sagt sie lachend.

Er hatte bei der Geburt des Kälbchens dabei sein dürfen. Die Kuh war ganz ruhig gewesen. Das Kälbchen war ganz ohne Mühe gekommen. Ganz anders bei der Magd, sie schreit laut, als ihr Kind kommt – sodass Hermann Angst hat um sie und der Bursche sich die Ohren zuhält. Es tönt, als würde ihr jemand wehtun. Und es dauert ewig, bis die Verwandte der Magd aus der Kammer tritt und verkündet, dass die Magd ein gesundes Kind auf die Welt gebracht habe. Ein grosses und starkes Mädchen sei es, sagt sie. Es sei deshalb eine so grosse Anstrengung gewesen für die Mutter, es herauszupressen. Es habe sich dagegen gewehrt, auf die Welt zu kommen.

Die Magd ist rasch wieder auf den Beinen und bei der Arbeit. Sie trägt das Kindlein die ganze Zeit in einem Korb bei sich, einem, wie er bei der Ernte gebraucht wird. Sie legt Hermann das Mädchen in den Arm, sogar dem Burschen. Der wird dabei ganz ruhig. Als ob er wüsste, wie fragil so ein kleines Kindlein ist. Die Magd fragt ihn, was für einen Namen er sich für das Kind wünsche. Sie hätte nur an einen Namen für einen Jungen gedacht. Es wäre ein Hermann geworden, sagt sie. Weil er so ein Lieber sei; sie auch so einen gewollt hätte. Hermann weiss nichts zu sagen. Wie er denn zu seinem Namen gekommen sei, will die Magd wissen. Im Waisenhaus hätten sie ihn Moses genannt, sagt er, weil auch er die erste Zeit in einem Korb verbracht hätte. Hermann heisse er wegen der verstorbenen Mutter einer Waise, die ihm diesen Namen gegeben habe, damit er sie an ihre verstorbene Mutter Hermine erinnere.

«Dann nennen wir sie Hermine», sagt die Magd. Damit es sie an ihn erinnere, jetzt, wo er wegmüsse; an die gute Zeit, die sie mit ihm verbracht habe. Ob es denn dem Bauern recht sei, fragt Hermann. «Das geht ihn nichts an», sagt die Magd.

Liebe Hermine,

ich bin gut angekommen auf dem Schlatthof in Hünenberg, meinem neuen Zuhause. Ich hoffe, du hast den Brief erhalten, den ich dem Landschreiber Stadlin mitgegeben habe. Obwohl – es war schon wieder nicht er, der mich hierhergebracht hat, sondern eine Magd vom Schlatthof in Hünenberg, die der Magd auf dem Oberhof in Risch bei der Geburt ihres Kindes zur Seite gestanden hatte. Der Landschreiber Stadlin hat mich jedoch in Hünenberg besucht, um zu erfahren, wie es mir hier geht und wie es mir auf dem Oberhof in Risch ergangen ist; und er hat mir Feder, Tinte und Papier mitgebracht. Ich habe ihm nur Erfreuliches berichtet, wie von der Geburt des Kälbchens oder der des Kindes. Anstelle seines Vaters durfte ich das

Kindlein in meinen Armen halten. Die Magd wollte es wohl nicht in seine groben Hände geben, weil er trinkt. Sie hatte wohl Angst, er würde dem Kindlein am Ende noch wehtun, es fallenlassen. Er war, wie es schien, jedoch gar nicht interessiert an dem Kind. Er hat es nicht ein einziges Mal nur lieb angeschaut oder zu ihm gesprochen. Ich könnte mir gut vorstellen, einmal Vater eines Kindes zu sein, du die Mutter. Du wärst sicher eine gute Mutter. Ich durfte es selber erfahren, wie lieb du bist mit Kindern.

Die Magd vom Schlatthof in Hünenberg hat mich immer wieder an die Hand nehmen müssen auf dem Weg hierher, mich einen Hang hochziehen, wenn mir die Luft ausging. Es hat sich gut angefühlt, an die Hand genommen zu werden, die Hand von jemandem zu spüren. Ich habe mir vorgestellt, es sei deine Hand – es seien wir beide, die es lustig miteinander haben, herumtollen im hohen Gras – habe mich erinnert, wie ich deine Hand gespürt habe, als du mir damals die Medizin in Brust und Rücken eingerieben hast. Ich war nie krank in Risch, fällt mir jetzt ein, wo ich dir dies schreibe. Zumindest nicht körperlich. Mein Seelenleben jedoch hat stark gelitten bei dem, was auf dem Oberhof geschehen ist, während ich dort war; auch unter der grossen Sehnsucht nach dir, und dem schlechten Gewissen ...

Die Bauersleute sind nicht zu Hause, als die Magd und Hermann auf dem Schlatthof in Hünenberg ankommen. Die Magd setzt ihn in der Küche an den Tisch und sagt: «Ich gehe jetzt die Leute suchen.» Im Türrahmen dreht sie sich noch einmal um. «Ich hoffe, du kannst deinen Mund halten.» Hermann nickt, versinkt hinterher in Gedanken ob ihrer Worte und wartet. Nach einiger Zeit kommt die Magd zurück, nimmt wortlos eine Schürze vom Haken hinter der Eingangstüre und bindet sie sich um. «Der Melker ist gestorben. Die Bauersleute sind auf seiner Beerdigung. Ich geh dem Knecht bei der Arbeit helfen.» Dann verlässt sie die Küche wieder. Sie kehrt dann jedoch noch einmal um und sagt: «Wir sind uns versprochen, der Knecht und ich.»

Ein Gefühl von Erleichterung und schlechtem Gewissen zugleich überkommt Hermann. Er verharrt so, am Küchentisch sitzend, bis die Bauersleute von der Beerdigung zurückkommen.

Der Bauer tritt durch die Eingangstüre in die Küche, auf dem Kopf einen Hut, in der Hand eine Kappe. Er geht, ohne Hermann zu begrüssen, an ihm vorbei, setzt ihm die Kappe auf den Kopf und verschwindet durch eine andere Türe wieder. Die Bauersfrau, die hinter ihm in die Küche tritt, schüttelt den Kopf und ruft ihrem Mann hinterher: «Seit wann begrüsst man Neuankömmlinge nicht mehr, wo bleibt dein Anstand? So, nun zu dir», meint sie dann, «willkommen auf dem Schlatthof. Ist halt ein Lümmel, der Bauer, aber sonst ein Guter. Dasselbe hört man von dir», meint sie. «Nicht das mit dem Lümmel natürlich», fügt sie an. «Schön, dich hier zu haben.» Sie setzt sich zu ihm an den Tisch und schaut ihn an, schaut auf die Kappe auf seinem Kopf. «Ich würde nicht gerade sagen, dass sie dir steht, die Melkkappe, sie wird aber deine schönen Locken schützen, sodass sie nicht schmutzig werden beim Melken.»

Seine Haare sind recht lang geworden, haben sich dabei gelockt. Die Magd vom Oberhof in Risch war nicht mehr dazu gekommen, sie ihm zu schneiden. Der Magd vom Schlatthof gefällt sein gelocktes Haar. Sie hat ihm auf dem Weg hierhin immer wieder in die Locken gegriffen und gesagt: «Du würdest mir auch noch gefallen.» Hermann nimmt sich vor, die Bauersfrau zu fragen, ob sie ihm die Haare schneidet – sodass die Magd nicht in Versuchung kommt, ihm vor den Augen ihres Verlobten hineinzugreifen.

«Hast du das Melken gelernt auf dem Oberhof in Risch?», fragt die Bauersfrau.

«Nein», sagt Hermann, «die Kühe vertragen keinen Mann im Stall, hat die Magd gesagt.»

«Da hast du aber Glück», sagt die Bauersfrau, «unsere Kühe haben lieber einen Mann im Stall als eine Frau. Sie sind es so gewohnt. Sie sind jetzt sicher traurig, dass der Melker Sepp gestorben ist. Er war immer lieb zu ihnen. Ich habe gehört, du bist auch ein Lieber. Da werden die Kühe aber froh sein, dass ausgerechnet du zu uns gekommen bist. Schade, dass du den Sepp nicht mehr kennengelernt hast. Er hätte sicher mehr Geduld gehabt, dir das Melken beizubringen, als das Vreni, das es zurzeit macht. Es hat auch keine Geduld mit den Tieren, man kann es hören, wie sie unruhig werden, wenn es den Stall betritt. Du brauchst aber keine Angst vor dem Vreni zu haben. Sag es ihr einfach, wenn sie dir zu nahetritt. Auf Menschen hört sie, wenn schon nicht auf Tiere. Sie ist in Wirklichkeit eine Scheue. Nur – Tiere können sich halt nicht gut wehren. Du darfst die Kappe ruhig abnehmen», sagt die Bauersfrau, «brauchst sie nicht die ganze Zeit auf dem Kopf zu behalten wie der Sepp, der sie sogar auf dem Totenbett getragen hat. Selbst im Sarg hat er sie aufgehabt. Man hätte ihn ohne seine Kappe auch gar nicht mehr erkannt, so eingefallen, wie er war, wegen der schweren Krankheit, die ihn so lang gequält hat. Und trotzdem hat er bis fast zu seinem letzten Atemzug zu seinen Tieren geschaut, hat sie nur ungern dem Vreni überlassen. Er war sehr pflichtbewusst, der

Sepp, hätte die Kappe sicher gern mit in sein Grab genommen», sagt die Bauersfrau nachdenklich. «Der Pfarrer hat sich jedoch geweigert, ihn mit der Kappe auf in die Erde zu lassen, hat gesagt: ‚Dem lieben Gott tritt man barhäuptig entgegen.' Er hat dem Bauern die Kappe in die Hand gedrückt und gemeint: ‚Es ist gschämig genug, dass der Melker Sepp den Bauersleuten nie eine neue Kappe wert gewesen ist.' Er hätte sie gar nicht getragen, hätten wir ihm eine neue gekauft», sagt die Bauersfrau.

«Er hat eine Schublade voller Nastücher mit seinem Monogramm darauf, die ihm das Vreni viele Jahre lang jeweils zu Weihnachten geschenkt hatte; bis sie es dann schliesslich aufgegeben hat, ihm den Hof zu machen. Er aber hat bis zuletzt in den Schnuderlumpen geschnäuzt, den er vor noch viel mehr Jahren von seinem eigenen Geld dem billigen Jakob auf dem Markt auf der Reussbrücke abgekauft hatte.»

Hermann behält die Kappe auf. Erst in seiner Kammer nimmt er sie ab und schaut sie an. Am liebsten würde er sie gleich zum Fenster hinauswerfen. Die Kappe ist völlig verdreckt, das meiste ist wohl Kuhdung. Wüsste er nicht um die unerträglichen Kopfschmerzen, die er jeweils bekommt, wenn er ungeschützt der prallen Sonne ausgesetzt ist, würde er die Kappe verschwinden lassen.

Auch kann er sich nicht vorstellen, sein bares Haupt an einem Kuhmagen abzustützen, wie er es bei der Bediensteten auf dem Oberhof in Risch gesehen hat. Hermann erinnert sich, wie ihm die Magd auf dem Oberhof an sonnigen Sommertagen einen ausgefransten alten Sonnenhut aufsetzte, nachdem er einmal ohnmächtig geworden war, als er einen Nachmittag lang bei der Arbeit im Garten der prallen Sonne ausgesetzt gewesen war und einen Sonnenstich bekommen hatte. Er hätte fragen sollen, ob er ihn mitnehmen dürfe, kommt es Hermann erst jetzt in den Sinn.

Hermann schaut auf die Kappe und wünscht sich, der Bauer hätte sie dem Vreni gegeben. Er mag nicht melken. Kühe machen ihm Angst. Er macht sich Gedanken, wer das Vreni wohl ist. Ein ungutes Gefühl überkommt ihn, Furcht. Er versucht, sie zu verscheuchen – denkt an den Burschen auf dem Oberhof in Risch, daran, wie es ihm wohl geht – und schreckt aus seinen Gedanken auf, als die Bäuerin ihn zum Essen ruft.

Das Alter von Vreni ist schwer zu schätzen. Sie ist sicher nicht mehr die Jüngste, denkt Hermann, wenn sie sich um den Melker Sepp bemüht hat. Sie trägt ihr langes Haar jedoch offen, wie ein Mädchen, was ihr etwas Jugendliches verleiht. Hermann sitzt am Küchentisch zusammen mit den anderen Bewohnern des Hofes und schaut das Vreni verstohlen an. Sie war sicher einmal eine Hübsche, trotz ihrer herben Gesichtszüge, wäre es heute noch, wäre da nicht ihr Mund, die zusammengepressten Lippen. Als wolle sie sagen: «Mit so einem wie dir rede ich nicht.» Neben ihr sitzt der Knecht, der Verlobte der Magd. Er überragt das Vreni um zwei Köpfe und schaut Hermann zwischen zwei Bissen an, als wolle er sagen: «Was bist denn du für einer, leg dich bloss nicht mit mir an, und lass gefälligst die Finger von der Magd.» Der Bauer scheint mit den beiden um die Wette zu schweigen, ignoriert ihn. Die Einzigen am Tisch, die nicht schweigen, sind die Magd und die Bauersfrau. Sie reden angeregt miteinander, haben einander viel zu erzählen. Die Magd schaut immer mal wieder zu dem Knecht hinüber und zwinkert ihm zu.

«Wird wohl ein Gerammel geben heute Nacht.» Der Bauer öffnet zum ersten Mal seinen Mund. «Aber nicht unter meinem Dach», sagt er unmissverständlich.

«Keine Angst», erwidert der Knecht. «Sie war kaum angekommen, da ist sie im Tenn schon über mich hergefallen.» Die Magd wird ganz rot.

Liebe Hermine,

das Gute daran, dass ich jedes Jahr eine neue Stelle antreten muss, ist: Ich weiss, dass all das Schlechte, das mir während meines Aufenthaltes widerfährt, ein Ende haben wird. All das Gute natürlich auch. Aber das Gute ist stärker als das Schlechte. Es bleibt in meinem Gedächtnis hängen, macht, dass ich meine neuen Stellen mit dem Gedanken antreten kann, dass es gut gehen wird, dass ich auch am neuen Ort wieder auf Menschen treffen werde, die es gut mit mir meinen. So wie du es gut mit mir gemeint hast. Sie lassen mich immer wieder an dich denken. Doch können sie dich, auch wenn sie noch so lieb und gut sind zu mir, nicht wirklich ersetzen. Wie schon auf dem Geisswaldhof in Walchwil ist es hier, auf dem Schlatthof in Hünenberg, die Bauersfrau, die gut zu mir ist. Ich bin sehr froh darüber. Zuerst hat es so ausgesehen, als wäre es die Magd, die sich meiner annimmt. Sie ist jedoch dem Knecht versprochen, hat jetzt nur noch Augen für ihn. Die Bauern, glaub ich, sind mir nicht so gut gesinnt wie ihre Frauen, scheinen mich nicht so zu mögen wie diese, ignorieren mich. Vielleicht ist es, weil man mich für harte Arbeit nicht gebrauchen kann, ich deshalb die ganze Zeit um die Frauen herum bin – und die mich mögen, weil ich Bildung habe. Man möchte es auf dem Schlatthof jedoch versuchen, hat die Bäuerin gesagt, ob man mich nicht *doch auch für andere Arbeiten einsetzen könne. Ich müsse halt darauf achten, dass ich mich nicht übernehme. Ich darf jetzt schon mithelfen, die Kühe zu melken, darf zeigen, dass ich auch anderes kann ...*

«Was willst du hier?», fragt das Vreni. Hermann hört ihre Stimme zum ersten Mal. Am Esstisch war sie stumm. Er hat sie sich anders vorgestellt. Sie klingt zwar nicht gerade freundlich, aber auch nicht abweisend.

«Die Bäuerin sagt, ich soll das Melken lernen», sagt Hermann.

«Da setzt du die Kappe aber besser auf, als sie bloss in den Händen zu halten», sagt das Vreni. «Deine schönen Locken werden sonst ganz schmutzig, das wäre schade.»

Er hat die Kappe mitgenommen, sie aber nicht aufgesetzt; er hat sich geschämt, sich mit ihr zu zeigen.

«Du bist auch so ein Hübscher», sagt das Vreni, nachdem er sich die Kappe aufgesetzt hat.

«Ich bin schon jemandem versprochen», sagt Hermann leise.

Das Vreni verstummt und fängt an, die Kuh zu melken.

«Halt still», sagt sie und schlägt der Kuh auf die Flanke, als sich diese das erste Mal regt. «Und du schaust besser auf meine Hände als in der Gegend herum», meint sie. «Ich zeige es dir nur einmal.»

Vrenis Stimme hat sich verändert. Trotzdem zeigt sie es ihm mehr als einmal, als das Melken nicht beim ersten Mal klappt. Sie kann jedoch die Enttäuschung in ihrer Stimme nicht verbergen und ihre Ungeduld, wenn sie es ihm zum wiederholten Mal erklären muss. Dennoch erscheint sie jeden Morgen im Stall und melkt mit ihm zusammen die Kühe.

«Die Kühe sind viel ruhiger, seit ihr sie zusammen melkt», sagt die Bäuerin eines Tages. «Auch das Vreni ist viel umgänglicher geworden, seit du bei uns bist. Du magst sie?», fragt die Bäuerin.

«Ich bin schon jemandem versprochen», sagt Hermann.

Obwohl es niemand ausspricht, werden er und das Vreni von nun an als ein Paar angesehen. Hermann akzeptiert es stillschweigend, wissend, dass es in ein paar Monaten vorbei sein wird. Er schliesst jedoch jeden Abend seine Kammer ab.

«Brauchst die Kammer nicht jedes Mal abzuschliessen», sagt der Bauer in einem der seltenen Momente, in denen er zu ihm spricht. «Das Vreni wüsst nicht einmal, wie es geht, und die Magd ist dem Knecht versprochen.»

Liebe Hermine,

jetzt darf ich vielleicht schon zum zweiten Mal ein Kindlein in meinen Armen halten. Die Magd auf dem Schlatthof ist schwanger. «Du bist ein Glücksbringer», hat die Bäuerin zu mir gesagt. «Überall, wo du hinkommst, gibt es Nachwuchs. Wohl um dich zu ersetzen, wenn du gegangen bist.»

Die Bäuerin ist jedoch die Einzige, die sich über den Nachwuchs freut. Sie habe alle ihre Kinder schon vor der Geburt verloren, hat sie gesagt. Der Doktor habe ihr geraten, es nicht weiter zu versuchen, damit der Bauer nicht eines Tages auch noch sie verliere, gar keine Familie mehr habe. Sie hätten sich damit abgefunden, nie Eltern sein zu dürfen. Jetzt freut sie sich riesig, dann doch noch Kinderlachen auf dem Hof hören zu können. Sie redet vom Kind der Magd schon als von ihrem Stammhalter; als wäre es ihres. Der Bauer schaut nur grimmig drein, drängt den Knecht, die Magd sofort zu heiraten, wenn er ihr schon ein Kind angehängt hat. «Ich will kein Gerede», hat er gesagt, «ich will kein uneheliches Kind unter meinem Dach.» Doch der Knecht will nicht, er sagt, er habe es nicht gewollt. Die Magd sei ungefragt über ihn hergefallen, als sie vom Oberhof in Risch zurückgekommen sei. Er möchte so eine wie sie nicht heiraten. Man habe schon Schlechtes über sie gehört, bevor sie hierher auf den Hof

gekommen sei und ihn zu ihrem Liebsten gemacht habe.
Sie habe es mit der Liebe nie so genau genommen. Ich
hoffe, er überlegt es sich noch anders. Ich würde mich
überhaupt nicht als Glücksbringer fühlen, wenn schon
wieder ein Kind auf die Welt kommt, das ohne die Liebe
seines Vaters aufwachsen muss und bei einer Mutter, für
die es ein Unglück ist. Es wäre noch schlechter dran, als
ich es war. Ich bin so froh, dass ich dich habe ...

«Hast du den Knecht gesehen?», fragt die Bäuerin Hermann, als er sich zum Morgenessen an den Tisch setzt. Der Knecht ist für gewöhnlich der Erste, der am Tisch Platz nimmt.

«Nein», sagt Hermann.

«Willst du bitte gehen und nachsehen, wo er bleibt?», fragt die Bäuerin. Hermann nickt, steht auf und geht zur Kammer des Knechts. Er steht vor der Türe; er getraut sich nicht einzutreten, obwohl er keine Antwort erhalten hat, als er mehrmals an die Tür geklopft hat. Hermann erinnert sich, wie er damals auf dem Oberhof in Risch von der Magd aufgefordert worden war, zur Kammer der Bauersfrau zu gehen, um nachzusehen, weshalb sie nicht zum Morgenessen gekommen war; wie sie, als er die Türe zu ihrer Kammer geöffnet hatte, nicht da war, beide Betten in der Kammer gemacht waren.

Hermann geht zur Kammer vom Vreni und klopft an.
«Was willst denn du hier?», fragt das Vreni, überrascht
von seinem Besuch. «Der Knecht ist nicht zum Morgenessen erschienen», sagt Hermann. Das Vreni geht zur Kammer des Knechtes, Hermann hinter ihr her. Sie öffnet die Türe, sagt: «Abgehauen, einfach abgehauen. Das hätte er besser vor der Heirat gemacht.»

Der Bauer hatte den Knecht dazu gezwungen, die Magd zu heiraten. Er hatte gedroht, ihn vom Hof zu jagen und die Magd dazu. Die Bäuerin hat den Knecht inständig gebeten, doch bitte zu tun, was der Bauer sagt; des Kindes wegen. Sie werde dann schon zu dem Kind schauen, hat sie ihm versprochen; sich um es kümmern, als wäre es ihr eigenes. Der Knecht hat dann eingewilligt, nachdem die Bäuerin ihn erneut, unter Tränen, angefleht hatte, dem Kind doch eine Chance zu geben. Sie ist dann nach der Hochzeit zu den Behörden gegangen, hat die Vormundschaft für das ungeborene Kind beantragt und gesagt, das Kind sei wegen einer Dummheit der Magd gezeugt worden. Die Magd hat es unterschrieben, hat gesagt, es täte ihr leid, was sie getan habe. Das Kind solle nicht darunter leiden, nicht das gleiche Schicksal haben wie sein Vater. Die Bäuerin hat die

Magd verwundert angeschaut, jedoch nicht nachgefragt. Sie war froh, jetzt doch noch ein Kind zu haben.

Ein Hochzeitsfest hat es keines gegeben. Dafür gebe er kein Geld aus, hat der Knecht gesagt. Die Magd hatte keines. Den Bauern hat die Bauersfrau erst gar nicht zu fragen gewagt. Sie hat dann ein feines Essen gekocht und einen Kuchen gebacken, wie es ihn sonst nur an einem Festtag gibt. Der Knecht hat nichts davon gegessen, ist mit versteinertem Gesicht dagesessen. Auch die Magd hatte kein Festtagsgesicht, hat den Kuchen lustlos hinuntergewürgt und dreingeschaut wie sieben Tage Regenwetter. Als wären sie ein altes, zerstrittenes Ehepaar, seit Jahrzehnten verheiratet, hatten sie sich nach ihrer Hochzeit nichts mehr zu sagen.

Liebe Hermine,

jetzt bin ich mir ganz sicher, dass ich kein Glücksbringer bin. Wie schon an den anderen Orten, wo ich hingekommen bin, ist nun auch hier das Unglück eingekehrt. Der Knecht hat die Magd zwar geheiratet, damit das Kind nicht unehelich zur Welt kommt und unter dem Dach des Bauern bleiben darf, ist aber hinterher weggelaufen. Ich hoffe, er hat sich nichts angetan. Ich wäre untröstlich. Die Magd ist wieder näher an mich herangerückt am Küchen-

tisch, macht mir Avancen; was der Melkerin, dem Vreni, die sich mir nahe glaubt, gar nicht gefällt. Mir ebenfalls nicht. Wo es für mich doch nur eine gibt, und die ist nicht hier bei mir, sondern weit weg, unten in der Stadt. Wäre da nicht der Bauer, der es unter seinem Dach nicht erlaubt, würden die beiden sich ständig zanken. Jetzt schauen sie sich halt nur grimmig an. Auch der Bauer schaut die Bäuerin nicht mehr so freundlich an, seit sie, ohne ihn vorher zu fragen, zu den Behörden gegangen ist und das Kind der Magd angenommen hat, er nur noch unterschreiben durfte. Ich hoffe, dass schnell wieder ein neuer Knecht auf den Hof kommt, der der Magd gefällt ...

Die Magd findet keinen Gefallen an dem neuen Knecht. Er ist viel älter als sie und auch kein Attraktiver. Zudem ist er ein Verwandter der Bäuerin. Trotzdem hat sie das Werben um Hermann aufgegeben. Die Bäuerin hat sie unter ihre Fittiche genommen, behandelt sie, als wäre sie eine der ihren; gibt ihr Ratschläge für die Schwangerschaft und schaut, dass sie ja achtgibt auf sich und das ungeborene Kind. Der neue Knecht ist wortkarg wie der Bauer. Er ist aber sehr fleissig. Den Hermann scheint er nicht zu mögen. Auch wenn er es ihm nicht offen zeigt, nur dadurch, dass er nicht mit ihm spricht, ihn ignoriert. Von dem Bauern will der Knecht jedoch wissen, was für einer der Hermann denn sei, was der überhaupt hier mache. Er habe ihn noch nie richtig arbeiten sehen, nur in der Küche und im Stall; und selbst dort sei ihm mit dem Vreni jemand zur Seite gestellt.

«Und für den zahlst du Verdinggeld?», meint er.

«Ich zahle nichts für ihn», sagt der Bauer. «Ich hätte ihn sonst nicht genommen.»

«Weshalb hast du ihn dann überhaupt genommen?», fragt der Knecht.

«Das war nicht ich», sagt der Bauer, «das war die Bäuerin. Es wurde an sie herangetragen. Sie hat entschieden, sich seiner anzunehmen.»

«Ich frag mich, wieso», sagt der Knecht. «Er ist für nichts zu gebrauchen. Schlägt sich nur auf deine Kosten den Bauch voll, dieser Nichtsnutz.»

«Jetzt aber halt!», sagt der Bauer. «Viel isst er nicht, und die Arbeit, die er macht, macht er richtig. Dass ihm das Vreni im Stall hilft, war nicht vorgesehen. Er könnte das auch allein machen. Den Kühen wäre es mehr als nur recht. Es war dem Vreni sein Entscheid, dass es ihm hilft, ihm nahe sein will. Ich wollte ihn nicht, aber jetzt ist er mir recht, und nicht nur, weil ich für ihn nichts zu bezahlen habe. Und auch wenn ich in ihm nicht den verlorenen Sohn sehe, wie die Bäuerin dies tut, die immer noch ihren ungeborenen Kindern nachtrauert. Es ist ihm zu gönnen, dass er es hier gut hat, dass er eine Familie hat – auf Zeit. Er hat nie eine gekannt.»

«Gerade weil er als Familienmitglied aufgenommen wurde», sagt der Knecht, «dürfte er mehr tun, könnte er sich dankbar zeigen.»

«Da bist du nicht der Einzige, der das sagt, das sehen andere auch so», sagt der Bauer. «Darum ist er ja auch hier.»

«Wie meinst du das?», fragt der Knecht.

«Er wäre eigentlich frei», sagt der Bauer und stoppt gleich wieder.

«Was heisst, er wäre eigentlich frei?», fragt der Knecht.

«Das ist eigentlich nicht für fremde Ohren bestimmt», sagt der Bauer. «Du versprichst mir, dass du schweigst», meint er. «Ich will nicht als Störenfried dastehen.»

Der Knecht nickt.

«Die Kosten für seine Aufbringung seien beglichen worden, wurde uns gesagt. Er schuldet niemandem mehr etwas. Aber man möchte ihn lieber nicht in der Stadt unten haben. Und nicht nur die Leute, die wie du glauben, er sollte dankbar sein, dass man sich um ihn kümmert, und seine Unterbringung ruhig mit harter Arbeit abverdienen – auch Leute, die es gut mit ihm meinen, sehen es lieber, dass er von der Stadt fernbleibt.»

«Woher weisst du das?», will der Knecht wissen.

«Der Landschreiber war hier, schon bevor der Hermann zu uns kam.»

«Dann soll er gefälligst etwas Rechtes dafür tun, dass man es gut meint mit ihm», sagt der Knecht.

«Er wird mehr tun, wenn es nötig ist. Er ist selber daran interessiert, zu zeigen, dass er mehr kann, als man von ihm verlangt; er ist immer darauf aus, mehr zu tun, als er muss. Aber wir werden ihn deshalb nicht zugrunde richten, wo er schon gesundheitlich angeschlagen ist.»

«Das auch noch!», sagt der Knecht. «Ihr habt einen Krüppel aufgenommen.»

«Pass auf, was du sagst», sagt der Bauer, «ich will Frieden unter meinem Dach.»

Der Magd ist nicht wohl. Sie hat das Morgenessen nicht angerührt.

«Das ist normal bei einer Schwangerschaft», sagt die Bäuerin.

«Nur müsste es nicht gerade zu der Zeit sein, wo wir das Heu einbringen müssen», sagt der Bauer.

«Der Hermann kann ja einmal mit anpacken», sagt der Knecht.

«Magst du?», fragt die Bäuerin. Hermann nickt. «Du sagst es aber, wenn es nicht mehr geht», sagt die Bäuerin. Hermann nickt erneut.

Es ist heiss. Die Sonne brennt unerbittlich. Hermann hat sich die Melkkappe aufgesetzt, auch wenn er sich schämt, sich damit ausserhalb des Stalls zu zeigen. Er will aber unbedingt mit dabei sein. Es ist eine Chance für ihn, sich zu beweisen. Er macht die Arbeit gern, sie befriedigt ihn, und er kann zum ersten Mal so richtig mit anpacken. Auch steht die Bäuerin nahe bei ihm, sieht immer wieder zu ihm hinüber. Sie hat ihm unzählige Male gesagt, er solle es sagen, wenn es nicht mehr geht, sich nicht zurückhalten, sich nicht übernehmen.

«Du sagst es aber wirklich», hat sie noch einmal betont, als sie den Hof verliessen. «Nicht erst, wenn es zu spät ist.»

Hermann legt den Rechen nieder und setzt sich auf den Boden, schaut sich um, ob er ein schattiges Plätzchen zum Ausruhen finden kann.

«Magst du nicht mehr?», fragt die Bäuerin.

«Ich würde schon noch mögen», sagt Hermann. «Es ist die Sonne, die mir zu schaffen macht. Die Melkkappe nützt nicht viel.»

Die Bäuerin setzt Hermann ihren Strohhut auf und bringt ihn zurück zum Hof. Es ist ihm nicht recht. Er fühlt sich schlecht, als Versager. Sein Kopf schmerzt jedoch so sehr, dass er sich nicht dagegen wehrt. Hermann lässt den Kopf hängen, ist enttäuscht, dass es nicht geklappt hat. Doch schon beim Abendessen fragt ihn die Bäuerin, ob er es am nächsten Tag nochmals versuchen wolle. Er dürfe sich den Strohhut von der Magd aufsetzen. Hermann nickt, ist erleichtert, dass man ihn nicht einfach zu Hause lässt, dass er eine weitere Chance erhält. Er muss sich aber erneut unzählige Male anhören, sich ja nicht zu übernehmen, sich zu melden, wenn es nicht mehr geht.

Liebe Hermine,

schade, dass du mich nicht sehen kannst mit meinem Strohhut auf. Ich bekomme immer wieder Komplimente, wie gut er mir steht. Ausser vom Knecht, der meint, ich sähe wie ein Weibsbild aus damit. Der Hut hat eine rosa Schleife. Es ist der Strohhut von der Magd, die beim Heuen nicht mithelfen kann wegen ihrer Schwangerschaftsbeschwerden. Der Bauer sagte, der Knecht sei bloss neidisch, weil er nur einen alten zerbeulten Hut habe und ausserdem keine so neckischen Locken wie ich. Der Knecht hat fast keine Haare mehr auf dem Kopf. Er würde wohl noch schneller umfallen als ich, hätte er keinen Hut auf. Es zeigt mir, dass ich falsch lag, als ich dachte, dass der Bauer vom Schlatthof mich nicht mag, so wie die Bauern auf den anderen Höfen, wo ich schon war. Es ist

aber nicht nur deswegen, dass ich mich jetzt so gut fühle
hier, sondern auch, weil ich zum ersten Mal so richtig mit-
arbeiten darf und man auf meine Gesundheit Rücksicht
nimmt. Ich darf mich beim Heuen immer wieder ausru-
hen, mich hinsetzen, wenn es mir zu viel wird, und man
nimmt es mir nicht übel, weil man weiss, dass ich halt
schwach bin auf der Brust und nicht so kann wie andere.
Abgesehen vom Knecht. Aber selbst er hat es, so scheint
es, akzeptiert, schüttelt nicht mehr jedes Mal den Kopf,
wenn ich mich für einen Moment hinsetze. Die Bäuerin
scheint sehr zufrieden zu sein mit mir. Sie hat gesagt, sie
wolle mir auf dem Markt auf der Reussbrücke einen eige-
nen Strohhut kaufen. Ich dürfe ihn mir selber aussuchen,
hat sie gemeint ...

Hermann hat von der Bäuerin nicht nur einen neuen
Strohhut erhalten, sondern sie hat ihm auf dem Markt
auf der Reussbrücke auch noch eine Melkkappe gekauft.
Das Vreni hat sie noch nicht gesehen. Hermann muss
die Kühe allein melken. Das Vreni liegt krank im Bett,
und es darf niemand zu ihm ausser der Bäuerin, die es
pflegt. Bevor die Bäuerin zum Vreni in die Kammer geht
und auch wenn sie die Kammer wieder verlässt, trinkt
sie einen Schnaps. Sie wäscht sich damit auch die Hände. Obwohl man nicht weiss, was dem Vreni fehlt. Der

Doktor hat jedoch gemeint, man solle vorsichtig sein, gerade weil man nicht wisse, was ihm fehle. Die Magd hat ihre Kammer mit der von Hermann getauscht, damit sie und ihr ungeborenes Kind möglichst weit weg vom Vreni sind. Die Bäuerin hat Hermann angeboten, dass er zum Schlafen ins Armenhaus nach Hünenberg gehen könne und nur zum Arbeiten auf den Hof zu kommen brauche, um seine sonst schon fragile Gesundheit nicht zu gefährden. Hermann hat es abgelehnt; er trinkt, obwohl es ihn graust, einen Schnaps vor dem Zubettgehen. Er kann nachts das Stöhnen vom Vreni hören. Er kniet sich dann jeweils hin und betet zum lieben Gott, dass er das Vreni leben lässt. Hinterher setzt er sich auf den Rand seines Bettes und stellt sich vor, dass es das Bett vom Vreni ist; er liest ihr dann aus der Bibel vor, wie er es bei der Oberin im Waisenhaus hat machen müssen, als sie sterbenskrank war. Nur liest er ihr nicht von Busse und Strafe vor wie der Oberin, sondern von Heilung, Erlösung und dem Paradies. Hermann hat Angst ums Vreni; erst recht, seit die Bäuerin an einem Sonntagnachmittag im Spätherbst im kleinen Stübli Kerzen angezündet und Geschenke verteilt hat, die das Vreni für die Bewohner des Schlatthofs zu Weihnachten besorgt hatte. Hermann hat Nastücher erhalten, mit seinem Monogramm darauf.

«Das hat das Vreni selber gestickt», sagte die Bäuerin. «Man kann es sehen, sie hat es mit viel Liebe gemacht.»

Liebe Hermine,

das Ende des Jahres naht. Der Winter ist gekommen, der erste Schnee, und das Kind. Und auch das Vreni ist wieder gesund geworden. Ich bin froh darüber, dass alles so gekommen ist. Weil – es bedeutet weniger Kummer in den langen Winternächten. Ich durfte das Kindlein in meinen Armen halten. Der kleine Körper an meiner Brust hat sich gut angefühlt. Es war mir, als würden unsere Herzen im Gleichtakt schlagen. Am liebsten hätte ich das Kindlein gleich behalten, so lieb war es mir. Die Bauersfrau hat es jedoch schon nach kurzer Zeit wieder von mir genommen, hat es in ihren Armen gewiegt. Man hätte meinen können, das Kindlein wäre ihres. Die eigentliche Mutter, die Magd, sehe ich nur sehr selten das Kindlein in den Armen halten. Es scheint ihr recht zu sein, dass das Kind in der Obhut der Bauersfrau ist, sie ihm die Wärme und Aufmerksamkeit gibt, die es braucht. Die Magd, so scheint es, ist wieder ganz die Alte, seit das Kindlein ihren Körper verlassen hat. Sie zeigt Interesse am neuen Knecht, und der lässt es sich, wenn auch zurückhaltend, gefallen. Mir kann es nur recht sein. So schenkt sie mir keine Aufmerk-

samkeit. *Auch die Bauersfrau lässt mir nicht mehr die gleiche Aufmerksamkeit zukommen wie zuvor. Auch das ist mir recht, wenn es dafür dem Kindlein gut geht. Ich verbringe jetzt sowieso viel Zeit in meiner Kammer, bin am Schreiben und am Lernen, bereite mich auf meine nächste Stelle vor. Ich soll auf dem Schmiedhof in Baar meine neue Stelle antreten. Ich soll dort zum Schulanfang ein Kind unterrichten, das im Moment nicht zur Schule gehen kann, weil es ans Bett gefesselt ist. Ich freue mich darauf, auch wenn ich die Leute hier nicht gern verlasse. Ich bin nicht die ganze Zeit allein in meiner Kammer. Ich erhalte immer wieder Besuch vom Vreni. Fast lautlos betritt es jeweils die Kammer und setzt sich auf die Kante meines Bettes und schaut mir beim Lernen und beim Schreiben zu; sagt, wenn ich es frage, ob es mit mir reden wolle, dass es mich nicht bei der Arbeit stören, nur halt nicht so alleine sein wolle. Ich habe angefangen, ihr von mir zu erzählen, wie es mir ergangen ist als Kind. Da ist sie etwas aufgetaut und hat mir auch von sich erzählt. Es hat sich herausgestellt, dass wir ein ähnliches Schicksal haben, nur dass es mir besser ging als ihr, mit dir an meiner Seite. Wir fühlen uns seither irgendwie verbunden. So wie Geschwister, Bruder und Schwester, die dasselbe durchlebt haben. Es fühlt sich gut an, einen Menschen nahe zu wissen, von dem man glaubt, mit ihm verbunden*

zu sein, auch wenn sich die Wege einmal trennen werden,
so wie die vom Vreni und mir in Kürze. Jetzt fehlt mir nur
noch jemand, der sein Leben an meiner Seite mit mir teilt.
Du fehlst mir.

Ich seh

Ich seh das neue Jahr aufstehn
Seh über Feld, Wiese und Wald
Seh das Grün sich färben, die Knospen treiben
Seh die Farben, die aus dem Boden springen
Seh, wie mein Herz nicht aufzugehen vermag
Ich seh über Feld, Wiese und Wald, quer über den See
Seh die Stadt, den Kirchturm, den Pfarrhof gegenüber
Sehe dich
Seh, was mir fehlt

«Wirst du an mich denken, wenn du von hier weggegangen bist?», fragt das Vreni. Hermann legt die Feder zur Seite und dreht sich um. «Ich wollte dich nicht stören», sagt das Vreni, «du kannst schon weiter schreiben, wenn du willst.»

«Nein, nein», sagt Hermann, «du störst mich überhaupt nicht. Du wirst mir ganz sicher fehlen, wenn ich in Baar bin, und ich werde ganz sicher an dich denken.

Ich weiss nicht, was mich in Baar erwartet, ob die Leute lieb sein werden zu mir.»

«Du kannst ja hierbleiben», sagt das Vreni. «Hier sind Leute, die dich gerne haben, die für immer mit dir zusammen sein möchten.»

«Das geht nicht», sagt Hermann. «Ich darf immer nur für ein Jahr an einem Ort bleiben und muss dann auf einen anderen Hof, um meine Aufbringung abzuverdienen.»

Dem Vreni kommen die Tränen. Hermann steht auf und geht zu ihr hinüber, setzt sich neben sie aufs Bett, sodass sich ihre Arme berühren.

«Du kannst dich ja einfach weigern wegzugehen», sagt das Vreni, den Kopf gesenkt, die Hände in ihrem Schoss betrachtend. «Wir können zusammen weglaufen, damit sie mir dich nicht wegnehmen», meint sie, als er daraufhin nichts sagt.

«Das geht nicht», sagt Hermann.

«Weshalb nicht?», fragt das Vreni.

«Du weisst es», sagt Hermann. «Ich habe es dir schon bei unserer ersten Begegnung gesagt.»

Das Vreni fängt leise zu schluchzen an. Hermann nimmt die Wolldecke, die er um seine Schultern trägt, um sich warm zu halten, und teilt sie mit dem Vreni. Er sagt: «Wir gehören zusammen, für immer, auch wenn wir nicht mehr zusammen sind. Ich werde immer an dich denken.»

Das Vreni ist im Stall geblieben, als Hermann abgeholt wird, hat nur genickt, als er ihr beim Morgenessen nochmals für die Nastücher gedankt hat, die er von ihr zu Weihnachten geschenkt bekommen hat. Der Bauer legt ihm die Hand auf die Schulter, und der Knecht schenkt ihm ein freundliches Lächeln, als die beiden die Küche verlassen. Die Einzige, die ihn schon am Vorabend seiner Abreise richtig verabschiedet hat, ist die Bäuerin. Sie nahm ihn sogar in den Arm und sagte ihm Danke für die Arbeit, die er geleistet hat. Hermann war nicht in der Lage, die Zuneigung zu erwidern; er stand nur da, die Arme an der Seite, und liess es geschehen; hat der Bäuerin dann einen Brief zurückgelassen, in dem er sich bei ihr für ihre Fürsorge, die Melkkappe, den Sonnenhut und die guten Ratschläge bedankt, die sie ihm mit auf den Weg gegeben hat für seine neue Anstellung. Schon Tage zuvor hatte sie ihm die Locken abgeschnitten; weil womöglich dort, wo er jetzt hinkomme, langes Haar nicht goutiert werde, hatte sie gemeint. Und zudem habe der Schmiedhofbauer bereits drei grosse Töchter, hatte die Bäuerin lachend gemeint, er brauche kein weiteres Mädchen. Dann schon eher einen Sohn, und der sollte dem

Stand der Familie angemessen daherkommen. Auch seien die Schmiedhofbauern feine Leute, erwarteten deshalb, dass man ihnen entsprechend gegenübertrete.

Liebe Hermine,

ich bin gut angekommen auf dem Schmiedhof in Baar. Der Landschreiber Stadlin holte mich mit einer Kutsche ab. Sie gehöre nicht ihm, er sei nicht so ein Wichtiger, hat er gemeint, als ich die Kutsche staunend angesehen habe, nicht glauben wollte, dass ausgerechnet ich damit nach Baar gefahren werden solle. Sie gehöre dem Bauern auf dem Schmiedhof, wo jetzt mein neues Zuhause sei, sagte der Landschreiber. Der sei halt kein gewöhnlicher Bauer, sondern auch ein wichtiger Politiker und reich. Das sieht man auch dem Haus an, in dem ich jetzt wohne. Es sieht nicht aus wie die Bauernhäuser, in denen ich bis jetzt gewohnt habe, sondern eher wie ein Stadthaus. Es ist gross, hat vier Stockwerke und ist ganz aus Stein. Das Haus, beinahe ein Palast, steht mitten im Dorf, am Ende der Strasse, die von der Kirche St. Martin zum Rathaus führt. Mir gefällt es hier sehr. Nicht nur, weil ich jetzt wieder im Flachland wohne, wo es mir viel weniger Mühe bereitet, mich fortzubewegen, als am Berg, wo mir schnell einmal die Luft ausgeht, sondern auch, weil ich dich jetzt wieder nahe weiss ...

Hermann tritt der Familie des Schmiedhofbauern nicht gegenüber, als er ankommt. Er bekommt sie am Tag seiner Ankunft nicht zu sehen. Er wird eher kühl von der Frau des Verwalters empfangen, die ihn ihrem Mann und den anderen Angestellten des Schmiedhofbauern erst beim Abendessen und ohne viele Worte vorstellt.

Erst am Tag darauf nimmt der Verwalter ihn dann mit ins Büro zum Schmiedhofbauern. Nachdem dieser mit dem Verwalter die Abläufe auf dem Hof für die bevorstehende Woche besprochen hat, stellt der Verwalter ihm Hermann vor. Der Schmiedhofbauer gibt Hermann nicht die Hand, redet mit ihm wie mit dem Verwalter, sagt ihm im Befehlston, was er von ihm erwartet. Er erklärt ihm, dass er dem Buben, dem Hermann beim Lernen zur Seite zu stehen habe, nur Pate sei, weil dieser keinen Vater habe – man ihn zumindest nicht kenne, da die Mutter eine Liederliche sei.

«Du hast keine Mutter, kennst deinen Vater nicht, wie ich gehört habe; hast dafür den Herrn Pfarrer zum Paten und deshalb trotzdem eine Chance erhalten. Es ist das, was auch ich meinem Patenkind gewähre.» Hermann denkt an seine Mutter, fragt sich, was für ein Leben sie wohl geführt hat, ob es sie vielleicht sogar noch gibt.

Die Frau des Schmiedhofbauern wird ihm nie wirklich vorgestellt. Er weiss nur, dass es die Frau in Schwarz ist, die den Angestellten im Vorbeigehen manchmal zunickt, jedoch nie zu ihnen spricht; nur manchmal, ganz leise, zu der alten Köchin, als hätten die beiden etwas zu verbergen. Sie sei aus gutem Haus, erzählt man ihm, von viel höherem Stand als der Schmiedhofbauer, auch besser gebildet, und es gehöre ihr hier alles. Hermann begegnet ihr auch kaum im Haus. Die Bediensteten haben einen separaten Eingang. Dass die Frau des Schmiedhofbauern sich im Haus befindet, weiss man nur, wenn man sie Klavier spielen hört. Wobei – es könnten auch zwei ihrer Töchter sein, die spielen. Man kann ihr Klavierspiel jedoch gut von dem ihrer Mutter unterscheiden. Sie spielen lange nicht so gut wie sie. Das älteste der drei Mädchen, das bereits zwanzig Jahre alte Leni, tanze lieber zur Musik, als dass sie selber ein Instrument spiele, wird Hermann erzählt. Sie gilt als das schwarze Schaf der Familie. Sie habe es gern lustig mit Männern, er solle sich ja vor ihr in Acht nehmen, sagt die alte Köchin, der Hermann zur Hand gehen muss, wenn er nicht mit dem Buben lernt. Das Leni ist jedoch die Einzige in der Familie, die sich ihm vorstellt; ihm zuzwinkert und sich dann davonmacht, als jemand auftaucht. Den Buben, den er unterrichten soll, lernt Hermann erst Tage später kennen, als die Schule nach Ostern wieder beginnt.

Liebe Hermine,

du wirst es kaum glauben: Ich gehe wieder zur Schule. Ich sitze in der hintersten Reihe im Schulhaus in der Dorfstrasse und lerne, was ich damals schon gelernt habe, im Schulhaus in der Unteraltstadt. Ich bin angehalten worden, am Morgen die Schule zu besuchen und den Schulstoff dann am Nachmittag dem Buben zu vermitteln. Ich hätte den Lehrer von Samuel, so heisst der Bub, gerne gehabt; er ist sehr freundlich und lieb zu seinen Schülern, nimmt sich ihrer an, ist interessiert daran, wie es ihnen beim Lernen geht, aber auch daran, wie sie es zu Hause haben. Ich berichte ihm jeweils, wie es dem Samuel so geht beim Lernen und wie er es hat beim Schmiedhofbauern. Es ist nicht nur Nächstenliebe, dass sich der Lehrer so engagiert. Er ist ein weitherum bekannter Pädagoge, der herausfinden möchte, wie man die Kinder am besten unterrichtet und erzieht. Er mag mich, redet mit mir wie mit seinesgleichen, hat mir gesagt, dass es einfacher sei, den Kindern neues Lernen beizubringen als den Lehrern, die lieber an Althergebrachtem festhalten würden. Weil es so bequemer für sie sei, sagt er. Weil der

Lehrer im alten System alles sei und der Schüler nichts,
man den Schulstoff einfach in sie hineinprügeln dürfe.
Ich versuche den Samuel in seinem Sinne zu unterrichten, ihm mit Achtung und Liebe zu begegnen. Das ist bei
einem kranken Kind wie ihm besonders wichtig. Er schaut
immer so traurig drein und wirkt abwesend. Erst glaubte
ich, er vermisse vielleicht seine Mutter. Ich habe ihm gesagt, dass ich nie eine Mutter gekannt habe, nie eine Mutter gespürt habe, er jedoch eine Mutter habe, ihr nahe sei.
Er hat nicht darauf reagiert, hat nur ins Leere geschaut.
Es hat mir wehgetan, ihn so zu sehen. Im Nachhinein
habe ich erfahren, dass es seiner Mutter nicht erlaubt ist,
ihn zu sehen, während der Zeit, die er auf dem Schmiedhof verbringt. Er erhält aber sonst viel Zuneigung und
Aufmerksamkeit, wenn auch nicht vom Schmiedhofbauern und seiner Frau. Aber vom Doktor, der oft vorbeischaut, ihn aufzumuntern versucht, ihm sagt, dass alles
gut werden wird, es halt nur viel Geduld brauche; und von
einer Magd auf dem Hof, die den Buben nach den Anweisungen des Doktors pflegt und Übungen mit ihm macht,
damit er eines Tages wieder gehen kann, das Bett verlassen; wieder die Schule besuchen darf. Ich dürfe der
Magd dann dabei helfen, hat der Doktor gesagt, sobald der
Samuel wieder auf seinen Beinen stehen kann. Ich fühle
mich das erste Mal in meinem Leben so richtig nützlich,

hier auf dem Schmiedhof, da ich jemandem beistehen darf, wie du mir damals beigestanden hast, als ich jemanden gebraucht habe ...

Hermann verbringt viel Zeit in der Kammer des Buben. Er bleibt oft bis spät am Abend bei ihm. Nicht nur, um ihn seine Nähe spüren zu lassen. Die Kammer des Buben ist freundlich und hell, im Gegensatz zu seiner, die eine dunkle Dachkammer ist. Samuels Kammer ist extra so für ihn eingerichtet worden, dass man ihn nach draussen an die frische Luft und die Sonne bringen kann, ohne dass er die steile Treppe hinuntergetragen werden muss. Der Raum war vorher als kleines Esszimmer zum Garten hin genutzt worden, hat deshalb grosse Fenster und viel Licht. Bis auf die alte Köchin, die ein Zimmer im ersten Stock im Herrenhaus bewohnt, wohnen alle Bediensteten unter dem Dach. Selbst der Verwalter und seine Frau, die eine kleine Wohnung haben. Hermann muss eine steile Treppe hochgehen, um in seine Kammer zu gelangen. Oft macht man sich lustig über ihn, wenn er ganz langsam, Tritt für Tritt, die Treppe hinaufsteigt und dann auf dem Treppenabsatz stehen bleibt, um Luft zu holen. Er sei halt schwach auf der Brust, sagt Hermann dann. Deshalb sei er ja auch so froh gewesen, wieder im Flachen leben zu dürfen, anstatt auf den umliegenden Hügeln. Nur hätte er halt nicht gewusst, dass er eine steile Treppe erklimmen müsse, um in seine Kammer zu gelangen.

Hermann fragt den Buben jedes Mal, ob es ihm recht sei, wenn er noch etwas in seiner Kammer bleibe. Samuel nickt jeweils nur, öffnet seinen Mund lediglich, um hin und wieder zu fragen, ob Hermann ihm eine Geschichte vorlesen möchte. Was Hermann gern tut, da er in der Kammer des Buben wohnen darf und nur zum Schlafen in seine Kammer hochsteigen muss. Hermann sitzt oft am Fenster und schaut über Felder und Wiesen in Richtung Zug, träumt davon, der Annemarie zu begegnen, jetzt, wo sie so nahe beieinander wohnen. Manchmal, wenn er glaubt, dem Buben sei es recht und es täte ihm sogar gut, erzählt ihm Hermann von seinem Aufwachsen im Waisenhaus und seinen Aufenthalten auf den Höfen. Nur das Schöne jedoch, das er erlebt hat. Oft aber muss er das Schöne erfinden. Es ist recht, wenn es dem Buben guttut, beruhigt er jeweils sein schlechtes Gewissen ob seiner Lügen.

«Woran denkst du?», fragt Samuel Hermann, als er sieht, wie dieser nachdenklich zum Fenster hinausschaut.

«Ich denke an meine Mutter, die ich nie gekannt habe», lügt Hermann, der in Gedanken bei der Annemarie ist. «Ich sehe deine Mutter manchmal auf der Strasse, wenn ich zur Schule gehe. Sie steht einfach da und schaut Richtung Schulhaus. Ich frag mich, ob sie darauf wartet, dich zu sehen.»

«Das glaub ich nicht», sagt Samuel. «Sie hat sich nie wirklich um mich gekümmert, als ich noch bei ihr war.»

«Es ist halt oft so, dass man erst sieht, was man an jemandem hat, wenn er nicht mehr da ist», sagt Hermann.

«Sie hat Geld vom Bauern bekommen für mich, damit es mir gut geht; hat das meiste für sich behalten», sagt Samuel.

«Und jetzt fehlst du ihr», sagt Hermann.

«Jetzt fehlt ihr das Geld», sagt Samuel. «Dafür geht es mir jetzt gut.»

Hermann weiss nichts darauf zu antworten. In Wirklichkeit waren es Schüler, die ihn darauf aufmerksam machten, dass die Frau in Lumpen, die durch das Dorf streunt und da und dort bettelt, die Mutter des Buben ist, für den er zur Schule geht.

«Darf ich deiner Mutter sagen, dass es dir gut geht, wenn ich sie das nächste Mal sehe?», fragt Hermann.

«Es wird sie nicht interessieren», sagt Samuel.

Liebe Hermine,

ich habe mir in letzter Zeit viele Gedanken gemacht über meine Mutter. Samuel, der Bub, den ich zu betreuen habe, kennt seine Mutter, möchte sie jedoch lieber nicht kennen, glaubt, dass sie sich nicht für ihn interessiert. Ich kenne meine Mutter nicht, würde sie aber gerne kennen, und frage mich, ob sie sich für mich interessieren würde, würden wir uns kennen; oder ob es vielleicht gar kein Unglück ist, keine Mutter zu haben statt eine, wie der Samuel eine hat. Ich habe jedoch gut reden, ich habe ja dich. Auch Samuel bräuchte jemanden wie dich, damit er wieder auf die Beine kommt. Ich glaube, er denkt, dass es ihm hier besser geht – den ganzen Tag im Bett, auf fremde Hilfe angewiesen –, als wenn er wieder bei seiner Mutter leben müsste. Sein Zustand will sich einfach nicht bessern. Ich habe seine Mutter auf der Strasse angetroffen. Sie war gerade dabei, Wasser aus dem Dorfbach zu trinken. Ich habe ihr gesagt, dass es dem Samuel gut geht – er glaubt ja, dass es ihm jetzt besser geht als zu der Zeit, wo er noch bei ihr war, also ist es keine Lüge. Statt sich zu freuen, dass es ihrem Buben gut geht, hat sie gesagt: «Dann soll der Bengel gefälligst heimkommen und mich nicht länger im Stich lassen.» Dabei war sie es, die ihn vernachlässigt hat. Sowieso, sie scheint nur am Geld interessiert zu sein, das sie vom Schmiedhofbauern bekommen hat, um für den Buben zu sorgen, und das sie jetzt nicht mehr bekommt, weil der Samuel beim Bauern lebt. Ich versuche dem Buben das zu sein, was du für mich warst, als ich jemanden brauchte. Was er aber bräuchte, um wieder auf die Beine zu kommen, wäre jemand, der für ihn das ist, was du für mich jetzt bist – jemand, der ihn hoffen lässt auf ein besseres Leben, auf eine Zukunft. Der Lehrer wäre so einer. Dafür müsste der Bub aber zuerst wieder zur Schule gehen. Ich habe mich gewundert, weshalb der Lehrer den Samuel nie besuchen kommt auf dem Schmiedhof, ihn so spüren lassen würde, dass er an ihm und seiner Zukunft interessiert ist. Jetzt habe ich es erfahren. Der Lehrer ist nicht erwünscht auf dem Schmiedhof, weil er andere politische Ansichten hat als der Bauer; weil er zu den Fortschrittlichen gehört, der Bauer aber zu den Zurückgebliebenen, den Konservativen, die keine Veränderung wollen, am Althergebrachten festhalten. Für die Nächstenliebe, wie der Bauer sie dem Buben gewährt, nur bedeutet, sich den Weg in den Himmel zu erkaufen; und die an der Feudalherrschaft festhalten. Dabei ist der Schmiedhofbauer nur zu Geld, Status und Position gekommen, weil er eine Frau aus gutem Haus geheiratet hat. Ich mache mir Sorgen um den Buben, frage mich, was aus ihm wird, wenn ich von hier wegmuss. Wenn ich nur jemanden finden könnte, der sich für *ihn interessiert, der sich um ihn kümmert, wenn ich nicht mehr da bin; jemanden wie dich. Ich würde alles dafür geben ...*

Das Leni hat Hausarrest bekommen. Es ist angehalten, in der Küche mitzuhelfen, soll sehen, was harte Arbeit bedeutet, und soll dabei zur Besinnung kommen; erkennen, wo es hingehört, zu welchem Stand. Hermann kann sie hören, wie sie fröhlich ist und aufgestellt, während sie in der Küche mithilft, wie sie es lustig hat mit den Angestellten. Selbst Samuel horcht beim Lernen immer wieder auf und lässt sich, wie es scheint, von ihrer Fröhlichkeit anstecken. Sein Gesicht, glaubt Hermann, hat sich aufgehellt, seit er das Leni aus der Küche hört, und es schaut aus, als würde ihn ihr Getue beim Unterricht überhaupt nicht stören. Hermann fragt sich, ob er das Leni wohl sehen wird, wenn er später in die Küche muss, um bei der Zubereitung des Abendessens mitzuhelfen, als plötzlich die Tür aufgeht und sie den Kopf in die Kammer hineinstreckt – fragt, ob sie stören dürfe. Hermann möchte sagen, dass sie gerade lernen. Samuel sagt: «Ja», auch wenn man es kaum hört. Das Leni betritt die Kammer, schaut Samuel und Hermann an und sagt: «Das ist nicht recht, dass man mir zwei so attraktive Mannen vorenthalten hat.»

«Wir sind uns schon einmal begegnet», sagt Hermann. «Das gilt nicht», sagt Leni, «wir wurden dabei gestört. Aber jetzt gehört ihr beide mir», meint sie. «Aber macht ruhig weiter, lasst euch nicht stören. Ich wollte nur sehen, wer mein Lieblingszimmer im Haus besetzt. Es gehörte nämlich so gut wie mir allein», sagt sie. «Wir haben lediglich an sonnigen Sonntagen das Essen hier eingenommen, ansonsten war es mein Zimmer, wo ich tun und lassen konnte, was ich wollte – zumindest bis die alte Köchin kam», meint sie leise.

«Du kannst schon bleiben», sagt Samuel zurückhaltend, «wir wären sowieso bald fertig gewesen. Der Hermann kann uns ja vielleicht eine Geschichte vorlesen», meint er, «dann hast du auch etwas davon.»

Von da an erscheint das Leni immer am späten Nachmittag in der Kammer von Samuel, hört den Geschichten von Hermann zu und bedankt sich jeweils zum Abschied bei ihm fürs Vorlesen mit einem Kuss auf die Wange und bei Samuel dafür, dass sie dabei sein durfte. Sie wartet jeweils darauf, einen Kuss von ihnen zu erhalten; erhält jedoch nur einen zaghaften von Samuel.

«War sie anständig?», fragt die alte Köchin Hermann hinterher jedes Mal.

«Ja», sagt Hermann stets, verschweigt jedoch, dass das Leni schon mehrmals vor seiner Kammer aufgetaucht ist und Einlass begehrte, sich nur durch einen Kuss von ihm abweisen liess. Sie hielt ihm jeweils den Mund hin. Er gab ihr einen Kuss auf die Wange.

Liebe Hermine,

war ich bis vor Kurzem noch verzweifelt bei dem Gedanken, was aus dem Buben wird, wenn ich einmal nicht mehr da bin, so bin ich jetzt voller Hoffnung, dass doch noch alles gut wird. Es ist ausgerechnet das Leni, das schwarze Schaf der Familie des Schmiedhofbauern, das dafür verantwortlich ist. Samuel hat sie in sein Herz geschlossen. Er ist sogar, glaube ich, ein bisschen verliebt in sie; sofern man in seinem Alter schon von Verliebtheit sprechen kann. Ich glaube, er will unbedingt so schnell wie möglich wieder auf die Beine kommen, um in den Genuss der Spässe zu gelangen, die sie mit mir treibt, wenn wir beide zusammen im Garten arbeiten. Das Leni und ich sind jetzt oft im Garten und ernten Gemüse und Früchte, während Samuel uns dabei zusieht. Ich könnte mir gut vorstellen, dass er nur darauf wartet, dass ich wieder vom Hof komme und er dann meinen Platz einnehmen darf, auch wenn er es mir nicht direkt zeigt. Im Gegenteil, er bedankt sich jeden Tag bei mir dafür, dass ich ihm beim Lernen helfe. Er sitzt jetzt oft auf dem Bettrand, wenn er uns dabei zusieht, wie wir im Garten arbeiten, und will wohl zeigen, dass es nicht mehr lange dauert, bis er wieder auf den Beinen ist, er selber mithelfen kann. Er hat sogar schon erste Gehversuche gemacht, mit Hilfe der Magd und des Lenis. Es wäre eigentlich meine Aufgabe gewesen, der Magd dabei zu helfen, wie mit dem Doktor abgemacht. Samuel hat jedoch gefragt, ob es mir recht sei, wenn es das Leni an meiner Stelle mache. Er hat sich, als die beiden weg waren, hinterher bei mir entschuldigt. Doch mir ist es mehr als recht, etwas in den Hintergrund zu treten, wenn ich sehe, wie der Bub in Lenis Gesellschaft aufblüht. Ich gehe dann jeweils in die Küche zu der alten Köchin und lasse die drei allein.

Die alte Köchin ist für mich das geworden, was mir die Bäuerin auf dem Schlatthof war. Auch wenn man nicht gerade sagen kann, dass sie mir so herzlich begegnet wie diese. Im Gegenteil, sie begegnet mir eher mit Zurückhaltung; bringt mir jedoch Achtung entgegen, wohl wegen meiner Bildung; vertraut mir manchmal sogar Sachen an, die eigentlich nicht für fremde Ohren bestimmt sind, die sie aber loswerden möchte, bevor sie stirbt, wie sie sagt; die sie nicht mitnehmen will ins Grab. Ich kann mir nicht vorstellen, dass sie mich in den Arm nehmen würde wie die Bäuerin vom Schlatthof. Oder vielleicht nur, damit es das Leni nicht tut, die dabei überhaupt keine Hemmun-

gen hat. Die alte Köchin tritt immer wieder in den Garten, um das Leni zu zügeln, schaut sie streng an. Das Leni schneidet jeweils Grimassen, wenn sie wieder gegangen ist, meint, dass sie ihr überhaupt nichts zu sagen habe, sie nicht ihre Gouvernante sei. Sie brauche auch gar keine. Sie wisse selber, was sie mache. Ich bin froh darüber, dass die alte Köchin auf das Leni aufpasst und schaut, dass sie mir nicht zu nahe kommt, dass sie nicht versucht, mich dir wegzunehmen. Ich habe der alten Köchin gesagt, dass da schon jemand ist …

Hermann erschrickt. Die Frau des Verwalters tritt in Samuels Kammer, unterbricht sie beim Unterricht und sagt: «Komm mit, ich muss mit dir sprechen.» Die Frau des Verwalters spricht sonst nie mit ihm, selbst dann nicht, wenn sie in der Küche mithilft, zusammen mit ihm am selben Tisch sitzt und arbeitet, wie in letzter Zeit, wo es galt, die geernteten Früchte zu verarbeiten, Kompott und Konfitüre daraus zu machen. Wenn sie am Mittags- und Abendtisch jeweils zu den anderen Angestellten spricht, ihnen sagt, was sie zu tun haben, würdigt sie ihn keines Blickes. Er fühlt sich dann, als wäre er nicht da. Auch ihr Mann ignoriert ihn, sitzt selber am Tisch, als hätte nicht er auf dem Hof das Sagen, sondern seine Frau.

«Du sollst nach Zug ins Waisenhaus», sagt die Frau des Verwalters zu ihm, schaut dabei auf seine Hände. «Die Oberin liegt im Sterben. Sie will dich sehen. Brauchst du die Kutsche oder kannst du zu Fuss gehen, lässt mein Mann fragen», sagt sie.

Hermann sagt nichts. Er sitzt da wie gelähmt von den Neuigkeiten, muss sich erst fassen. Er weiss nicht, wie lange es her ist, seit er zuletzt an die Oberin gedacht hat. Vielleicht damals, als er nackt im Waschzuber vor der Magd stand, auf dem Oberhof in Risch, und sich unten wusch.

«Ich kann schon zu Fuss gehen», sagt Hermann schliesslich, «wenn ich mir Zeit nehme und ab und zu einen Halt mache.»

«Gut», sagt die Frau des Verwalters, «besser, du machst dich gleich auf den Weg, verlierst keine Zeit, damit sie dir nicht noch wegstirbt, du mit gutem Gewissen Abschied nehmen kannst von ihr und sie unbelastet von dieser Welt gehen kann.»

Die Worte der Frau des Verwalters im Kopf, macht sich Hermann auf den Weg nach Zug. Seinen Blick hält er auf den Turm der Kirche St. Michael gerichtet und geht entlang von Feldern und Wiesen. Sobald er den Zugersee sehen kann, geht er in Richtung Promenade. Als er sich in der Vorstadt nahe dem Wasser ins Gras setzt und sich an einen Baum anlehnt, wird ihm bewusst, dass er ganz in Gedanken bei der Oberin und der Zeit, die er mit ihr verbracht hat, war und nicht ein einziges Mal eine Rast eingelegt hat. Er fühlt sich völlig erschöpft. Nicht nur körperlich, sondern auch geistig. Es überkommt ihn plötzlich eine grosse Angst bei dem Gedanken, der Oberin gegenüberzutreten. Erinnerungen kommen in ihm hoch, an damals, als man geglaubt hatte, die Oberin müsse sterben, und der Lehrer ihn aufgefordert hatte, zu ihr zu gehen, um offenstehende Rechnungen zu begleichen. Hermann bleibt sitzen, traut sich nicht aufzustehen.

Er weiss nicht, wie lange er schon so dagesessen hat, als ihn plötzlich jemand bei seinem Namen nennt und ein ihm bekanntes Gesicht vor ihm auftaucht. Vor ihm steht die Lydia, in ihrer Ordenstracht. Unter ihrer Haube schauen ein paar wilde Haare hervor. Hermann schafft es nicht, sich zu erheben und ihr die Hand zu reichen. Lydia setzt sich neben ihn ins Gras, nimmt seine Hand in ihren Schoss.

«Du musst nicht zu ihr gehen, wenn du nicht willst», sagt sie, «du brauchst aber auch keine Angst mehr vor ihr zu haben. Sie tut niemandem mehr etwas, sie kann halt nur einfach nicht sterben. Zu schwer wiegt die Last auf ihrem Herzen.» Hermann steigen Tränen in die Augen. Er weint sein ganzes Elend an Lydias Schulter aus. Als keine Tränen mehr kommen, steht er auf und geht mit weichen Knien an Lydias Seite Richtung Waisenhaus.

«Möchtest du, dass ich mit hineinkomme?», fragt Lydia.

«Nein», sagt Hermann und öffnet die Tür zur Kammer der Oberin. Es macht den Eindruck, als wäre die Oberin schon gegangen. Sie liegt da, bewegungslos, die Hände an der Seite, den Mund halb offen, als hätte sie ein letztes Mal nach Luft geschnappt. Atmen ist nicht zu vernehmen. Hermann denkt zurück an die Geräusche, die die Oberin jeweils im Schlaf gemacht hat. Er getraut sich nicht, sich ihr zu nähern, um herauszufinden, ob sie vielleicht doch noch lebt. Er ist dabei, sich auf den Stuhl zu setzen, der neben dem Bett der Oberin steht, als er sieht, wie sich ihre Hand bewegt, als wolle sie sagen, er solle sich zu ihr auf den Bettrand setzen. Hermann setzt sich zögerlich zur Oberin aufs Bett und wartet. Er getraut sich nicht, sie anzusehen, starrt abwechselnd auf ihre Hand und auf den Boden; verharrt so in der Stille, bis er glaubt, ein Flüstern zu vernehmen und dann noch eines. Er neigt der Oberin den Kopf zu, um zu verstehen, was sie sagt.

«Kannst du mir verzeihen?», kommt es leise aus ihrem Mund. Hermann erschrickt ob der Frage, zögert, nickt dann. Den Mund zu öffnen, schafft er nicht. Er sieht, wie die Oberin erneut ihre Hand bewegt, als ob sie sie ihm hinstrecken will. Hermann zögert erneut, nimmt ihre Hand dann doch in seine, weiss nicht, wie er sie halten soll; sieht die Hand an, die Hand, die ihn damals wusch, seinen Unterleib. Die Hand fühlt sich weich und kraftlos an, hilflos irgendwie; nicht wie die Hand, die ihn damals wusch. Hermann streicht darüber, sieht der Oberin zum ersten Mal direkt ins Gesicht, schaut sie an – verzeiht ihr.

Nach einiger Zeit bewegt die Oberin erneut ihren Kopf und zeigt Richtung Kommode, flüstert «Schublade», wie Hermann zu hören glaubt. Er legt die Hand sorgfältig auf das Bett zurück, steht auf und geht zur Kommode, zeigt auf die Schubladen. Als er auf die unterste zeigt, bewegt die Oberin erneut ihren Kopf. Er zieht die Schublade auf. Darin befindet sich weisse Wäsche. Unter einigen Unterhemden findet Hermann einen Stapel Briefe. Er nimmt sie heraus und zeigt sie der Oberin. Erneut bewegt sie ihren Kopf ein wenig.

Hermann sitzt für lange Zeit auf dem Bettrand, die Briefe im Schoss, bevor er sich getraut, sie zu öffnen. Zuoberst liegt ein Abschiedsbrief. Er liest ihn, liest ihn ein zweites und ein drittes Mal, liest dann einige der anderen Briefe, in denen ein Freier um die Gunst der Oberin wirbt, ihr den Himmel auf Erden verspricht, nur um sie dann am Ende fallen zu lassen. Hermann schaut die Oberin an, versucht die Schönheit in ihrem Gesicht zu finden, die beschrieben ist in den Briefen; schliesst die Augen, findet sie; öffnet die Augen wieder, betrachtet ihre Hände, immer wieder gepriesen in den höchsten Tönen. Hermann schliesst die Augen erneut; nimmt die Hand der Oberin, hält sie an seine Wange und verweilt so für einige Zeit. Als er die Augen wieder öffnet, sieht er, wie die Oberin ihren Mund bewegt, als verlange es sie nach etwas zu trinken. Hermann steht auf, füllt das Glas, das auf der Kommode steht, mit Wasser aus der Karaffe und führt das Glas dann zum Mund der Oberin. Ihre Hand in seinen Händen, sitzt Hermann auf dem Bettrand und lässt sie in Frieden gehen.

Liebe Hermine,
Ich seh

Ich sitz am See und fühl dich nahe
Seh die Nacht, wie sie zu Ende geht
Seh schwarze Wolken stehn am dunklen Morgenhimmel
Das Wasser verschleiert

Seh die Hügellandschaft des Ennetsees sich darin spiegeln
Seh den Morgen Trauer tragen
Ich sitz am See und fühl dich nahe
Seh die Sonne das Dunkel der Nacht bedrängen
Wie sie sich ihren Weg durch die schwarzen Wolken bahnt
Sich gegen sie behauptet
Seh, wie sie den Tag freigibt
Den Weg in den Himmel, das Licht
Wie sich ihr Leuchten im Wasser spiegelt
Wie sie das Dunkel der Erinnerung blendet ...

Der Bub hat eben erst seine ersten Schritte selbstständig getan, als das Leni ankündigt, dass ihr Hausarrest jetzt vorbei sei und sie wieder gehen müsse. Samuels Gesicht verdunkelt sich umgehend bei Lenis Worten.

«Und wenn du deine Eltern fragst, ob du dem Samuel weiter beim Gehenlernen helfen darfst und vielleicht auch bei den Hausaufgaben?», fragt Hermann. «Meine Zeit hier ist auch bald um, und dann hat er niemanden mehr.»

«Meine Mutter würde es sicher erlauben», sagt das Leni, «nur – es ist halt der Schmiedhofbauer, der hier das Sagen hat, obwohl der Hof ihm gar nicht gehört. Aber er mag mich halt nicht», meint sie, «er mag nur die beiden anderen, liest ihnen jeden Wunsch von den Augen ab, verbietet mir alles, ist auf mich nicht gut zu sprechen. Ich spiel halt nicht Klavier. Bin halt nicht so klug und lieb wie die anderen beiden.»

«Und wenn du es trotzdem versuchst?», fragt Hermann.

«Dem Schmiedhofbauern ist am Wohl von Samuel sehr gelegen.»

«Wenn du mich nett darum bittest», sagt das Leni.

Als das Leni, nachdem Hermann mit dem Vorlesen fertig ist, die Kammer verlässt, gibt sie nur dem Hermann einen Kuss auf die Wange, dem Samuel schenkt sie lediglich ein Lächeln und ein Augenzwinkern. Hermann geht dem Leni in die Küche nach, sagt zögerlich: «Du hast dich vom Buben nicht richtig verabschiedet, es wird ihm wehtun.»

Das Leni schaut ihn an, lächelt, kehrt dann um und geht zurück in die Kammer. Sie umarmt Samuel, gibt ihm einen Kuss und flüstert ihm ins Ohr: «Ich werde dem Schmiedhofbauern ein Ohr abbeissen, wenn er mich nicht lässt.»

«Weshalb nennt das Leni ihren Vater den Schmiedhofbauern?», fragt Samuel Hermann, nachdem das Leni gegangen ist.

«Ich weiss nicht», sagt Hermann, «ich hab mich auch gewundert. Vielleicht macht man das so in der feinen Gesellschaft.»

Hermann sitzt auf dem Rand seines Bettes und schaut sich das Medaillon mit der goldenen Kette daran an, das einmal der Oberin gehört hat. Er hat es zusammen mit etwas Geld nach ihrem Tod erhalten. Er fragt sich, ob das Gesicht des kleinen Mädchens, das darauf abgebildet ist, jenes der Oberin ist. Im Waisenhaus konnte man es ihm nicht sagen. Niemand wollte das Medaillon je zuvor gesehen haben. Er wird es Samuel geben, hat er entschieden, so endgültig Abschied nehmen von der Oberin. Von dem Geld wird er sich Schreibsachen kaufen, die er jetzt nicht mehr erhält. Das Geld dafür sei jeweils von der Oberin gekommen, hat ihm der Landschreiber Stadlin bei der Beerdigung gesagt.

Es klopft an der Tür seiner Kammer. Draussen steht das Leni.

«Ist es wegen dem Samuel», fragt Hermann, «hast du deinen Vater gefragt? Es wäre wichtig für den Buben», meint er, als das Leni nicht antwortet.

Das Leni nickt, drängt in seine Kammer und sagt, als sie drin ist: «Ich werde den Schmiedhofbauern nicht fragen, ich mach sowieso, was ich will. Der hat mir nichts zu sagen. Meiner Mutter hab ich es gesagt. Ihr ist es recht. Jetzt ist es nur noch an dir», meint sie und fängt an, ihre Bluse aufzuknöpfen.

Hermann sitzt in der Küche, ihm gegenüber sitzt die alte Köchin. Er hat sich von Samuel verabschiedet, hat ihm gesagt, dass von nun an das Leni zu ihm schauen wird. «Ganz sicher?», hat Samuel gefragt. Das Leni sei nie mehr in seiner Kammer gewesen, seit ihr Hausarrest vorbei sei.

«Ganz sicher», hat Hermann geantwortet. «Ich habe ihr das Versprechen abgenommen.» Samuel hat nachdenklich gewirkt bei den Worten.

«Sie steht in meiner Pflicht», hat Hermann gesagt.

«Nun gehst du also», sagt die alte Köchin. «Ich möchte dir noch etwas anvertrauen, das ich nicht mit in mein Grab nehmen möchte, wenn ich einmal wegmuss von hier, für immer. Dir kann ich es ja sagen», meint sie und fragt: «Ist es dir recht?» Hermann nickt, auch wenn ihm nicht wohl ist dabei. «Das Leni ist nicht die Tochter vom Schmiedhofbauern», sagt sie. «Sie ist die Tochter von einem Landarbeiter, der die Frau des Bauern vergewaltigt hat. Es hatten damals mehrere junge Männer um ihre Gunst gebuhlt. Sie war eine sehr attraktive Frau, eine gescheite obendrein, und hatte Geld. Alle ihre Verehrer, ausser dem Bauern, waren ebenfalls aus besserem Haus. Keiner von ihnen hatte sie nach dem Vorfall noch haben wollen – mit einem Kind im Bauch. Dem

Bauern wurde der Schmiedhof versprochen und das Herrenhaus, wenn er sie nimmt. Mich hat er noch dazu bekommen. Ich hab vorher ihrer Familie gedient.»

Liebe Hermine,

ich bin gut angekommen beim Bauern Rogenmoser in der Haselmatt in Oberägeri. Ich durfte ein weiteres Mal zusammen mit dem Landschreiber Stadlin in der Kutsche vom Schmiedhofbauern fahren. Ich hätte es wohl auch nicht geschafft, zu Fuss den Berg hoch nach Oberägeri. Der Landschreiber Stadlin hat mir unterwegs zwei Couverts gegeben. Eines sei vom Schmiedhofbauern, für die gute Betreuung von Samuel, hat er gesagt. Das andere sei von der Frau des Bauern, weil ich dem Leni ein so gutes Vorbild gewesen sei während der Zeit, die ich mit ihr verbracht habe, als sie unter Hausarrest stand. Ich solle aber dem Schmiedhofbauern nichts sagen vom zweiten Couvert, hat der Landschreiber gemeint, falls ich mich bei ihm für seine Grosszügigkeit bedanken wolle, und auf gar keinen Fall ein Dankesschreiben an seine Frau senden. Der Landschreiber hat mich dann über die Bauersfamilie aufgeklärt, bei der ich in Oberägeri untergebracht bin. Der Bauer ist ein Witwer, am Herzen erkrankt, und lebt mit seinen zwei erwachsenen Töchtern und einem Mädchen, über dessen Herkunft man nicht so recht Bescheid weiss, auf dem Hof. Ich solle auf das Geschwätz der Nachbarn nicht achten, hat er gemeint, und besser gar nicht erst nach der Herkunft des Mädchens fragen; schon gar nicht in der Familie selber. Sie seien Selbstversorger, ihr einziges Einkommen sei die Seidenweberei, die sie noch betreiben. Die Leute seien etwas eigen, hat der Landschreiber gemeint, aber deswegen nicht schlechter als andere, nur halt einfach anders. Am besten solle ich sie nehmen, wie sie sind. Der Landschreiber hat sich bei mir entschuldigt, dass man für mich nichts anderes gefunden habe. Es sei halt schwierig, hat er gesagt. Die meisten wollten jemanden, der richtig zupacken kann. Es ist mir dabei wieder einmal so richtig bewusst geworden, dass ich anders bin als andere. Ich solle mir Gesellschaft bei den Angestellten auf den beiden anderen Höfen suchen, die zur Haselmatt gehören, hat der Landschreiber gemeint, falls ich den Anschluss an die Familie nicht finde.

Ich sitze hier auf der Bank vor der St.-Vitus-Kapelle, die zum Weiler Haselmatt gehört, und während ich dir dies schreibe, schaue ich auf das ruhige Wasser des Ägerisees und versuche, den Anschluss an dich nicht zu verlieren; hoffe, dass du meine Briefe erhältst ...

Der Bauer ist nicht da, um ihn zu empfangen, als Hermann und der Landschreiber den Hof erreichen. Es begrüsst sie auch sonst niemand richtig, als sie ankommen. Die zwei Töchter des Bauern sitzen stumm am Küchentisch und nicken kaum, als der Landschreiber zusammen mit Hermann in die Küche tritt. Eine der Frauen öffnet schliesslich doch ihren Mund, als der Landschreiber nach ihrem Vater fragt, und sagt, er sei beim Melken. Das mysteriöse Mädchen, von dem der Landschreiber erzählt hat, sitzt an einem Webstuhl und schaut nicht einmal auf, als er es grüsst. Es ist dann der Landschreiber, der Hermann sagt, was er auf dem Hof zu tun hat. Man vertraue ihm den grossen Garten an, und er solle die Ziegen und die Schweine hüten. Gartenarbeit, die sei Hermann ja gewohnt und mache sie gern, sagt er, und die wenigen Tiere machten keine grosse Mühe. Er solle aber trotzdem auf seine Gesundheit achten, sich nicht übernehmen, meint er, auch wenn ihm die Luft hier oben sicher gut tun werde. Er dürfe sich auch auf den anderen beiden Höfen nützlich machen bei Bedarf, sagt der Landschreiber. Die Leute wüssten Bescheid über seinen Aufenthalt hier.

Er geht dann mit Hermann auch zu den anderen beiden Höfen in der Haselmatt und stellt ihn den Leuten vor. Sie sind genauso wortkarg wie die Leute vom Hof des Bauern Rogenmoser. Sie nicken bloss, schenken ihm keine grosse Beachtung.

«Es ist hier oben alles etwas anders», meint der Landschreiber, «als du es vielleicht gewohnt bist. Man ist hier halt noch etwas rückständig, und die Leute sind etwas eigenwillig.» Schon in Unterägeri sei es anders, die Leute seien nicht so verschlossen wie hier. «Aber es ist ja nur für ein Jahr», sagt der Landschreiber, als er glaubt, in Hermanns Gesicht Niedergeschlagenheit wahrzunehmen, «und es ist einmal etwas anderes.» Er geht dann mit Hermann zurück auf den Hof des Bauern Rogenmoser und lässt sich die Kammer zeigen, wo Hermann untergebracht ist; sitzt dann mit ihm auf den Bettrand, einen Stuhl gibt es nicht in der Kammer, und redet ihm gut zu, sagt ihm, bevor er sich von ihm verabschiedet, er solle sich hier halt einfach seine eigene Welt schaffen beim Schreiben. Darin sei er ja gut.

«Dein Platz ist am anderen Ende des Tisches», sagt die Tochter des Bauern, als Hermann sich das erste Mal zu ihnen an den Tisch setzen will. Es scheint, als habe sie hier das Sagen. Sie selbst hat sich an die Längsseite des Tisches gesetzt, nahe dem Bauern, und redet manchmal leise mit diesem. Gleich neben ihr sitzt ihre Schwester. Das Mädchen hat sich, nachdem es den Webstuhl verlassen hat, an die andere Längsseite des Tisches gesetzt, mit dem Rücken zur Wand. Das Essen ist einfach; Brot,

Butter, Käse und Konfitüre. Die Tochter des Bauern, die das Sagen hat auf dem Hof, schneidet das Brot und den Käse und verteilt es an alle Anwesenden. Butter und Konfitüre darf man sich selbst nehmen. Sie werden auf dem Hof hergestellt. Brot und Käse muss man kaufen.

Hermann sitzt auf seinem Bett und öffnet die beiden Couverts, die ihm der Landschreiber auf der Kutschfahrt nach Oberägeri gegeben hat, und nimmt das Geld heraus. In jenem von der Frau des Bauern befindet sich neben dem Geld, dessen Betrag um einiges höher ist als jener des Bauern, auch noch ein Schreiben. Hermann bedauert es, nachdem er den Brief gelesen hat, dass er die Frau des Schmiedhofbauern nie wirklich kennengelernt hat. Sie schreibt sehr gut, sehr gewandt; man kann es sehen, dass sie gebildet ist. Die lieben Worte, die sie an ihn richtet, passen so gar nicht zu der traurigen Gestalt in Schwarz, die er einige Male über den Hof hat gehen sehen und die nie auch nur ein Wort mit ihm gesprochen hat. Sie schreibt, er sei ein Guter und ein Lieber, er solle so weitermachen, seinen Weg gehen; dass sie gern einen Sohn wie ihn gehabt hätte, unter anderen Umständen; dass er ihr sicher viel Freude bereitet hätte. Seine Mutter sei sicher eine feine Person gewesen, schreibt sie, und sein Vater ein gebildeter Mann. Das Leni sei keine

Schlechte, schreibt sie. Sie habe halt einfach schlechtes Blut abbekommen. Es sei nicht ihre Schuld. Sie hoffe sehr, dass das Leni bei der Wahl ihres Gatten diesen an ihm messen werde, jetzt, wo sie einen wie ihn habe kennenlernen dürfen; sie hoffe, dass sie einen wie ihn zum Mann nehmen werde, damit ihr einmal ein anderes Schicksal beschieden sei als ihr, ihrer Mutter. Hermann faltet den Brief begleitet von einem schlechten Gewissen zusammen und legt ihn an die Seite, macht sich Gedanken über das Schicksal der Frau des Schmiedhofbauern und über das von Leni, ihrer Tochter; vor allem aber über das von Samuel, mit dem ihn eine tiefe Seelenverwandtschaft verbindet. Selbst über das Schicksal des Schmiedhofbauern macht er sich Gedanken, als er das Geld zählt, das er erhalten hat. Es ist recht viel für einen wie ihn. Hermann hätte nicht mit dem Bauern tauschen wollen. Er hat seine Liebste gefunden; zwar eine ohne Vermögen, würde sie aber für kein Geld der Welt mehr hergeben. Hermann beschliesst, von dem Geld, das er von der Frau des Schmiedhofbauern bekommen hat, einen Ring für die Annemarie und einen für sich zu kaufen, um so ihre Liebe zu besiegeln.

Hermann schafft sich seine eigene Welt beim Schreiben – auf der Bank vor der St.-Vitus-Kapelle, manchmal auch drinnen, wenn das Wetter draussen zu garstig ist. Er verbringt jede freie Minute dort. Er sucht die Gesellschaft der Angestellten auf den beiden anderen Höfen in der Haselmatt, wie es ihm der Landschreiber vorgeschlagen hat, nicht. Er wird von den Leuten auch nie gefragt, ob er mithelfen mag. Deren Kinder jedoch – die kleinsten, die noch nicht mithelfen können – suchen manchmal seine Gesellschaft, wollen, dass er ihnen vorliest, was er geschrieben hat. Mit der Zeit jedoch bleiben sie weg; sie sind noch zu klein, um zu verstehen, was er geschrieben hat. Schliesslich bleibt nur noch das Mädchen vom Hof des Bauern Rogenmoser bei ihm, das schon grösser ist. Sie tauchte einmal auf, um in der Kapelle das Altartuch auszulegen, als er gerade vorlas, und kommt seither immer wieder, auch wenn sie ihm bis fast zum Ende seines Aufenthaltes eine Fremde bleiben wird.

Liebe Hermine,

viel gibt es nicht zu berichten über mein Leben auf dem Hof beim Bauern Rogenmoser. Und auch nicht über mein Leben unter den anderen Bewohnern auf den Höfen in der Haselmatt. Ich bin den Tieren näher hier als den Menschen, verbringe mehr Zeit mit den Schweinen und Zie-

gen und dem Ungeziefer im Garten. Ich werde aber gross-
zügig entschädigt für den Mangel an menschlichem
Kontakt durch die Arbeit im Garten, die ich sehr mag, und
durch die Schönheit der Landschaft des Ägeritals, die ich
in meiner freien Zeit geniesse. Ich sitze hier auf der Bank
vor der St.-Vitus-Kapelle, während ich dir schreibe, und
schaue auf den Ägerisee und die schöne Landschaft, die
ihn umgibt. An sonnigen Tagen hüpft mein Herz ob des
Anblicks der sanften Hügel, der Vielfalt an Grün, des
Blaus des Himmels, die sich alle im Wasser spiegeln. An
wüsten Tagen versinke ich in Melancholie ob der dunklen
Wolken, die das Idyll zu bedrohen scheinen. Mir ist beides
recht, es hilft mir beides beim Schreiben. Wenn nur die
Einsamkeit nicht wäre hier oben, das viele Nichtstun.
Manchmal fühle ich mich, als wäre ich im Urlaub hier, als
Gast am entlegensten Ort der Welt, und nicht zum Arbeiten. Auch wenn die Familie, bei der ich untergebracht bin,
nicht gerade gastfreundlich ist, sich nicht mit mir abgibt.
Ich frage mich, weshalb sie mich genommen haben, wo es
doch mehr als genug Hände gibt für das Wenige, das es
zu tun gibt hier. Die einzige Zeit, die ich mit den Rogenmosers verbringe, ist bei den Mahlzeiten. Ich bin auch
sonst nicht oft im Haus. Die Kammer, die ich bewohne, ist
sehr klein und überhaupt nicht freundlich, es gibt kaum
Platz und zu wenig Licht, um darin zu schreiben. Und in

der Küche sieht man mich nicht gerne, schicken sie mich weg, selbst wenn ich anbiete mitzuhelfen; sie schweigen, wenn ich mich zum Essen zu ihnen an den Tisch setze. Es sieht so aus, als wären die Leute lieber unter sich; als hätten sie ein Geheimnis, das sie nicht mit einem Fremden teilen wollen. Es ist das Mädchen, das mir manchmal zuhört, wenn ich auf der Bank vor der St.-Vitus-Kapelle laut lese, was ich geschrieben habe, und das ich sonst nur am Webstuhl sitzen sehe und am Tisch beim Essen. Noch nie habe ich gesehen, dass jemand von der Familie sich mit dem Mädchen abgibt, dem Mädchen näher ist als die anderen, geschweige denn ihr Zuneigung entgegenbringt. Ich frage mich: Ist es das Kind des Bauern, seine dritte Tochter, oder ist sie fremd, wie ich es hier oben bin? Obwohl – wenn ich ihr Gesicht sehe, sehe ich das der Familie Rogenmoser. Ich wage es jedoch nicht, zu fragen – soll ich auch nicht, hat der Landschreiber gesagt –, nicht in der Familie oder bei den anderen Bewohnern in der Haselmatt. Aber auch nicht den einzigen Auswärtigen, dem ich hier ab und zu begegne, den Kaplan, der einmal die Woche die Messe in der St.-Vitus-Kapelle hält. Sowieso, ich glaube, dass er mir nicht gut gesinnt ist, so wenig wie die anderen hier, auch wenn er im Gegensatz zu ihnen mit mir spricht ...

«Wer hat es dir erlaubt, in der Kapelle zu schreiben?», hört Hermann eine Stimme hinter sich. Er dreht sich um und sieht den Kaplan.

«Es ist nicht das Wetter, um draussen zu sein», stottert Hermann. «Ich schreib sonst auf der Bank vor der Kapelle.»

«Hast du kein Daheim, wo du sein kannst bei schlechtem Wetter?», fragt der Kaplan.

«Ich bin beim Bauern Rogenmoser untergebracht», sagt Hermann.

«Beim Bauern Rogenmoser?», sagt der Kaplan. «Ich würde es verstehen, wenn sie Küche und Stube nicht mit dir teilen wollten», meint er. «Aber du hast doch sicher eine eigene Kammer, teilst sie nicht mit einer der Töchter des Bauern.»

«Nein», sagt Hermann verlegen. «Die Kammer ist aber nicht wirklich ein Ort, um zu sein, schon gar nicht, um zu schreiben.»

«Und deshalb schreibst du, ohne zu fragen, in der Kapelle?», fragt der Kaplan.

«Die Tür ist nicht verschlossen», sagt Hermann, «da hab ich mir gedacht, ich dürfte hineingehen.»

«Ja, zum Beten», sagt der Kaplan, «und um sich zu bekreuzigen, aber nicht zum Schreiben. Dies ist ein Ort der Andacht, der Besinnung, und kein Ort zum Arbeiten.»

Hermann steht auf und will gehen.

«Ich hab nicht gesagt, du sollst gehen», sagt der Kaplan. «Ich kenne die Familie Rogenmoser und ihre Verhältnisse, verstehe; aber fragen hättest du schon dürfen. Und zur Messe kommst du ja auch nicht. Ich habe dich jedenfalls noch nie in der Kapelle sitzen sehen während eines Gottesdienstes. Da passt du ja gut in die Familie der Rogenmosers», sagt der Kaplan, während er den Opferstock aufschliesst. «Auch was den Geiz betrifft», meint er, als er nur wenige Münzen darin liegen sieht. «Geizig», murmelt er, «wie alle hier.»

«Die Menschen hier oben haben halt nicht viel», sagt Hermann. «Das Wenige, das sie haben, brauchen sie zum Leben.»

«Es gibt Leute, die haben weniger», sagt der Kaplan und steckt die Münzen aus dem Opferstock in seine Tasche. «Aber wenigstens dem Herrn Danke sagen für das, was sie haben, das dürften sie schon. Bei den Rogenmosers verstehe ich es ja, dass sie sich nicht mehr getrauen, ein Gotteshaus zu betreten. Was schreibst du da eigentlich?», fragt der Kaplan, als er an Hermann vorbeigeht, um die Kapelle zu verlassen.

«Ein Gedicht», sagt Hermann.

«Für wen?», möchte der Kaplan wissen. Hermann zuckt mit den Schultern. «Du kannst ja deinen Aufenthalt in der Kapelle verdienen, indem du ein Gedicht schreibst über sie», sagt der Kaplan. «Wirst du?», fragt er. Hermann nickt.

Hermann lernt einen weiteren Auswärtigen kennen. Der Mann, ein Seidenhändler, sitzt schon beim Morgenessen mit ihnen am Tisch. Es ist eine ungewohnte Situation. Der Mann redet unablässig. Man kann es dem Bauern und seinen zwei Töchtern ansehen, dass ihnen nicht wohl ist in seiner Gegenwart. Einzig das Mädchen scheint sich nicht an ihm zu stören, lächelt manchmal sogar. Es ist das erste Mal, dass Hermann Gemütsregungen bei dem Mädchen sieht. Der Grund dafür ist, dass der Mann ihm immer wieder Komplimente macht, ihm sagt, wie hübsch es sei. Als er es dann aber fragt, welche der beiden Frauen am Tisch denn ihre Mutter sei, bei welcher er später einmal um ihre Hand anhalten dürfe, verschwindet das Lächeln vom Gesicht des Mädchens, und es bleibt stumm. Die Blicke, die die Töchter des Bauern ihm zuwerfen, verbieten es ihm unmissverständlich, den Mund aufzumachen. Auch Hermann getraut sich nicht, im Beisein der anderen zu reden, wenn der Mann ihn anspricht, von ihm wissen möchte, wer er sei, sagt, er habe ihn hier noch nie gesehen. Er erfährt lediglich, dass Hermann im Waisenhaus aufgewachsen ist und nun bei Bauern im Kanton seine Aufbringung abverdient. Wo im Waisenhaus er denn aufgewachsen sei, möchte der Mann wissen.

«In der Stadt unten, in Zug», sagt Hermann.

«Bei der Mutter Bernarda?», fragt der Mann. Hermann versteht erst nicht; erinnert sich dann aber, dass der Freier in den Briefen an die Oberin diese mit Bernarda angesprochen hat, und nickt. Er selber wohne schon seit einiger Zeit in Zug, sagt der Mann. Man höre viel Gutes über das Wirken der Mutter Bernarda, meint er, die Kinder würden sie sicher sehr vermissen, ihre gütige Hand. «Wie ist das mit dir?», fragt er. Hermann schweigt.

Nach dem Morgenessen wird der Tisch abgeräumt und ein Leintuch daraufgelegt, und darauf werden, in Haufen, die Seidentücher ausgebreitet, die in den vergangenen Monaten auf dem Hof gewoben worden sind. Hermann wundert sich ob der Menge und der Vielfalt der Tücher. Er hat nicht mitbekommen, wie viel auf dem Hof gewoben worden ist, da er die meiste Zeit ausserhalb des Hauses verbracht hat. Der Mann überprüft die Qualität der Ware. Er findet nichts daran auszusetzen, rümpft trotzdem immer wieder die Nase. Dann schreibt er die Art der Tücher und die Menge auf und notiert ihren Wert dahinter.

«Es ist einiges mehr als beim letzten Mal», sagt er, «ich hoffe, ihr überfordert das Kind nicht. Es wäre schade um das schöne Mädchen. Ich nehme die Tücher trotzdem alle.» Am Schluss zählt er die Summen zusammen. Hermann schaut ihm dabei interessiert zu. Als der Mann damit fertig ist, fragt er, ob es recht sei, wenn er jetzt vorlese, was er aufgeschrieben habe. Die Tochter des Bauern, die auf dem Hof das Sagen hat, nickt; dann auch ihre Schwester und der Bauer. Nach dem Vorlesen fragt er, ob jemand anderes am Tisch nachprüfen wolle, was er geschrieben habe. Die Tochter des Bauern, die auf dem Hof das Sagen hat, schüttelt den Kopf; danach auch ihre Schwester und der Bauer. Der Mann unterschreibt das Papier und will es dem Bauern zum Unterschreiben reichen, als plötzlich das Mädchen sagt: «Der Hermann kann gut lesen.» Hermann erschrickt bei den Worten. Er hat das Mädchen noch nie einen ganzen Satz sagen hören, glaubte bis jetzt, sie könne gar nicht richtig sprechen. Die Tochter des Bauern, die auf dem Hof das Sagen hat, nickt. Der Mann reicht Hermann das Papier. Dieser liest, was der Mann aufgeschrieben hat, und sagt: «Die schwarzen Schleier für die Trauer sind nicht aufgeführt.» Das sei ihm jetzt aber peinlich, sagt der Mann, so etwas sei ihm noch nie passiert, meint er mit hochrotem Kopf, entschuldigt sich viele Male; sagt, er sei untröstlich, und rechnet den Betrag für die schwarzen Schleier dazu und zahlt den Bauern dann aus. Hermann ist sich sicher, der

Mann hat von schwarzen Schleiern gesprochen, als er las. Auch hat er gesehen, dass ein kaum wahrnehmbares Zeichen an der Stelle, wo der Satz hingehört hätte, angebracht war.

Liebe Hermine,

ich glaube, ich bin ein zweites Mal auf dem Hof des Bauern Rogenmoser angekommen. Habe ich mich bis vor Kurzem hier noch als Fremder gefühlt, fühle ich mich jetzt als Teil der Gemeinschaft. Ich arbeite nun oft auch im Haus, sitze am Webstuhl und webe Seidenstoffe. Das Mädchen, von dem man nicht weiss, zu wem es gehört, hat mir gezeigt, wie es geht. Etwas weben kann ich ja schon, seit damals, als ich in Zug für kurze Zeit an einem Webstuhl sass, bevor ich auf den Oberhof nach Risch kam. Ich frage mich, wie es dem alten Mann wohl geht, der mich damals vorübergehend bei sich aufgenommen hat, als ich vom Geisswaldhof in Walchwil wegmusste. Auch wenn ich den Leuten hier jetzt näher bin als zuvor, so stand ich dem alten Mann doch noch näher während der Zeit, die ich mit ihm verbrachte. Am nächsten bin ich der Tochter des Bauern, die hier das Sagen hat. Sie vertraut mir jetzt sogar Persönliches an, wenn auch nichts über die Herkunft des Mädchens. Sie zeigte mir ein Schreiben, nachdem jemand hier gewesen war und drohte, ihre Schwester oder das Mädchen mitzunehmen, damit endlich die Schulden der Familie beglichen werden können, wie aus dem Schreiben hervorging. Dass sich die Tochter des Bauern, die hier das Sagen hat, vehement dagegen gewehrt hat, ihre Schwester oder das Mädchen wegzugeben, zeigt mir, dass ihr an dem Mädchen doch etwas liegen muss. Aber was? Die Tochter des Bauern, die hier das Sagen hat, war dann in der Lage, den Mann zu beschwichtigen, indem sie ihm mehr Geld gab als beim letzten Mal. Dass sie ihm mehr geben konnte, hat auch mit mir zu tun. Ich glaube jetzt zu wissen, weshalb man mich auf dem Hof des Bauern Rogenmoser aufgenommen hat. Die Tochter des Bauern, die zum Garten, zu den Ziegen und den Schweinen geschaut hatte, bevor ich hierherkam und ihre Aufgaben übernahm, arbeitet seither vermehrt am Webstuhl. So können sie jetzt mehr Seidenstoffe produzieren und dadurch mehr Geld verdienen, um ihre Schulden abzubezahlen. Auch habe ich den Bauern davor bewahrt, betrogen zu werden. Der Seidenhändler, der dem Bauern Rogenmoser die Seidentücher abkauft, wollte ihn um einen Teil seines Verdienstes bringen. Ich habe aber gut aufgepasst und gesehen, als ich seine Aufstellung durchlas, dass er nicht alles, was produziert worden war, aufgelistet hatte. Es war ausgerechnet das Mädchen, von dem man nicht weiss, zu wem es gehört,

und von dem ich dachte, es könne nicht richtig sprechen,
das darauf aufmerksam gemacht hat, dass ich lesen kann.
Sie weiss auch, dass ich eine gute Beobachtungsgabe
habe. Sie hörte mir manchmal zu, wenn ich auf der Bank
vor der Kapelle laut las, was ich geschrieben hatte über
meine Beobachtungen in der Natur. Das Mädchen beglei-
tet mich jetzt manchmal auf dem Weg zur Kapelle. Zum
Schreiben und Lesen komme ich jetzt halt nicht mehr so
oft, seit ich mehr arbeite, und bin deshalb auch bei der
Kapelle nicht mehr so häufig anzutreffen. Ich muss den
Kaplan, der möchte, dass ich ein Gedicht über die Kapelle
schreibe, immer wieder vertrösten. Auch fällt mir zu den
Malereien in der Kapelle nichts Gescheites ein. Ich schrei-
be sowieso viel lieber über die Natur und über das, was sie
mich lehrt, als über Gotteshäuser …

Der Kaplan zeigt sich enttäuscht, dass Hermann nicht
mehr so oft zur Kapelle kommt.

«Gefällt es dir in unserer Kapelle nicht mehr?», fragt
er, als er ihn nach langer Zeit wieder einmal auf der
Bank vor der St.-Vitus-Kapelle sitzen sieht. «Oder ist dir
meine Gesellschaft nicht recht, wolltest du mir lieber
nicht mehr begegnen?»

«Nein», sagt Hermann, «das ist es nicht. Ich habe jetzt
mehr zu tun als vorher.»

«Nützen sie dich aus, so wie sie das Mädchen ausnützen?», fragt der Kaplan.

«Nein», sagt Hermann. «Ich habe es selber angeboten; ich helfe jetzt beim Weben mit. Ich mache die Arbeit sehr gerne.»

«Und das Gedicht, das ich dich gebeten habe zu schreiben, ist es jetzt endlich fertig?», fragt der Kaplan.

«Nein», sagt Hermann, «ich habe nur noch wenig Zeit zum Schreiben, und ich versteh auch die Malereien in der Kapelle nicht. Sie sagen mir nichts. Ich versteh nicht, was Löwen auf einem Bild in der Kirche zu suchen haben.»

«Das zeigt, dass du in der Kirche nicht zu Hause bist», sagt der Kaplan, «dass es dir an Interesse fehlt an der Religion. Die Bilder zeigen die Geschichte vom heiligen Veit, der dieser Kapelle ihren Namen gab. Er wurde den Löwen vorgeworfen und in siedendes Öl geworfen, weil er dem christlichen Glauben nicht abschwören wollte. Die Löwen haben ihm nichts getan, im Gegenteil, sie haben ihm die Füsse abgeleckt und zeigten sich unterwürfig, wie du auf einer der Malereien in der Kapelle sehen kannst. Auf einer anderen retten ihn Engel aus dem siedenden Öl. Und auf dem Bild über dem Altar ist zu sehen, wie er gen Himmel fuhr, als der Herr ihn dann zu sich rief, ihn erlöste von den irdischen Qualen. Da siehst du es, es zahlt sich aus, ein christliches Leben zu führen, es lohnt sich die Treue zu Gott. Du kannst dir ein Beispiel nehmen am heiligen Veit, und auch der Bauer und seine Familie. Du kannst ihnen sagen, dass eine Rückkehr in den Schoss Gottes möglich ist, in den Himmel statt in die Hölle, das Fegefeuer. Sie sollen es sich überlegen. Einmal in der Hölle angekommen, gibt es kein Zurück mehr; es gibt dort keine Engel, die sie aus dem Fegefeuer retten oder aus den Klauen des Teufels. Die Abkehr von der Kirche wird nicht belohnt.»

«Die Leute haben es nicht mit dem Teufel», sagt Hermann. «Ich habe noch nie gehört oder gesehen, dass sie ihn anbeten.»

«Hast du je gesehen, dass sie den lieben Gott anbeten?», fragt der Kaplan. Hermann weiss nichts dazu zu sagen. «Den lieben Gott nicht anzubeten, ihn nicht zu ehren, heisst den Teufel anbeten», sagt der Kaplan.

«Vielleicht beten sie ja im Stillen zum lieben Gott», sagt Hermann, «so wie ich es tue.»

«Zumindest in die Kirche dürftet ihr kommen», sagt der Kaplan, «so zeigen, dass ihr an ihn glaubt. Woher sollen wir es denn sonst wissen?»

«Der liebe Gott weiss es», sagt Hermann.

«In der Kirche seid ihr ihm näher», sagt der Kaplan, «da seid ihr im Haus Gottes, seid nicht abgelenkt vom irdischen Dasein.»

«Wir führen aber ein irdisches Dasein», sagt Hermann, «sind Gott nahe in der Natur. Ich kann ihn spüren dort, kann all die Wunder sehen, die er vollbracht hat und immer wieder vollbringt; kann sie sogar greifen.»

«Jemand muss den Menschen das Leben und den Tod erklären», sagt der Kaplan, «jemand, der die Bibel kennt, sie zu deuten vermag.»

«Die Natur erklärt den Menschen das Leben und den Tod auf ganz einfache Weise», sagt Hermann. «Selbst das Mystische kann man in der Natur finden, das nicht Greifbare, ohne dafür in die Kirche gehen zu müssen. Man ist dort auch nicht abgelenkt von dem ganzen Drumherum.»

«Gottes Haus auf Erden ist die Kirche. Die Stimme Gottes in der Kirche sind wir, die Gottesmänner», sagt der Kaplan.

«Gott wohnt in mir, wurde mir als Kind gesagt», antwortet Hermann. «Gott spricht zu mir, wenn ich ihn in mein Herz hereinlasse. Wie sollten denn all die Menschen, die keine Kirche kennen, sonst Gott erfahren?»

«Die sind gottlos», sagt der Kaplan, «sind Heiden, bis wir ihnen das Wort Gottes verkünden, ihnen Kirchen bauen.»

«Vielleicht haben sie ja Gott schon gefunden», sagt Hermann, «so wie ich Gott gefunden habe. In der Natur.»

«Nein!», widerspricht der Kaplan barsch. «Sie sind Wilde, Heiden, tanzen nackt im Freien, haben abartige Riten und beten Götzen an.»

«Vielleicht ist das ja ihre Art, Gott zu ehren», sagt Hermann, «und ist der freie Himmel ihre Kirche. Vielleicht fänden sie es genauso abartig, was wir in unseren gemauerten Kirchen machen: Weihrauch vernebeln, Weihwasser verspritzen und Bilder anbeten.»

«Das ist nicht wahr!», schreit der Kaplan und verstummt sogleich wieder, als das Mädchen hinter der Kapelle hervortritt und sich zu Hermann auf die Bank setzt, an ihn heranrückt, sodass sich ihre Schultern berühren. Der Kaplan schaut das Mädchen an. Das Mädchen schaut zurück, lässt ihren Blick nicht mehr von ihm ab, bis er ihn nicht mehr halten kann und wegschaut.

«Hast den Unglauben in sie gepflanzt», sagt der Kaplan zu Hermann, «den Teufel. Ich will euch beide auf dieser Bank nicht mehr sehen. Sie ist nicht für Leute gedacht, die dem Heidentum frönen, die nicht an die Kirche als das Haus Gottes glauben.»

Hermann steht auf, nimmt das Mädchen, das stur auf der Bank sitzen geblieben ist, bei der Hand und geht mit ihm zum nahen See. Es ist das erste Mal, seit er auf dem Hof des Bauern Rogenmoser wohnt, dass er zum See

geht. Er meidet das Wasser seit der stürmischen Über-
fahrt nach Risch und dem tragischen Tod der Frau des
Oberhofbauern.

Liebe Hermine,

*bald ist meine Zeit beim Bauern Rogenmoser in der Ha-
selmatt in Oberägeri um. Irgendwie bedaure ich es, dass
ich jetzt wegmuss, da ich nun doch noch etwas Wärme in
der Familie gefunden habe. Das Mädchen, von dem man
nicht weiss, zu wem es gehört, ist mir wie eine Schwester
geworden – es ist mir recht, wo ich doch keine Geschwister habe – und die Tochter des Bauern, die auf dem Hof
das Sagen hat, wurde mir zur Vertrauten; auch wenn sich
die beiden mir gegenüber immer noch recht reserviert
verhalten. Vor allem in Gegenwart anderer. Das Mädchen
hat sich an meine Schulter gelehnt, hatte Tränen in den
Augen, nachdem der Kaplan uns aus der Kapelle verwie-
sen, uns des Unglaubens bezichtigt hatte. Das Mädchen
hat mich dann jeweils auf meinen kurzen Spaziergängen
zum See begleitet, seit es uns nicht mehr erlaubt war, auf
der Bank vor der Kapelle zu sitzen. Ich habe ihr immer aus
meinen Gedichten, meinen Betrachtungen über die Natur,
vorgelesen und ihr so gezeigt, dass man nicht zur Kirche
gehen muss, um Gott zu erfahren. Ich glaube, sie hat es*

verstanden, wenn auch nur stumm. Sie war nicht mehr davon abzubringen, mich immer wieder zu begleiten, mir zuzuhören. Es wurde ihr erst erlaubt, dann aber verweigert, als sie zur Überraschung aller kürzlich beim Abendessen verkündete, dass sie mich heiraten wolle, und nicht mehr davon abzubringen war. So sitze ich hier wieder allein, schaue in die Landschaft und lerne weiter von ihr; über das Werden und das Vergehen; begreife, dass das, was bleibt, immer schon da war; dass das Mystische, das unser Leben bestimmt, vielleicht schon vor unserer Geburt da war und weiter da sein wird, auch nachdem wir gestorben sind. Ich habe die Religion, den Glauben, immer nur in der Natur erlebt, habe das Gute immer nur von Menschen erfahren, in denen der liebe Gott wohnt, so wie von dir, nie jedoch von der Kirche, die glaubt, dass sie sein Zuhause sei; wo sie doch nur das Zuhause von jenen ist, die glauben zu wissen; dabei nur in ihre Bücher schauen, auf ihre Bedürfnisse, auf das, was sie wollen. Sie haben mich angenommen, gezüchtigt, mir Gehorsam gepredigt, mich ihrem Willen unterworfen. Sie konnten mich trotzdem nicht von meinem Glauben abbringen; glaube nicht an sie. Glaube nur an dich, an den Gott in deinem Herzen

...

Ruhn

Gedankenmüde möcht ich ruhn
möcht gehn
Doch Ruhe find ich nur bei ihm
in der Natur
bei dir
Fast hätt ich es vergessen
wie konnt ich nur
Steh auf
find Ruh in deinen Armen

«So», sagt die Tochter des Bauern, die auf dem Hof das Sagen hat, zu Hermann, «dies ist jetzt dein letztes Abendessen mit uns.»

«Wie sollen wir nur ohne dich zurechtkommen», sagt ihre Schwester. Hermann kann sich nicht erinnern, sie jemals etwas sagen gehört zu haben. Das Mädchen sitzt stumm am Tisch und schaut die beiden Frauen böse an. Der Bauer spricht leise zur Tochter, die auf dem Hof das Sagen hat.

«Unser Vater möchte dir Danke sagen für die Zeit, die du bei uns verbracht hast, für deine Mithilfe auf dem Hof», sagt diese zu Hermann. «Vor allem dafür, dass wir dank deiner Hilfe zusammenbleiben durften, keine von uns den Hof verlassen musste.»

Der Bauer wischt sich Tränen aus dem Gesicht, während seine Tochter zu Hermann spricht.

Nach dem Abendessen geht Hermann auf seine Kammer. Er nimmt das Geld, das er beiseitegelegt hat, um für Annemarie und sich einen Ring zu kaufen, und gibt es der Tochter des Bauern.

«Wofür?», fragt diese.

«Damit ihr auch nächstes Jahr zusammenbleiben könnt», sagt Hermann.

Er liegt wach im Bett und denkt über seine Zeit auf dem Hof nach, als es an der Türe klopft. Es ist die Tochter des Bauern, die auf dem Hof das Sagen hat.

«Ich bin gekommen, um Danke zu sagen», sagt sie, im Türrahmen stehend.

«Du hast schon Danke gesagt», sagt Hermann.

Die Tochter des Bauern, die auf dem Hof das Sagen hat, tritt in die Kammer und schliesst die Türe hinter sich.

Liebe Hermine,

ich bin noch nicht angekommen an meinem nächsten Aufenthaltsort, dem Kloster Maria Hilf auf dem Gubel in Menzingen. Ich sitze hier unter einem grossen Lindenbaum auf

einem Moränenhügel und schaue in den grauen Morgenhimmel, wo schwarze Wolken sich versammelt haben, als
ob sie über mich richten wollten, ein Donnerwetter zur
Erde schicken, Blitze, um mein Schicksal zu besiegeln. Ich
frage mich, ob es die Strafe ist für das, was geschehen ist
in der Haselmatt in Oberägeri. Dass ich gesündigt, den
Glauben an die Kirche verweigert habe. Ich fürchte mich,
mag nicht mehr, mag nicht weiter; frage mich, ob ich jemanden wie dich noch verdiene. Ich bin hier ganz allein
auf mich gestellt, den Launen der Natur ausgeliefert, habe
niemanden, an den ich mich wenden, den ich um Rat fragen kann. Du bist weit weg in der Stadt unten, und der
Landschreiber Stadlin ist auch nicht gekommen, um mich
abzuholen. Stattdessen hat mich ein amtliches Schreiben
aus Zug erreicht. Der Stadtschreiber schreibt, dass ich
nach Menzingen ins Kapuzinerinnenkloster Maria Hilf auf
den Gubel soll. Ich habe Angst, habe schlechte Erinnerungen ans Kloster, an Ordensleute. Ich hoffe, dem Landschreiber Stadlin ist nichts passiert. Ich wäre untröstlich,
einen Menschen zu verlieren, von dem ich glaube, dass ich
ihm nicht gleichgültig bin. Ich soll zu Fuss nach Menzingen auf den Gubel gehen, schreibt der Stadtschreiber, soll
mir auf dem Weg Gedanken machen über meine Haltung,
über mein Tun. Ich habe mir Gedanken gemacht auf dem
Weg. Ich hätte es besser bleiben lassen. Jetzt bin ich ganz

durcheinander, stelle mir Fragen über Fragen, getrau mich nicht weiter, weiss nicht, ob mein Aufenthalt im Kloster auf dem Gubel nicht in Wirklichkeit Strafe ist für das, was passiert ist in der Haselmatt, frage mich, ob vielleicht der Kaplan dahintersteckt. Er stand, als ich heute Morgen den Hof des Bauern Rogenmoser verliess, am Wegrand. Er hat nichts gesagt, nicht einmal Auf Wiedersehen, hat an mir vorbeigeschaut. Ich habe mich gewundert; es ist heute nicht der Tag, wo er für gewöhnlich in die Haselmatt kommt. Aus reiner Nächstenliebe ist er sicher nicht gekommen, nach unserer Auseinandersetzung, schon gar nicht, um mir alles Gute zu wünschen für meinen neuen Aufenthaltsort. Etwas anderes macht mir jedoch viel mehr zu schaffen als das Verhalten des Kaplans, quält mich über Gebühr: der Abschied von der Familie des Bauern Rogenmoser. Er war sehr emotional. Alle haben traurig dreingeschaut, als wir heute beim Morgenessen sassen, ausser der Tochter des Bauern, die auf dem Hof das Sagen hat. Sie hat mich die ganze Zeit über lieb angeschaut. Sie kam mir heute so ganz anders vor als sonst. Als ich dann aufgestanden bin und gehen wollte, hat sich das Mädchen ebenfalls erhoben, ist hinter dem Tisch hervorgekommen und mir um den Hals gefallen; hat mich angefleht, sie mitzunehmen, sie nicht zurückzulassen. Sie gehöre zu niemandem hier, hat sie gesagt, mit schmerzverzerrtem Ge-

sicht. Dann ist die andere Tochter des Bauern vom Tisch aufgestanden, hat das Mädchen von mir weggezerrt und hat es in den Arm genommen; hat es – unter Tränen, schluchzend – immer wieder um Verzeihung gebeten. Ich wusste nicht, was tun, stand hilflos da, war unsicher, ob ich gehen oder bleiben sollte. Ich habe dann hilfesuchend die Tochter des Bauern, die auf dem Hof das Sagen hat, angeschaut. Sie gab mir schliesslich ein Zeichen, dass ich gehen könne, hat mir zugenickt, mit einem freundlichen Lächeln im Gesicht Auf Wiedersehen gesagt. Auch der Bauer, der die ganze Zeit mit hängendem Kopf dasass, hat mit beschämtem Gesicht aufgeschaut und mir zum Abschied zugenickt. Er hatte Tränen in den Augen. Mich plagt ein schlechtes Gewissen, sie so zurückgelassen zu haben. Es lähmt mich, sodass ich weder vor- noch zurückgehen kann, mich am liebsten in mein Schicksal ergeben möchte. Verzeih mir ...

Hermann sitzt unter dem Baum und wartet darauf, dass etwas geschieht, dass sein Herz aufhört zu schlagen, dass er vom Blitz getroffen wird – irgendetwas, um ihn von seinen Qualen zu befreien. Stattdessen tut sich der Himmel auf, und die Sonne bahnt sich ihren Weg durch die dunklen Wolken, bringt Licht ins Dunkel, in sein Gemüt, wärmt sein Herz; erinnert ihn daran, dass das Licht ewig ist, nur manchmal halt verborgen hinter dem Dunkel. Hermann steht auf und setzt seinen Weg fort; erfreut sich am saftigen Grün der lieblichen Landschaft, wundert sich, wie die Moränenhügel wohl einst entstanden sind, wie der Baum auf den Hügel gekommen ist. Er vergisst dabei alle seine Ängste und Sorgen, selbst den mühevollen Aufstieg auf den Gubel. Er spürt weder grosse Erschöpfung noch eine Enge in der Brust, als er oben ankommt. Er wird plötzlich gewahr, wie gut ihm der Aufenthalt in Oberägeri getan hat; lässt ihn erahnen, wie gut ihm der Aufenthalt auf dem Gubel bekommen wird. Das Einzige, was seine Gedanken noch etwas trübt, ist die Adresse seiner neuen Unterkunft, das Kapuzinerkloster Maria Hilf.

«Bist du der Moses Oswald?», fragt ihn ein kleines Mädchen, angelehnt an die Pforte des Klosters, als er dort ankommt. Hermann erschrickt ob der Worte, sagt, nachdem er sich erholt hat: «Ich bin eigentlich der Hermann. Aber als ich noch ein Kind war und im Waisenhaus lebte, wurde ich dort Moses gerufen.»

«Du hast aber lange gebraucht, um zu uns zu kommen», sagt das kleine Mädchen. «Ich habe den ganzen Tag auf dich gewartet.» Es zieht einen Brief aus seiner Schürzentasche und streckt ihn Hermann hin.

Er nimmt den Brief entgegen und sagt: «Ich bin halt nicht so gut zu Fuss, brauche immer etwas länger als andere, um irgendwohin zu gelangen, muss oft eine Rast einlegen. Es ist lieb von dir, dass du so lange auf mich gewartet hast.»

«Willst du den Brief nicht lesen?», fragt das Mädchen, als Hermann ihn in seine Kitteltasche stecken will. Hermann öffnet den Brief. Das Schreiben beginnt mit «Lieber Moses» und trägt keine Unterschrift. In Hermann kommen Befürchtungen hoch, er möchte lieber nicht weiterlesen; doch das Mädchen schaut ihn fragend an, als ob es wissen möchte, was dort steht in dem Brief. Hermann liest:

«Lieber Moses, es war mir leider nicht möglich, dich an deinen neuen Aufenthaltsort zu begleiten. Ich habe aber mit den Schwestern im Kloster gesprochen und konnte bewirken, dass gut zu dir geschaut werden wird auf dem Gubel. Du wirst im Wirtshaus wohnen, das zum Kloster gehört, wirst den Bauersleuten zur Hand gehen, die die Wirtschaft neben der Landwirtschaft betreiben. Es wird jedoch erwartet, dass du zumindest zur Messe gehst; sonst aber werden dich die Schwestern in Ruhe lassen. Sie wissen, dass du ein Guter bist, dass du den lieben Gott, wie sie auch, im Herzen trägst. Wenn dich aber etwas plagt, du ein Problem hast, darfst du dich ruhig an Schwester Clara wenden, sie weiss um deinen Aufenthalt hier. Frag einfach an der Pforte nach ihr, wenn du sie brauchst. Ich werde während des Jahres sicher einmal den Weg auf den Gubel finden, um zu sehen, wie es dir geht.»

Hermann fühlt Erleichterung, nachdem er den Brief gelesen hat, ihn in seine Jackentasche gesteckt hat. Das Mädchen schaut ihn immer noch fragend an, als ob es erfahren wolle, was in dem Brief steht.

«Ich darf im Wirtshaus wohnen und den Bauersleuten bei der Arbeit helfen», sagt Hermann.

«Dann wohnst du bei mir», sagt das kleine Mädchen.

«Dann bist du die Tochter des Bauern?», fragt Hermann.

«Nein», sagt das kleine Mädchen, «ich gehöre der Esther. Wir wohnen auch im Wirtshaus und helfen dem Bauern. Ich zeig dir, wo es ist.»

«So», sagt die Frau, die in der Tür zum Wirtshaus steht, «hast du ihn doch noch gefunden.»

«Ich bin ihn nicht suchen gegangen», sagt das Mädchen. «Ich habe nur auf ihn gewartet.»

«Dann willkommen, Moses», sagt die Frau.

«Er heisst nicht Moses», sagt das kleine Mädchen. «Er heisst Hermann.»

«Dann hast du mir den Falschen gebracht. Ich habe einen Moses erwartet», sagt die Frau.

«Er hiess nur als Kind Moses», sagt das Mädchen, «als er noch im Waisenhaus war. Jetzt, wo er nicht mehr im Waisenhaus ist, heisst er Hermann.»

«So», sagt die Frau, «Hermann. Dann halt Hermann. Ich nehme auch einen Hermann. Interessante Neuigkeiten, die du da nach Hause bringst. Dann hast du den Hermann ja schon richtig ausgefragt», meint sie. «Er sieht ja auch ganz mitgenommen aus und müde. Du zeigst ihm besser seine Kammer, damit er sich ausruhen kann.»

«Ich habe ihn nicht ausgefragt», sagt das Mädchen, «er hat es mir selber gesagt. Und müde ist er, weil er nicht so gut zu Fuss ist.» Das kleine Mädchen nimmt Hermann bei der Hand und zeigt ihm seine Kammer.

Liebe Hermine,

ich bin gut angekommen auf dem Gubel in Menzingen und wurde auch gut aufgenommen von der Magd, die im Wirtshaus, wo ich meine Kammer habe, zum Rechten schaut. Ihre kleine Tochter, die auf mich gewartet hat und mich empfing, ist mir schon richtig ans Herz gewachsen. Sie ist sehr neugierig, weiss sich gut auszudrücken, sich zu wehren, was mir gefällt. Ich wollte, ich hätte es auch gekonnt. Gut, dass ich dich gehabt habe. Das Mädchen leistet mir jetzt oft Gesellschaft bei der Arbeit im Wirtshaus und auch in meiner freien Zeit. Alle meine Befürchtungen wegen meines Aufenthaltes im Kloster auf dem Gubel sind im Nu verflogen, als ich hier oben ankam – wegen des lieben Empfangs und auch wegen des Briefes vom Landschreiber Stadlin, den das Mädchen mit sich trug und aus dem ich erfuhr, dass ich nicht im Kloster bei den Ordensschwestern wohnen muss. Das kleine Mädchen, die Magd und ich, wir sind schon fast wie eine kleine Familie. Ich muss oft an dich denken, wenn wir zusammen sind. Ich stelle mir dich anstelle der Magd vor, das kleine Mädchen als unser Kind.

Es gibt im Moment noch nicht so viel zu tun im Wirtshaus, aber das werde sich bald ändern, hat die Magd gesagt, wenn die Pilger kommen, einige sogar hier übernachten. Ich bin jetzt deshalb oft mit dem Bauern unterwegs, gehe ihm zur Hand. Er kommt am Morgen jeweils in die Wirtsstube und bespricht mit der Magd, was es zu tun gibt. Er ist ein sehr frommer Mann. Muss er wohl auch sein, wenn er das Land vom Kloster bewirtschaftet. Er mahnt denn auch die Magd und das Mädchen immer *wieder, sich wie gute Christen zu benehmen, zitiert dabei Sprüche aus der Bibel. Er fragt mich jedes Mal aus über die beiden, wenn ich mit ihm zusammen bin, über ihr Benehmen. Ich habe nur Positives zu berichten. Die Familie des Bauern habe ich noch nicht kennengelernt. Er hat mehrere Kinder. Die meisten sind Mädchen, nur das kleinste ist ein Bub. Man sieht sie jedoch kaum draussen, und wenn doch, dann nur beaufsichtigt bei der Arbeit in ihrem grossen Garten. Auch die Magd hat keinen Kontakt zur Familie des Bauern. Sie wusste nichts zu sagen über sie, als ich sie danach fragte. Es sieht fast so aus, als ob der Bauer seine Familie von der Magd fernhalten möchte. Als wäre sie eine Aussätzige. Als wolle er seine Familie vor schlechtem Einfluss schützen. Sie seien halt sehr fromm und frei von Sünde, anders als sie selbst, meinte die Magd, als ich es einmal erwähnte. Auch die Schwestern, die das Kloster bewohnen, habe ich noch nicht kennengelernt. Ich sehe sie nur in der Messe, aber da sind sie für sich; schenken mir auch keine Aufmerksamkeit, wenn sie sich nach dem Gottesdienst unter die Kirchgänger mischen und einige Worte mit ihnen wechseln. Mir ist es recht ...*

«Du bist der Moses, der jetzt Hermann heisst», sagt die Schwester bei ihrer ersten Begegnung, als er ins Kloster geschickt worden ist, um frisches Brot für die Pilger zu holen, und reicht ihm die Hand. «Ich bin Schwester Clara. Es scheint dir recht gut zu gehen bei dem Bauern im Wirtshaus, bei der Magd und ihrem Mädchen», meint sie, «hast keinen Anlass zur Klage. Du weisst aber, dass du zu mir kommen darfst, wenn es dir einmal nicht so gut geht», meint sie. Hermann nickt. Er weiss nichts zu sagen, nimmt den Korb mit den Broten entgegen und geht.

Hermann sieht Schwester Clara nun öfter. Er muss fast täglich zu ihr, um Nachschub für die Pilger zu holen, die jetzt immer zahlreicher erscheinen. Schwester Clara ist zuständig für die Lebensmittel, die im Kloster hergestellt werden. Die Schwester und Hermann kommen sich mit der Zeit näher. Clara erinnert Hermann in ihrer Ordenstracht an die Lydia vom Waisenhaus. Er erzählt ihr von ihr; wie sie sich um ihn gekümmert hat, ihm die Buchstaben und das Lesen beigebracht hat und so zu seiner Vertrauten wurde. Hermann erzählt Schwester Clara auf diese Weise, ohne ihren Namen zu nennen, auch von der Annemarie. Schwester Clara, so scheint es, übernimmt die Aufgabe von der Lydia, kümmert sich um Hermann, versorgt ihn mit Schreibzeug und Büchern aus dem Kloster; flösst ihm, wann immer er kommt, einen Kräutertrunk ein, von ihr hergestellt, der seiner Gesundheit guttun soll, und bietet ihm ihre Freundschaft an. Jedes Mal, wenn sie sich sehen, fragt sie ihn nach seinem Befinden, möchte wissen, ob er denn gut untergebracht sei bei der Magd und ihrem Kind; interessiert sich im Besonderen dafür, ob die Magd denn anständig sei zu ihm und dem Kind. Hermann hat nichts Schlechtes zu berichten über die Magd. Sie behandelt ihn recht. Sie hat ihm sogar einmal die Haare geschnitten, damit er wieder wie ein Mann aussehe, hat sie gesagt. Ihr habe er mit gelocktem Haar besser gefallen, meint Schwester Clara. Wie ein Engel habe er ausgesehen. Auch hat Hermann nie gesehen, dass die Magd das Kind schlecht behandeln würde. Er hat aber auch nie gesehen, dass die Magd dem Mädchen grosse Aufmerksamkeit geschenkt hätte, besonders lieb zu ihm gewesen wäre, es einmal in den Arm genommen hätte. Auch scheint es ihm, dass die Magd sich lieber mit ihm abgibt als mit dem Kind, mehr mit ihm spricht als mit dem Mädchen während ihrer gemeinsamen Mahlzeiten. Dasselbe gilt jedoch auch für das Kind. Es scheint, als wäre auch das Mädchen lieber mit Hermann zusammen als mit der Magd, seiner Mutter. Er macht sich keine grossen Gedanken darüber, nimmt einfach an, dass es das Wesen der beiden ist. Dass es damit zu tun hat, dass das Mädchen für sein

Alter schon sehr selbstständig ist, sich zu helfen weiss, sich von sich aus einbringt, sich Gehör verschafft. Die Magd sei eine Reformierte, eine Gefallene, eine von auswärts, ohne Mann hierhergekommen und obendrein undankbar dafür, dass man sie hier aufgenommen habe; sie komme nie zur Messe, nicht einmal zur Beichte, sagt Schwester Clara zu ihm, als er einmal auf ihre erneute Frage, ob die Magd denn recht zu ihm sei, antwortet, dass die Magd ihm gegenüber sehr zuvorkommend sei, mehr tue für ihn, als er von ihr erwarten dürfe. Hermann erschrickt ob der heftigen Reaktion der Schwester, denkt jedoch, dass auch eine Ordensfrau einmal schlechte Laune haben dürfe.

Hermann mag die beiden Frauen, die Schwester und die Magd, so verschieden sie auch sind. Er schätzt beides, die Unbekümmertheit der Magd, das Derbe an ihr, aber auch die Fürsorge der Schwester, ihr Interesse an seinem Wohl. Die Pilger bringen zusätzlich Abwechslung in sein Leben, die immer neuen Begegnungen mit immer neuen Leuten, auch wenn er deren Beweggründe, auf den Gubel zu pilgern, nicht nachvollziehen kann – die Verehrung von längst Verstorbenen, das Feiern einer Schlacht, die so viele Opfer gefordert, so viel Leid gebracht hat. Hermann reagiert auf seine Art darauf, schreibt dagegen an; schreibt über das friedliche Zusammenleben, über das Miteinander, nicht über das Sich-Bekriegen. Er bekommt auch immer wieder Gelegenheit, das Geschriebene vorzulesen. Das kleine Mädchen wird nicht müde, jedem Pilger und jeder Pilgerin, die vorbeikommen, zu erzählen, dass ein richtiger Dichter bei ihnen im Wirtshaus wohnt; sie möchte, dass er ihnen vorliest, wenn er etwas geschrieben hat, das ihr besonders gut gefällt, auch wenn es nur der Klang der Worte ist, die sie verzaubern, und nicht das Gesagte, das sie oft gar nicht versteht. Mehr als einmal glauben die Pilgerleute, ihn mahnen zu müssen, dass die Maria, die dem Kloster seinen Namen gab, nicht in seinen Gedichten und seinen Geschichten vorkomme und auch nicht das Jesuskindlein, überhaupt das Religiöse. Das wiederum macht das Mädchen neugierig, und es will hinterher von ihm wissen, was die Leute denn zu schimpfen hatten. Es erfährt so von Hermanns Glauben an die Natur, davon, dass er erst durch sie an Gott als ihren Schöpfer glaubt.

Hermann erlebt eine gute Zeit auf dem Gubel, führt ein Leben, wie er es nur aus Träumen kennt. Er mag die Abwechslung, die Arbeit draussen auf Feldern und Wiesen, in der Natur, zusammen mit dem wortkargen Bauern, versunken im Geist; und auch drinnen, im Wirtshaus, das Zusammensein mit verschiedensten Leuten, das Neben- und Miteinander, das Lachen und Weinen, die Gemeinschaft. Hermann fühlt sich gut, fühlt sich aufgehoben, akzeptiert. Das Gute, das ihm täglich widerfährt, sei es durch das Zusammensein mit Schwester Clara, der Magd, den Pilgern oder dem Kind, lässt ihn das wenige Schlechte schnell vergessen.

Liebe Hermine,

noch an keinem Ort, an dem ich bis jetzt gewesen bin, seit sich unsere Wege trennten, habe ich mich so wohlgefühlt wie hier auf dem Gubel; nirgendwo ist die Zeit so schnell vergangen und sind mir die Leute so ans Herz gewachsen: Schwester Clara, die Magd vom Wirtshaus und ihr kleines Mädchen, das mir hier ein Leben vorlebt, wie ich gerne eins gehabt hätte; an dem ich jetzt aber teilhaben darf, sogar Teil davon bin. Doch macht es nicht vergessen, was du alles getan hast, um mein Los zu erleichtern. Jedes Mal, wenn ich den Gedanken habe, für ewig hierbleiben zu wollen, gibt es mir einen Stich ins Herz – wegen der Sehnsucht nach dir, wegen der Ungewissheit, wann wir uns wiedersehen ...

«Du sollst zur Schwester Clara gehen», sagt der Bauer zu Hermann, als er am Morgen in die Wirtsstube kommt. «Meine Tochter, welche die Schwester Clara zum Stierenmarkt hätte begleiten sollen, um ihr beim Verkauf der Ware aus dem Kloster zu helfen, ist krank, muss das Bett hüten.»

Hermann schlägt das Herz bis zum Hals bei dem Gedanken, auf dem Stierenmarkt vielleicht der Annemarie zu begegnen. Schwester Clara erwähnt beim Aufladen der Ware auf das Fuhrwerk, dass man die Messe im Freien besuchen werde.

«Was hast du?», fragt Schwester Clara Hermann, «du bist ja ganz zappelig.»

Hermann kann sich nicht zurückhalten. Er erzählt ihr von der grossen Freude, die er verspürt bei dem Gedanken, vielleicht der Schwester vom Waisenhaus zu begegnen, die ihm so viel bedeutet.

«Es ist schon sechs Jahre her, dass wir uns zuletzt gesehen haben», sagt er gedankenverloren.

«Wir fahren zur Arbeit hin, nicht zum Vergnügen, haben keine Zeit zum Tändeln», sagt sie brüsk und verstummt für den Rest der Fahrt nach Zug.

Fotograf Moos geht, das Stativ mit der Kamera geschultert, über den Stierenmarkt. Er hat von der Kantonsregierung den Auftrag erhalten, den Bauernstand zu fotografieren. Immer wieder, wenn ihm ein Motiv ins Auge sticht, bleibt er stehen, spreizt die Beine des Stativs auseinander und baut die Kamera auf. Schwester Clara und Hermann sind dabei, die mitgebrachte Ware auf dem ihnen zugewiesenen Stand auszubreiten.

«Darf ich ein Foto von euch beiden machen?», fragt Fotograf Moos. Schwester Clara nickt, rückt ihre Haube zurecht. Hermann staunt über das hölzerne Gerät auf drei Beinen. Es ist das erste Mal, dass er eine Kamera sieht. Fotograf Moos bringt seine Kamera in Stellung. «Ein wenig freundlicher dürftet ihr schon dreinschauen», ruft er unter dem schwarzen Tuch hervor, das er sich über den Kopf geworfen hat. «Woher seid ihr beiden eigentlich?», möchte er wissen. Schwester Clara hält das selbst gemalte Plakat in die Höhe. «Selbstgemachtes vom Kloster Maria Hilf auf dem Gubel» steht darauf. «Schön oben halten», sagt Fotograf Moos und macht ein weiteres Foto. «Die Fotos werden nächstes Jahr auf dem Stierenmarkt ausgestellt, da könnt ihr euch dann bewundern», sagt er, bevor er weitergeht.

Ein Ausrufer geht über das Gelände, läutet mit seiner Glocke und verkündet, dass in Kürze der Gottesdienst anfängt und der Landrat Utiger vorher noch eine Begrüssungsrede halten wird. Die Magd vom Oberhof in

Risch, ihr kleines Mädchen an der Hand, schaut sich nach dem Burschen um, den sie mit nach Zug auf den Stierenmarkt genommen hat. Sie sieht ihn an einem der Verkaufsstände stehen, den jungen Mann anstarren, der mit verlegenem Gesicht dahinter steht. Die Magd ruft dem Burschen zu, er solle sich beeilen, da der Gottesdienst gleich anfange. Hermann schenkt dem Burschen ein scheues Lächeln, nickt ihm zu. Dieser nimmt Hermanns Hand und hält sie an seine Wange, bevor er sich wieder der Magd anschliesst. Immer wieder schaut der Bursche zu den Marktständen zurück.

«Woher kennst du ihn?», fragt Schwester Clara.

«Vom Oberhof in Risch», sagt Hermann, «dem ersten Hof, wo ich meine Aufbringung abverdient habe.»

Die Bäuerin vom Schlatthof in Hünenberg und ihre Magd, ein kleines Mädchen in ihrer Mitte, treffen auf die Bäuerin vom Oberhof und ihren Anhang. Sie scheinen sich zu kennen und wechseln ein paar Worte miteinander, während sich die beiden kleinen Mädchen verwundert anschauen. Die Magd vom Oberhof flüstert der Magd vom Schlatthof etwas ins Ohr. Die beiden schauen in Richtung der Verkaufsstände.

Das Leni, die Tochter der Frau des Schmiedhofbauern aus Baar, einen kleinen Buben auf ihrem Arm, steht am

Rand des Platzes, wo der Gottesdienst gleich stattfinden wird, und hört dem Landrat Utiger zu, der im Namen der Kantonsregierung die Leute begrüsst. Neben ihr steht Annemarie, die Haushälterin des Pfarrers, der nach der Begrüssungsrede den Gottesdienst halten wird. Auf der vordersten Bank, ganz aussen, hat der Bauer Rogenmoser von der Haselmatt in Oberägeri Platz genommen und schaut auf seine Füsse. Neben ihm sitzt seine schwangere Tochter und flüstert ihm etwas ins Ohr. Zwei Bänke hinter ihnen haben sich die Leute vom Oberhof in Risch und vom Schlatthof in Hünenberg hingesetzt, das eine Kind auf dem Schoss der Schlatthofbäuerin, das andere auf dem Schoss der Magd vom Oberhof. Fotograf Moos hält die Szene aus verschiedensten Blickwinkeln fest. Am Schluss der Rede des Landrates fordert er die Leute auf, näher zusammenzurücken, damit er ein Gruppenfoto von der Bauernschaft machen kann. Er bittet Annemarie und das Leni mit seinem Kind, sich auf die Bank zu setzen, damit sie mit aufs Bild kommen. Der Bub vom Leni will partout nicht zu dem Fotografen schauen. Er verbirgt sein Gesicht in der Schulter seiner Mutter. Annemarie spricht das Leni und ihren Buben freundlich an. Der Bub dreht sich zu Annemarie um, schaut sie an und lächelt, als würden sie sich kennen. Fotograf Moos sagt: «So ists gut», und drückt auf den Auslöser.

«Ich gehe jetzt zum Gottesdienst, und du passt auf den Stand auf», sagt Schwester Clara zu Hermann. «Ich komme dich dann ablösen.» Sie geht.

«Die kommt dich nicht ablösen», sagt ein grosses Mädchen, das an einem Nachbarstand steht. «Die verpasst sicher nicht die Hälfte der Messe nur wegen dir. Was schaust du so drein?», fragt das Mädchen. «Ich bin froh, dass ich nicht gehen muss», meint es. «Ich geh dann viel lieber und vergnüge mich hinterher bei der Musik und beim Tanzen.»

Hermann ist den Tränen nahe. Er wendet sich von dem Mädchen ab.

«Ich kann ja auf euren Stand aufpassen, wenn es dir so wichtig ist, zum Gottesdienst zu gehen», sagt das Mädchen. «Jetzt kommt sowieso niemand. Die sind eh alle bei der Predigt.»

Hermann schüttelt den Kopf.

«Hast du Angst vor der Schwester?», fragt das Mädchen. «Kannst ja den Gottesdienst von einer der Baracken aus verfolgen.

«Ich geh nur ganz kurz», sagt Hermann. «Willst du so lange schauen?»

«Sicher», sagt das Mädchen. «Du kannst auch länger bleiben.»

Hermann schaut hinter einer Bretterwand hervor, sucht nach der Annemarie. Er sieht sie, nach einigem Suchen, auf der vordersten Bank ganz aussen sitzen. Er erschrickt. Gleich neben der Annemarie sitzt das Leni vom Schmiedhof in Baar, ein kleines Kind auf ihrem Arm. Was hat die Annemarie mit dem Leni zu tun und mit ihrem Kind?, geht es ihm durch den Kopf, wenn er die beiden miteinander sprechen sieht; sieht, wie sich die Annemarie dem Kind zuwendet, zu ihm spricht. Was hat das Kind vom Leni mit der Annemarie zu tun?, zerbricht sich Hermann den Kopf, als das Kind sich der Annemarie zuwendet, sie anlächelt. Als er dann am anderen Ende der Bank auch noch den Bauern Rogenmoser erblickt, neben ihm seine schwangere Tochter, kehrt er verstört zum Stand zurück.

«Das ging aber schnell», sagt das Mädchen. «Hat es dir nicht gefallen?» Hermann schweigt. «Bekomme ich einen Kuss, weil ich zu eurem Stand geschaut hab?», fragt das Mädchen. «Du bist so ein Hübscher.» Hermann packt das Mädchen, drückt es fest an sich und küsst es lange auf den Mund. Das Mädchen stösst ihn erschrocken zurück.

Hermann steht schweigend und mit gesenktem Kopf hinter dem Stand, als Schwester Clara von der Messe zurückkommt.

«Es tut mir leid, dass ich dich nicht abgelöst habe», sagt die Schwester. «Ich war so tief in die Predigt versunken, dass ich die Zeit vergessen habe.» Hermann reagiert nicht auf die Entschuldigung der Schwester, schaut weiterhin zu Boden. «Brauchst deshalb nicht gleich beleidigt zu sein», sagt Schwester Clara.

«Der weiss schon, weshalb er zu Boden schaut», sagt das Mädchen. «Das ist ein ganz Schlimmer», meint sie.

Schwester Clara schaut das Mädchen und Hermann verwundert an.

Hermann blickt für den Rest des Tages nicht mehr vom Boden auf, sieht deshalb auch nicht, wie die Magd vom Schlatthof in Hünenberg am Stand vorbeischaut, sogar stehen bleibt und die Auslage begutachtet.

Fotograf Moos entwickelt die Fotos, schaut sie sich an; freut sich, dass sie so gut gelungen sind; freut sich auf die Reaktionen der Leute, wenn sie die Fotos dann sehen werden. Er nimmt das Foto in die Hand, das er von der Bauernschaft nach der Begrüssungsrede des Landrats Utiger gemacht hat. Er sieht den kleinen Buben auf dem Schoss der jungen Frau in der ersten Reihe an, der erst nicht in die Kamera schauen wollte, sieht, wie er die Frau daneben anlächelt. Muss ihr Kind sein, denkt er. Die beiden haben dieselben Augen, denselben scheuen Blick und gleichen sich auch sonst. Die Frau, auf deren Schoss der Junge sitzt, ist womöglich die Magd, denkt er, obwohl – dafür ist sie zu gut gekleidet. Fotograf Moos erschrickt, als er in der dritten Reihe zwei kleine Mädchen auf dem Schoss zweier Frauen sitzen sieht. Nicht weil die beiden sich gleichen – sie könnten ja Geschwister sein –, sondern weil sie dem Buben, der nicht in die Kamera blicken wollte, wie aus dem Gesicht geschnitten sind, ebenso wie der Frau, die neben ihm sitzt und ihn anlächelt. Fotograf Moos wundert sich; legt das Foto dann auf die Seite und schaut sich andere Fotos an. Als er das Foto mit der Ordensschwester vom Kloster Maria Hilf und ihrem Gehilfen in die Hand nimmt, erschrickt er erneut. Er glaubt, im Gesicht des Gehilfen die Gesichter der beiden kleinen Mädchen und des kleinen Buben zu erkennen, die auf dem Gruppenfoto zu sehen sind, und auch das der Frau, die den Buben freundlich angelacht hat.

Die Bilder beschäftigen ihn – der Gedanke, was sie bedeuten könnten, lässt ihn nicht mehr los. Manch ein Szenario geht ihm durch den Kopf. Er verwirft eins nach dem anderen. «Es kann nicht sein ... Es darf nicht sein ...» Er möchte auf gar keinen Fall einen Skandal auslösen, überlegt sich, ob er die Sache nicht einfach auf sich beruhen lassen soll. Die Neugier jedoch, was es mit dem jungen Mann, den Kindern und der Frau auf sich hat, lässt ihn nicht mehr los. Zu den Behörden gehen möchte er nicht, möchte ihnen nicht die Fotos zeigen, um herauszufinden, wer die Leute auf den Bildern sind. Das wäre zu gefährlich. Sie würden wissen wollen, weshalb ihn das so interessiert. Er nimmt erneut das Foto mit der Ordensschwester und ihrem Gehilfen in die Hand und schaut es sich an; er beschliesst, auf den Gubel zu pilgern, um Landschaftsaufnahmen zu machen.

Hermann sitzt allein im Gras nahe der Klostermauer; er möchte schreiben, kann es aber nicht. Er ist in Gedanken zu sehr bei den Vorkommnissen der vergangenen Tage. Dem kleinen Mädchen ist es nicht mehr erlaubt, ihn zu begleiten, mit ihm zusammen zu sein. Er grübelt über das Weshalb und Warum. Auch ist er immer noch ganz durcheinander wegen der Ereignisse am Stierenmarkt in Zug, wegen des Verhaltens von Schwester Clara danach. «Liebe Hermine» ist alles, was er zu Papier gebracht hat, als er sieht, wie sich ein Mann mit einer Kamera auf der Schulter den Hügel heraufmüht.

«Guten Tag», sagt der Mann, «ich glaub, wir kennen uns.» Er setzt sich, ausser Atem, neben ihn ins Gras. Hermann nickt. «Jetzt erinnere ich mich», sagt der Mann. «Vom Stierenmarkt in Zug, zusammen mit der Schwester. Ich hab euch fotografiert. Ihr habt es aber schön hier oben», sagt er. «Es hat sich gelohnt, den mühsamen Weg unter die Füsse zu nehmen. Das wird sicher schöne Aufnahmen geben. Zuerst aber muss ich mich etwas ausruhen, war ganz schön anstrengend, der Aufstieg. Bist du schon lange hier?», fragt er.

«Ein paar Monate», sagt Hermann.

«Und wo warst du vorher?», möchte der Fotograf wissen.

«In der Haselmatt in Oberägeri, beim Bauern Rogenmoser», sagt Hermann.

«Und davor?», fragt der Fotograf.

Fotograf Moos erfährt nach und nach von Hermanns Aufenthalten auf dem Schmiedhof in Baar, auf dem Schlatthof in Hünenberg und auf dem Oberhof in Risch und von deren Bewohnern. Er erfährt auch von Hermanns kurzem Aufenthalt auf dem Geisswaldhof in Walchwil, seiner Zeit im Kapuzinerkloster in Zug und seiner Aufbringung im Waisenhaus, erfährt, dass er ein Findelkind ist.

«Dann hast du also gar niemanden auf dieser Welt», sagt Fotograf Moos mit Bedauern in seiner Stimme.

«Doch», sagt Hermann. «Die Annemarie, die Haushälterin vom Pfarrhof in Zug, schaut zu mir, und der Pfarrer ist mein Pate. Er hat mich gefunden und ins Waisenhaus gebracht.»

Fotograf Moos hält für einen Moment inne, sagt dann plötzlich: «Der mühsame Aufstieg auf den Gubel hat mich recht durstig gemacht. Ich bekomme im Wirtshaus sicher einen Most. Ich lade dich ein.»

«Ich trinke keinen Most», sagt Hermann. Er fühlt sich schlecht, sein ganzes Leben ausgeplaudert zu haben.

«Dann halt etwas anderes», sagt der Fotograf. «Komm.»

Hermann geht mit. Er möchte nicht, dass der Fotograf mit der Magd allein ist. Sie hat sich in letzter Zeit ihm gegenüber so komisch benommen, hat sich von ihm abgewandt.

«Wen bringst denn du da mit?», fragt die Magd, als Hermann mit dem Fotografen zur Türe hereinkommt, sie die Kamera sieht.

«Ich bin der Fotograf Moos aus Zug», stellt sich der Fotograf selbst vor. «Ich hab den Hermann auf dem Stierenmarkt in Zug kennengelernt, als er dort zusammen mit einer Schwester Produkte vom Kloster Maria Hilf verkaufte.»

«So», sagt die Magd, «Produkte vom Kloster Maria Hilf verkaufte. Ich habe gehört, dass er noch ganz anderes getrieben hat auf dem Stierenmarkt in Zug.»

Hermann erschrickt bei den Worten der Magd. Er lehnt es ab, etwas zu trinken, und geht auf seine Kammer, verlässt sie bis zu seiner Abreise nur noch, um die Mahlzeiten einzunehmen.

Fotograf Moos ist auf dem Weg zurück nach Zug, ohne auch nur eine einzige Landschaftsaufnahme gemacht zu haben. Er nimmt sich jedoch vor, wiederzukommen; zu schön ist die Moränenlandschaft hier, um sie nicht auf Fotografien festzuhalten. Aber diesmal ist er wegen etwas anderem gekommen. Er hat es sich viel schwieriger vorgestellt, an den Hermann heranzukommen, erst recht, etwas von ihm zu erfahren. Er nimmt sich vor, unter dem Vorwand, Bauerngüter fotografieren zu wollen, die Höfe aufzusuchen, von denen Hermann gesprochen hat.

Auf dem Weg hinunter nach Menzingen begegnet er dem Landschreiber Stadlin. Er kennt ihn. Er ist es gewesen, der ihm den Auftrag erteilt hat, die Bauernschaft am Stierenmarkt zu fotografieren.

«Was führt dich auf den Gubel?», fragt Fotograf Moos den Landschreiber.

«Ich besuche einen Schützling, ein ehemaliges Waisenkind, das auf dem Hof, der zum Kloster gehört, seine Aufbringung abverdient.»

«Den Hermann?», fragt Fotograf Moos. «Bei dem war ich gerade.»

«Ja», sagt der Landschreiber, «den Hermann oder Moses. Was hat dich zu ihm geführt?», möchte er wissen.

«Ich wollte ihn kennenlernen. Ich habe ein Foto von ihm und einer Ordensschwester vom Kloster Maria Hilf am Stierenmarkt gemacht», sagt der Fotograf.

«Und das wolltest du ihm geben?», fragt Landschreiber Stadlin.

«Nicht wirklich», sagt Fotograf Moos. «Mir ist da etwas aufgefallen ... Ich hab das Foto und weitere dabei ... Kannst du schweigen?», fragt er nach einigem Zögern. «Ich möchte keine Unruhe unter der Bauernschaft stiften, keinen Skandal.»

«Ich kann», sagt der Landschreiber. «Es gehört zu meiner Arbeit als Landschreiber, verschwiegen zu sein.»

Fotograf Moos holt das Foto von Hermann und Schwester Clara hervor und ein weiteres. Ein Gruppenfoto, das er nach der Begrüssungsansprache von Landrat Utiger von den Anwesenden gemacht hat, und zeigt es dem Landschreiber. Er erzählt ihm von seinem Verdacht und dass er beabsichtige, auf die Höfe in Risch, Hünenberg, Baar und Oberägeri zu gehen, um herauszufinden, ob sein Verdacht sich bestätige. In der Hoffnung, dass dem nicht so sei.

«Das kannst du dir sparen», sagt der Landschreiber, nachdem er die Fotografien gesehen hat. «Die schwangere Frau auf der vordersten Bank ist die Tochter vom Bauern Rogenmoser von der Haselmatt in Oberägeri. Er sitzt neben ihr. Am anderen Ende der Bank sitzt die Annemarie, die Haushälterin vom Pfarrer der St.-Oswald-Kirche in Zug. Und neben ihr, mit ihrem Kind im Arm, sitzt das Leni, eine der Töchter des Schmiedhofbauern Utiger aus Baar, der die Begrüssungsrede am Stierenmarkt hielt. In der dritten Reihe, in der Mitte, sitzt die Bauersfrau vom Schlatthof in Hünenberg mit dem Kind ihrer Magd auf dem Schoss, die Magd sitzt neben ihr; und neben dieser sitzt die Magd vom Oberhof in Risch mit ihrem Kind.»

«Was jetzt?», fragt Fotograf Moss.

«Ich werde meine Pläne ändern müssen», sagt der Landschreiber. «Eigentlich war ich unterwegs, um dem Hermann mitzuteilen, dass er nun ein freier Mann ist, seine Aufbringung abgegolten hat. Aber jetzt gilt es, weiteres Unheil abzuwenden. Ich werde als Erstes mit der Magd vom Wirtshaus sprechen müssen.»

«Das ist nicht nötig», sagt Fotograf Moos. «Die will nichts mehr von Hermann wissen, seit sich herumgesprochen hat, dass er auf dem Stierenmarkt in Zug, während die Schwester beim Gottesdienst war, ein Mädchen von einem Nachbarstand belästigt haben soll. Scheint ein ganz Schlimmer zu sein, dieser Hermann. Man sieht es ihm gar nicht an. Wirst wohl die jungen Mägde vor ihm warnen müssen», meint er.

«Oder umgekehrt», meint Landschreiber Stadlin.

«Wie meinst du das?», fragt Fotograf Moos.

«Nichts», sagt der Landschreiber und lässt den Fotografen stehen, geht auf eigenen Wegen zurück nach Zug. «Du behältst das aber für dich», ruft er ihm, im Gehen, nach, «du kannst schweigen?» Fotograf Moos nickt, bleibt sprachlos zurück.

Liebe Hermine,

wieder bin ich allein und schweren Mutes in der lieblichen Landschaft von Menzingen unterwegs. Wieder ist mir nicht danach, weiterzugehen, ist mir die Bürde, die ich mir erneut aufgeladen habe, zu schwer. Und wieder habe ich mich aufgegeben – verzeih mir –, warte ich darauf, dass Hilfe kommt. Nur will mir die Sonne diesmal nicht zu Hilfe eilen, will sie die Trübnis nicht vertreiben, obwohl sie hell am Himmel steht. Mir ist, als lache sie mich aus. Ich fühle mich ganz allein. Schon seit Tagen hat mir niemand mehr Gesellschaft geleistet, musste ich meine Mahlzeiten allein einnehmen, wurden sie mir, mit finsterer Miene, schweigend hingestellt; als wäre ich ein unerwünschter Gast. Es war mir auch nicht mehr erlaubt, den Leuten hier zur Hand zu gehen. Ich wurde wortlos weggewiesen, verbannt. Niemand hat mich verabschiedet, hat mir Auf Wiedersehen gesagt. Wie ein Dieb habe ich mich frühmorgens aus dem Haus geschlichen. Ich soll auf den Zugerberg, auf einen Hof im Horbach, zu einer alten Witwe, deren einziger Knecht erkrankt ist. Das habe ich aus einem kurzen, unpersönlichen Brief vom Landschreiber Stadlin erfahren. Ich fürchte mich, habe Angst vor dem, was mich dort erwartet ...

***

Der Winter hat über Nacht seinen weissen Mantel über die Stadt und das Land ausgebreitet, hat Dächern eine weisse Haube aufgesetzt, auf Felder, Wiesen und Wege einen weissen Teppich gelegt. Noch ist das Weiss im Dunkel der zu Ende gehenden Nacht verborgen.

Zwei Frauen in Ordenstracht stapfen am Seeufer entlang, vorbei am verschneiten Schiffsteg, am Landsgemeindeplatz und an der Goldgasse. Sie gehen vorsichtig durch die gepflasterte Unteraltstadt, passieren das Primarschulhaus und die Marienkirche; überqueren, vorbei an der Realschule, die St.-Oswalds-Gasse und verlassen die Stadt durch das Stadttor beim Pulverturm. Die beiden Frauen geben sich die Hand, mühen sich den Fuss des Zugerbergs hinauf zum Tschuepis, lassen sich am Waldrand nieder; erinnern sich an das, was hier geschah, vor Jahren. Wie der Hermann Moses Oswald auf dem Weg zu seiner Liebsten war, um ihr einen Antrag zu machen; wie er dabei dem Postboten begegnete, der ihm einen Brief von einer der beiden Frauen übergab, der ihm erklären sollte, weshalb sie kein Paar sein dürfen. Wie ihm der Knecht der Horbachbäuerin auflauerte, ihn mit einem Holzscheit erschlug. Die beiden Ordensschwestern fallen sich in die Arme.